FRIDOLIN SCHLEY

VERLOREN, MEIN VATER

ROMAN

VERLAG C.H.BECK

ISBN 3 406 47129 3

www.beck.de
Gesamtherstellung: Kösel, Kempten
Gedruckt auf säurefreiem, alterungsbeständigem Papier
(hergestellt aus chlorfrei gebleichtem Zellstoff)
Printed in Germany

Für meine Mutter
und für meinen Vater

And did they get you
to trade your heroes for
ghosts?

Pink Floyd

ERSTES BUCH

1. Kapitel (Beerdigung)

Meine Schwester hat die seltsame Angewohnheit zu lachen, sobald etwas derartig spannend, traurig oder unfaßbar ist, daß es einer (körperlichen) Reaktion bedarf. Bedenkt man die Tatsache, daß diese Augenblicke oft alles andere als komisch sind, dann kann man sich die verblüfften Gesichter und Reaktionen derjenigen leicht vorstellen, die in solchen Situationen anwesend sind.

So kommt ihr Freund einmal zu ihr, in der Absicht, die Beziehung zu beenden, und gesteht ihr unter Tränen die Liebe zu einer anderen Frau. Für meine Schwester bricht die Welt zusammen, doch sie weiß der blinden Panik nicht anders beizukommen, als in schallendes Gelächter auszubrechen. Freilich vergießt sie in den Folgetagen ein Meer an Tränen, doch in dieser Sekunde, mit dem weinenden, verlorenen Freund ihr gegenüber, kann sie einfach nicht aufhören zu lachen. Verstört verläßt der Mann ihre Wohnung und kehrt nicht wieder. Erst als sie sich im Spiegel lachen sieht, vor ihr ein verlassener Stuhl, über dem soeben noch eine Jacke hing, kommt meine Schwester zu sich und beginnt zu schreien.

Der Tag, mit dem ich beginne, ist der Tag der Beerdigung meiner Großmutter, der Mutter meines Vaters.

Wir sind mit dem Auto gekommen, den ganzen Weg von München nach Essen. Mein Vater und ich wechseln uns am Steuer ab, meine Mutter sitzt auf dem Beifahrersitz und hat ununterbrochen Angst. Eigentlich wollte sie ja mit dem Zug fahren, doch diese Extrawurst brät bereits meine Schwester, die angeblich noch arbeiten muß und erst am nächsten Morgen, dem Morgen der Beerdigung, zu uns stoßen wird. Wir halten an einem Rastplatz, essen unsere Schinkenbrote und bestellen Orangensaft, Kakao für meine Mutter. Keine Ahnung, warum wir an diesem Morgen bereits um fünf Uhr starten mußten, doch mein Vater wollte es so, und keiner hat widersprochen.

Als meine Schwester und ich noch Kinder waren, fuhren wir fast jedes Jahr zu Ostern nach Essen zu unserer Großmutter. Der Geruch im Hausflur war immer der gleiche; Kinder ordnen die Umwelt mit Hilfe ihrer Nase; nicht die schlechteste Lösung, wie mir scheint.

Essen ist grau und feucht, als wir gegen Mittag ankommen, und der Geruch im Hausflur ist mir vertraut. Noch immer ist mir nicht klar, warum wir bereits jetzt, vierundzwanzig Stunden vor der Beerdigung, hier sind, und weil keiner weiß, was zu tun ist, gehe ich in die Küche und setze einen Topf mit Hühnersuppe auf. Ich schneide noch ein paar Wiener Würstchen dazu und fange an, meine Schwester zu beneiden. Langsam werde ich müde.

Als Dessert serviert mein Vater Feigenlikör. Er hat ihn, auf der Suche nach einem weiteren Glas Würstchen, in der Speisekammer gefunden und erkennt darin denselben Feigenlikör, den er seiner Mutter vor über zwanzig Jahren geschenkt hat. Sie hat ihn niemals geöffnet; damals war ich noch nicht einmal geboren. Ich überlege kurz, aus welchem Grund man seiner Mutter wohl Feigenlikör schenkt, verzichte jedoch darauf, zu fragen. Meine Stimmung verbessert sich, was wohl vor allem dem Feigenlikör und der Aussicht zu verdanken ist, später das Tennisfinale der French Open im Fernsehen verfolgen zu können.

Nach dem Essen lege ich mich auf die Couch. Als ich wieder erwache, sind drei Stunden vergangen und das Tennisspiel ist gerade vorbei. Auf die Siegerehrung verzichte ich freiwillig.

Allein meine Mutter hat sich keinen Mittagsschlaf gegönnt, hat statt dessen Bücher eingeräumt, Küche und Bad geputzt, Wäsche gewaschen und getrocknet. Mein Vater schlägt vor, sie solle die Nacht im Bett seiner toten Mutter verbringen.

Abends machen wir noch einen Spaziergang, um ein Restaurant zu suchen, und ich erkenne einen Spielplatz wieder. Das erste Lokal gleicht einer Kneipe am Bahnhof von St. Pauli. Rosa Plastikstühle, Kellner in Hawaihemden und Musik, die so laut ist, daß wir uns in Zeichensprache darüber verständigen, zu gehen.

Meine Mutter verbringt die Nacht im Bett ihrer toten Schwiegermutter, mein Vater in seinem alten Bett, ich daneben auf einer Gästeliege.

Mein Vater war vierzehn Jahre alt, als sein Vater starb. Von meinem Großvater weiß ich: daß er ein angesehener Mann war, ein tüchtiger Arzt und Mitglied der NSDAP. Sein Beruf bewahrte ihn vor der Front. Er leitete während des Kriegs ein Lazarett, infizierte sich mit Diphtherie, was ihn zwar nicht das Leben, aber doch die fehlerfreie Funktion seiner Herzklappen kostete. Sechs Jahre nach dem Ende des Kriegs starb er und hinterließ seiner Frau einen guten Namen, einen kleinen Garagenhof und fünf Söhne, von denen mein Vater der jüngste ist. Meine Großmutter war eine sparsame Frau. Nach dem Tod ihres Mannes vermietete sie den Garagenhof, saß in einem kleinen Kaufmannsladen an der Kasse und pfiff auf den Bus, ging überall zu Fuß hin. Als sie genug Geld beisammen hatte, ließ sie sich ein Haus bauen, zog ins Erdgeschoß und vermietete die Wohnung im ersten Stock. Sie ließ die beiden Eheringe einschmelzen und sich einen Ring anfertigen, der aus zwei ineinander verschlungenen Schlangen besteht. Die letzten fünfundvierzig Jahre ihres Lebens verbrachte sie allein in ihrer Wohnung. Zwei Jahre vor ihrem Tod erlitt sie einen Schlaganfall und wurde in ein Altersheim eingeliefert.

Mein Vater gibt im Schlaf lustige Geräusche von sich. Seine Lippen vibrieren wie bei einem Pferd. Ich liege da und kann nicht schlafen. Wieder nehme ich diesen Geruch wahr und frage mich, wo er herkommt und wie lange er schon existiert. Seit fast einem halben Jahrhundert, als der Fußboden noch frisch war und die Wände noch weiß. Als mein Vater noch ein Junge war und in eben diesem Bett lag und seine Lippen vibrieren ließ.

Angst überkommt mich. Ich stehe auf und gehe aufs Klo. Ich stelle mir vor, wer schon alles auf dieser Schüssel saß. Mein Vater, als er jünger war, als ich es heute bin, meine Mutter, als sie mit mir schwanger war, mein Onkel Winnie, dreißig Jahre, bevor er an Krebs starb. Ich gehe ins Wohnzimmer und schalte den Fernseher ein. Im dritten Programm wiederholen sie das Tennisfinale aus Paris. Der eine schlägt auf, der andere returniert, der Linienrichter hebt den Arm, die Zuschauer klatschen, und ich denke: In hundert Jahren seid ihr alle tot.

Wir fahren mit dem Auto zum Friedhof. Da stehen schon ein paar Leute, die wohl zu uns gehören, denn mein Vater stoppt den Wagen und versucht, den elektrischen

Fensterheber zu betätigen. Erst bewegt sich die falsche Scheibe nach unten, dann wieder nach oben. Meine Mutter schlägt vor, erst einmal zu parken. Hinter uns hupt jemand, und mein Vater sagt Scheiße. Dann will er den Rückwärtsgang einlegen, vergißt aber, den Schaltknüppel herunterzudrücken. Der Motor heult auf. Die Leute auf der Straße haben uns inzwischen bemerkt, und mein Vater gibt ihnen seltsame Handzeichen. Hinter uns hat sich mittlerweile eine Schlange von ungefähr zwanzig Autos gebildet, als mein Vater zwar den Gang eingelegt hat, jedoch nicht bemerkt, daß der Motor abgestorben ist. Laura sitzt neben mir auf der Rückbank und grinst. Ich denke: 8.00 Uhr aufstehen, 9.30 Uhr Trauerrede, 10.00 Uhr Beerdigung, 11.00 Kaffee und Kuchen ... und ein Satz aus einem Buch fällt mir ein: Wir machen aus dem Tod eine saubere Sache.

Laura und ich sitzen in der zweiten Reihe, hinter unseren Eltern und Onkel Leo mit seiner Frau. Auf der anderen Seite des schmalen Ganges sehe ich die drei Gärtner-Brüder mit ihren Familien und meine Cousins und Cousinen, die ich seit zehn Jahren nicht gesehen habe (das letzte Mal am achtzigsten Geburtstag meiner Großmutter). Auch sie haben ihre Familien dabei, darunter Kleinkinder und Säuglinge, meine Neffen und Nichten zweiten Grades. Zum ersten Mal bin ich nicht das jüngste Mitglied der Familie, eine Stellung, mit der ich mich im Laufe der verschiedenen Familienfeste ganz gut angefreundet hatte. Der Rest der Trauergemeinde besteht aus entfernten Verwandten und Bekannten, deren Namen und Gesichter ich nicht einordnen kann, die meisten scheinen über siebzig zu sein.

Ich versuche, mich auf die Rede des Pfarrers zu konzentrieren. Er spricht von einer «einfachen Frau», den «kleinen Freuden im Leben», der «Liebe zur Natur» und dem «Vertrauen zu Gott und dem ewigen Leben». Meine Großmutter hat nie von Gott gesprochen, ich kann mir nicht vorstellen, daß sie zu ihm Vertrauen hatte.

Neben mir hat Laura angefangen zu weinen. Ich kann das Gesicht meines Vaters nicht sehen, dafür das von Onkel Leo und meiner Mutter, beide starren auf die Blumenkränze, ohne Tränen. Die monotone Stimme des Pfarrers lullt mich ein, und ich sehe meine Großmutter beim Bohnenschnippeln. Oder bei uns zu Hause, wie sie Laura und mir vorliest, den linken Zeigefinger auf den Zeilen, den rechten auf der Wange. Ein Schneidezahn war grau, und sie hatte einen braunen Fleck auf der einen Backe. Und wenn sie schläfrig wurde, zog sich ihre Oberlippe leicht zusammen und warf kleine Fältchen.

Die Rede ist vorbei, und Orgelmusik setzt ein. Mein Vater steht als erster auf, und ich sehe, daß sein Stuhl naß ist. Eine Sekunde lang bin ich sicher, daß er in die Hose gemacht hat, doch die ist trocken, seine Augen sind feucht. Er und Onkel Leo gehen hinter dem Pfarrer und dem Mann, der die Urne trägt, dahinter ihre Frauen, dann Laura und ich. Der Pfarrer erzählt noch etwas von Asche und Staub, und ein Mann mit Handschuhen, der müde aussieht, stopft die Urne in das Loch im Rasen, als gelte es, mit einem riesigen Korken ein Bohrloch zu stopfen. Ich folge meiner Angewohnheit, die Menschen zu zählen, bald verliere ich den Faden und zähle erneut.

Vor dem Loch steht ein Plastikeimer mit Sand und einer Schaufel. Als ich an der Reihe bin, habe ich Seitenstechen, doch ich treffe das Loch auf Anhieb und stelle mich hinter meinen Vater, ohne ihn anzusehen. Nach mir kommt Laura, und ich beobachte einen älteren Mann in der zweiten Reihe, von dem ich glaube, daß er ein ehemaliger Mieter meiner Großmutter ist, der die Augen nicht von Lauras Hintern läßt. Laura kommt in unsere Richtung und umarmt meinen Vater. Sofort habe ich ein schlechtes Gewissen, weil ich nichts dergleichen getan habe. Die drei Gärtner-Brüder stehen etwas abseits, nah beieinander, in schwarzen Anzügen. Sie sehen stark aus, wie Eichen. Inzwischen macht sich meine Cousine an dem Schäufelchen zu schaffen, auch ihre kleine Tochter bemüht sich und stößt fast den Eimer um. Wieder beobachte ich den älteren Herren aus der zweiten Reihe. Er lächelt und fixiert das Hinterteil meiner Cousine, die sich noch einmal zu dem Grab herumdreht, ein zusammengefaltetes Papier aus der Tasche zieht und in das schwarze Loch wirft.

Der ältere Herr schüttet als letzter Sand in das Grab. Er lächelt nicht mehr. Ich kann das Knistern hören, als der Sand auf das Papier fällt. Tränen schießen mir in die Augen, mein Kinn zittert.

Dann ist alles still. Nicht mehr als ein paar Sekunden, bis der erste (wahrscheinlich ist es mein Vater) das Zeichen zum Aufbruch gibt. Und doch ist es der Augenblick, der mir am klarsten im Gedächtnis bleibt. Sekunden der Ruhe und ein letzter Gruß aus dem dunklen Loch für die, die ihn hören. Das Geräusch von Sand auf Papier. Und Laura, die ihr Schluchzen hinter einem Schal verbirgt. Wir umarmen uns und gehen zum Auto. Außer mir bemerkt niemand, daß sie lacht.

(Und noch einmal war Beerdigung angesagt, Jahre später:

Das Telefon klingelt schon seit einiger Zeit. Der Versuch, es in meinen Traum einzubauen, scheitert erstaunlich schnell. Traum und Wirklichkeit knobeln mein Bewußtsein aus. Als die Wirklichkeit die 50%-Marke überschreitet, schlage ich die Decke zurück, ein Blick auf den Wecker sagt mir, daß es früh ist, oder spät, es ist tiefste Nacht. Das Telefon muß viermal geklingelt haben, der Anrufbeantworter springt an, als ich in den Flur trete. Ich bin noch nicht ganz bei mir, vielleicht bei 75% Wirklichkeit. Noch weiß ich nicht, welcher Tag heute ist, aber ich weiß, wer mich da anruft.

«Hallo, ich bin's, Wolfgang.»

«Ja.»

«Bist du wach?»

«Ja.»

«Mein Vater ist heute nacht gestorben.»

Und dann die Beerdigung; noch vor der Kirche, wir bilden eine Traube, Ottl, Susi, Basti, Udo, Matze, ich und die anderen. Gut sehen wir aus, schwarz gekleidet, voller Stolz wollen wir sein, wollen etwas ausstrahlen, Halt und Würde geben, wollen Eichen sein. Wir sind schon alle da, stehen zusammen, es wird nicht viel gesprochen, es wird geraucht, bald bilden wir eine Traube, bald einen Kreis. Da kommt das Auto, und wir wissen, daß wir ihn halten müssen, wissen es, als Wolfgang aus dem Auto steigt; und das muß der Augenblick sein, da alle Kraft von ihm fällt, wo er den Kampf verloren gibt. Wie er uns dort stehen sieht, zu seinen Ehren und der Ehre seiner Familie, da ergreift ihn ein Schütteln und wir wissen nicht, was tun, halten ihn, so viele Tränen, und damit ist das Schlimmste vorbei, dann geht er hinein in die Kirche und wir folgen ihm. Die Trauergemeinde ist groß, wir laufen hinter der Familie, alle anderen hinter uns. Was bleibt zu tun, wir sehen uns an, kurz nur; wir lassen uns fallen, geben es aus unserer Hand. Wolfgang in der ersten Bank, immer und immer wieder bricht es aus ihm heraus, plötzlich, und der alte Mann neben ihm, sein Großvater, was kann der schon anderes tun, als dem Leid zu lauschen, so wie wir alle.

Dann ist die Trauerfeier vorbei, wir strömen hinaus, Susi hat geweint, auch Basti, selbst der, und ich. Und ich sehe Ottl dort stehen, die Menschen laufen an ihm vorbei ins Freie, der Himmel ist blau geworden, ich suche seine Augen, warum geht er nicht, warum bleibt er, wie angewachsen, den Blick zum Altar. Ottl steht regungslos, die Knie gegen die Holzbank gepreßt. Und sein linker Arm ist vor der Brust verschränkt, auf ihn stützt sich der rechte Ellenbogen, die Hand auf den Mund gepreßt, vielleicht einen Schrei unterdrückend. Ich trete nach draußen, hinter mir bleibt Ottl zurück, steht unbewegt, die Hand auf den Mund gepreßt, die Augen rot, unter der Nase, dort wo die Hand eine Kante bildet, stauen sich die Tränen, und er kommt nicht los, den Blick zum Altar, wo Wolfgang zusammengesunken ist, ruhig jetzt.

Ich stehe neben Basti, wir sehen uns an, er deutet nach drinnen, er meint Ottl, wir sagen nichts, noch nicht, doch denken wir beide: «... der Ottl ...»

Und dann irgendwann draußen stehen wir wieder in einer Traube, bald im Kreis, viele rauchen, und ich weiß, daß etwas anders sein wird, von nun an, und ich denke an eine Zeit, die gestern und sogar noch heute früh so nah zu sein schien, an einen gemeinsamen Urlaub und daß wir ahnten, daß es einmal anders sein würde. Und während ich um mich sehe, in die Gesichter der anderen, die schweigen, da denke ich an ein Lied dieses Sommers, und immer wieder spiele ich in Gedanken diese Kassette ab, drehe sie um, spule vorwärts und zurück. – Später, schon in Freiburg, würde ich Ottl am Telefon nach der Kassette fragen, in Bastis gelben Golf hatten wir es gehört. Wie es hieß, wollte ich wissen, und fragte deutlicher: «Wie heißt das Stück?», und Ottl: *«Check your Outface»*, und wieder, denn ich hatte nichts mehr gesagt: *«Check your Outface»*, und ich: «Ja, *Check your Outface.»* – Und doch spüre ich nichts mehr, keine Bedeutung mehr, und wie kann das gehen, frage ich mich, wie kann das gehen, wo es doch eben noch alles war, dieses Lied, dieser Text, wo er doch eben noch alles – bedeutete.

Ich hätte Wolfgang etwas sagen sollen, ich hätte ihm sagen sollen, daß er keine Angst vor der Dunkelheit zu haben brauchte. Daß man auch aus dem Dunkeln schöpfen kann, ebenso wie aus dem Licht, daß man sich nur entscheiden muß. Es gibt Kraft in der Dunkelheit, das ist die Angst, denn darum geht es; daß da zwei Pole sind, die uns halten, einem Mobile gleich, mit zwei Gewichten, die Angst und die Schönheit.)

2. Kapitel (Familienurlaub)

Natürlich haben wir unsere Mutter gewarnt, haben ihr gesagt, daß das mit der Sonne nicht mehr so ist wie früher, aber sie wollte sich nicht eincremen, wollte zumindest etwas Sommerbräune mit nach Deutschland bringen. Dann ist sie in der Sonne eingeschlafen, und in der Nacht hat sie vor Schmerzen kaum ein Auge zugemacht. Tee trinkend hat sie in der Küche gearbeitet.

Heute ist unser letzter Tag, und ich creme meiner Mutter den Rücken ein. Er hat die Farbe eines Hummers, so rot, daß jede geringste Berührung meiner Finger einen weißen, sich verflüchtigenden Abdruck hinterläßt. Noch vor einigen Tagen lachten wir über Neuankömmlinge, Engländer natürlich, die innerhalb eines Tages die geheimnisvolle Metamorphose von kreidebleich zu feuerrot vollzogen.

Ich gehe Eis kaufen, ein Samoa für meinen Vater, das nimmt er immer, und für mich ein Vanilleeis, dessen Name so schwer ist, weil er französisch ist. Meine Mutter hat mir die Lautschrift aufgeschrieben, und so stehe ich mit dem Zettel in der Hand vor der Holzbude und sage: «Ö Samoa e ö kulöhr». Die Frau, die das Eis verkauft, hat einen Schnurrbart, und als sie sich über die Eistruhe lehnt, kann ich durch die Bikinihose den Schlitz zwischen ihren Beinen sehen. Sie dreht sich zu mir um und sagt etwas, das ich nicht verstehe. Dann wartet sie einen Moment ab, offensichtlich hat sie mich etwas gefragt. Ich weiß nicht, was ich machen soll, und halte ihr den Zettel hin. Das versteht sie anscheinend auch nicht, ihre Augenbrauen ziehen sich zusammen, und ich sehe winzige Schweißtropfen an ihren Schnurrbarthärchen hängen.

Jetzt hält sie mir die Eiskarte hin und schaut mich fragend an. Ich brauche drei Versuche, bis ich auf ein Eis tippe, das noch vorrätig ist, aber als ich das Geld auf den Tisch lege, schüttelt sie wieder den Kopf. Mein Kinn beginnt zu zittern, und ich habe wieder das komische Gefühl zwischen den Beinen, wie damals, als ich dachte, mein Fahrrad wäre gestohlen, oder wie in der Achterbahn. Der Mann hinter mir schiebt mich zur Seite, legt ein silbernes Geldstück auf den Tisch und sagt «Is scho' guat». Er gibt mir das Samoa und das andere Eis und bestellt etwas auf französisch. Die Schlange ist lang geworden, einer oder zwei schauen mich komisch an. Ihre Gesichter verziehen sich, werden zu Fratzen. Sie starren mich an und grinsen. Sie haben lange Hälse, die sie verrenken, und sie fletschen die Zähne. Das passiert mir manchmal; im Flugzeug zum Beispiel oder wenn ich im Unterricht ausgefragt werde. Dann hat die Stewardess oder mein Lehrer plötzlich ein Affengesicht. Auch bei meiner Mutter ist das schon einmal so gewesen, als wir am Tisch saßen, nach der Schule. Ich kann dann nicht mehr zuhören, kann nur noch das Gesicht beobachten, das sich verwandelt. Irgendwann kommt dann noch das Brechgefühl im Hals dazu, dann bekomme ich Angst, aber inzwischen habe ich das Gegenmittel gefunden. Ich lege mich einfach eine Weile aufs Ohr, und wenn ich aufwache, ist alles wieder normal.

Zwischen Affen und Wölfen, die sich dichtgedrängt tümmeln, gehe ich zurück zum Handtuch. Meine Hände riechen noch nach dem Geld. Mein Vater liest ein Interview mit Udo Lattek.

«Was hast du denn da genommen»

«Mal was anderes, 'n Wassereis.»

Ich setze mich aufs Handtuch und unterdrücke den Brechreiz in meinem Hals. Kratze meinen Kopf. Es ist windig geworden, Wolken ziehen auf. Die Wellen wären jetzt genau richtig, denke ich.

Mein Nacken ist schweißnaß, doch meine Füße sind kalt.

Laura hat sich natürlich sofort verknallt. Die ersten Tage lag sie noch mit uns zusammen am Strand, aber es hat nicht lange gedauert, bis sie sich der Clubjugend anschloß. Ich bin nicht sicher, ob sie sich für diesen Urlaub bewußt etwas vorgenommen hatte, doch schien mir ihr Verhalten vom Tag des Abflugs an seltsam anders zu sein, ihr Verhalten und vor allem ihr Blick und die Art zu sprechen.

Seit einiger Zeit kostete sie die Vor- und Nachteile des wilden Rebellendaseins aus; zu Hause kein Wochenende ohne Geschrei, in der Schule kein Monat ohne Verweis. Hosen wurden zerrissen, Ausgehverbote erteilt und gebrochen, und in der Mitte stand ich und genoß die Überlegenheit der Neutralität. Für meine Eltern war ich noch Kind, für Laura war ich eine Höhle der Solidarität, des Verbundenseins.

Sie war immer pleite, und ich lieh ihr Geld und wußte, daß sie gelegentlich Geld aus der Börse unserer Mutter nahm. Bei Streitereien stand ich ihr zur Seite und genoß dafür das Privileg, über alles Bescheid zu wissen, denn bis zu einem Zeitpunkt, den ich nicht genau benennen kann, genoß ich Lauras grenzenloses Vertrauen: Sie hatte sich angewöhnt, mir alles zu erzählen.

In meinem Zimmer war sie gelöst und zu Scherzen aufgelegt. Humor war eine Festung, hinter der wir uns mühelos und zu jeder Zeit verstecken konnten. Wir teilten eine Art Grundhumor; hatten unsere Eltern Gäste, fielen uns dieselben Gesten und Besonderheiten auf, die wir später im Zimmer imitierten. Wir legten einen Speicher für Witze, Gesten und Geräusche an, die nur wir verstanden und die wir hervorholen konnten, egal, wie lang ein Ereignis zurücklag.

Lauras Leben war von Schnelligkeit geprägt, sie wechselte den Freundeskreis im Flug und hatte heute diesen Freund, morgen einen anderen. Sie verzichtete auf jegliche Festlegung und nahm sich überall nur das, was sie gebrauchen konnte.

Ich war eine der wenigen Konstanten in ihrem Leben, einer, der sie gekannt hatte, als sie noch anders ausgesehen und gesprochen hatte, den sie kaum täuschen konnte und vor dem sie sich nicht so geben mußte, wie sie es sonst eben tat. Mit mir zusammen zu sein muß für sie entspannend gewesen sein, sie erholte sich von der großen Show, die sie da draußen abzog – meine Rolle war klein, dafür einzigartig; ein Bruder nur, doch eins war klar: keiner kannte Laura so gut wie ich.

Die Energie, die Laura in die Planung unseres Sommerurlaubs investierte, verblüffte uns. Als feststand, daß sie nicht mit ihrer Clique würde fahren dürfen, verstummte das Gezeter, und Laura nahm sich das, was ihr, ihrer Meinung nach, zustand. Sie besorgte die Kataloge und führte die Diskussionen. Sie buchte die Flüge und setzte für uns Kinder ein eigenes Appartement durch. All das schaffte sie ohne Geschrei, und als sie damit fertig war und die Koffer gepackt wurden, kam sie mir verändert vor. Als hätte sie sich etwas vorgenommen.

Am zweiten Tag zog Laura beim Sonnenbaden ihr Bikinioberteil aus. Mein Vater sah nur kurz von seiner Zeitschrift auf und beschloß, die Situation zu meistern, indem er gar nichts sagte, aber sein Fuß wippte nun schneller als vorher hin und her, wie zu Hause, wenn er einen Krimi sieht oder ein spannendes Tennisspiel. Ich beobachtete Männer, die Lauras bewegungslosen Körper musterten, alte dreister als junge. Ich haßte sie und wollte schreien; ich stellte mir vor, wie ich sie im Meer ertränkte. Ich stellte mir vor, wie ich Laura eine Ohrfeige gab und ihr etwas Schlimmes sagte und wie ich meinem Vater die Zeitschrift wegnahm und zerriß. Etwas war zu Ende gegangen, und niemand hatte mich davor gewarnt.

Unsere Mutter wußte nichts von alledem, sie hatte Grippe und saß im Appartement auf dem Bett und konzipierte Abituraufgaben. Wenn es mittags zu heiß am Strand wurde, besuchte ich sie, wir tranken zusammen Tee, und ich erzählte ihr von den Animateuren und den Aktivitäten am Strand. Sie war fröhlich und sagte, wahrscheinlich wäre es sogar ganz gut, daß sie krank sei, so komme sie wenigstens zum Arbeiten und könne die zweite Woche mit gutem Gewissen am Strand verbringen. Ich achtete darauf, daß sie ihre Medikamente nahm, auch die großen Pillen, die sie immer vergessen wollte. Die konnte sie einfach nicht schlucken, sie begann zu würgen und nahm sie wieder aus dem Mund. Nach drei Versuchen hatte die Pille ihre Farbe verloren, war grau und die Zunge meiner Mutter rot. Wir entwickelten eine Methode, die Pille sauber zu zerschneiden, und während sich am Strand Wölfe und Affen an den Titten meiner Schwester ergötzten, half ich meiner Mutter, so glaubte ich, gesund zu werden.

Mir war langweilig, ich war zu alt, um mich am Strand wohl zu fühlen, und zu jung, um zu einer Clique zu gehören. Ich haßte Französisch, denn es war die Sprache, die hier alle sprachen, und es war die Hürde zwischen mir und allem, was mir Spaß gemacht hätte. Ich belegte keinen Segelkurs, aus Angst, den Animateur nicht zu verstehen, und beim abendlichen Bühnenprogramm verpaßte ich jede Pointe. Nicht einmal das Clublied konnte ich mitsingen, und als meine Mutter anbot, den Text in Lautschrift aufzuschreiben, lehnte ich ab.

Die letzten Tage lag ich nur noch am Pool und las. Ich hatte gerade erst die Clubbibliothek entdeckt und plötzlich auch ein ungeahntes Vergnügen an Krimis und Horrorbüchern. Mitunter las ich zwei Bücher am Tag, oft mit Herzklopfen und schwitzenden Händen, als würde sich die Langeweile der letzten Tage mit einem Mal in ungeheurer Spannung entladen. Zwischendurch sprang ich ins Wasser und dachte über die Handlung nach, versuchte hinter die Geheimnisse zu kommen.

Einmal, als ich meine Bahnen schwamm, sprachen mich zwei Mädchen an, die mir schon vor einiger Zeit dadurch aufgefallen waren, daß sie mich anstarrten und ständig kicherten. Schließlich rief mir die eine etwas zu, und die andere fing wieder an zu lachen. Selbst als Franzose hätte ich wahrscheinlich Schwierigkeiten gehabt, die beiden zu verstehen, so sehr lachten sie. Sie schienen Spaß daran zu haben, daß ich nichts verstand, und sprachen immer schneller und höher und lachten laut, und die Frau, die neben mir auf der Liege saß, schaute zu uns herüber. Noch vor wenigen Tagen wäre ich aufs Klo gegangen und nicht mehr zurückgekommen, doch diesmal hatte ich eine bessere Idee. Ich warf den Mädchen mit großer Lässigkeit all meine Französischkenntnisse entgegen: «Ö Samoa e ö kulöhr!»

Die Wirkung war beträchtlich, und als mich beide reichlich perplex ansahen, wiederholte ich meine magischen Worte. «Ö Samoa e ö kulöhr, ö Samoa e ö kulöhr.»

Sie hatten ihre Sprache verloren, für einige Sekunden zumindest, dann sagte die größere von beiden: «What? Repeat!» Ich winkte ihnen noch hinterher, war zufrieden mit mir und dachte: Sollen mich doch alle mal in Ruhe lassen!

Heute ist unser letzter Tag und ich creme meiner Mutter den Rücken ein. Sogar Laura ist bei uns, und wir zählen auf, worauf wir uns am meisten freuen: unsere Katze, die wieder beleidigt sein wird, wenn wir nach Hause kommen, und so tun wird, als sei es ihr völlig egal. Die Post nach Urlaubskarten durchforsten. Das erste Wochenende nach Schulbeginn. Die Urlaubsfotos abholen und Laura damit aufziehen, daß sie den ganzen Tag nur langsame Musik hört und Jungennamen auf ihr Federmäppchen schreibt. Mit meinem Vater am Wochenende Fußballtoto spielen. Mir einen Büchereiausweis machen lassen.

Meine Mutter geht ins Wasser, zum ersten Mal in diesem Urlaub. Sie schwimmt parallel zum Ufer, ein paar Mal hin und her. Ihren Kopf hält sie emporgestreckt, damit die Haare nicht naß werden. Gestern war sie beim Friseur, dem Clubfriseur, der teuer ist. Im Club zahlt man mit Perlen, kleinen Plastikkugeln in drei verschiedenen Farben, die unterschiedliche Werte darstellen. Es heißt, so würde man den Dieben das Leben schwer machen. Mein Vater sagt aber, der Club selber sei der große Dieb, der einem die Plastikkugeln aus der Tasche zieht, weil jeder zu faul ist, sich auszurechnen, wieviel er da eigentlich ausgibt. Die Kugeln haben Haken und Ösen, damit man sie ineinanderstecken kann, und manche Frauen (die ich nie am Strand gesehen habe, die aber immer im Badeanzug herumlaufen) tragen lange Kugelketten um den Hals oder machen sich Armreifen daraus. Dann bestellen sie an der Bar etwas zu trinken, öffnen die Kette oder den Armreif, lösen zwei Kugeln heraus und schließen die Kette wieder.

Am Nachmittag stehe ich auf dem Balkon und weiß, daß es Zeit wird, meine Sachen zusammenzusuchen und den Koffer zu packen. Eben war ich mit meinem Vater am Strand, wir machten eine Strandtour, am Ufer entlang. Die Brandung umspülte unsere Füße, und mein Vater trug eine helle, lange Sommerhose, die er nicht hochkrempelte. Die sterbenden Wellen stiegen bis zu den Knien, seine Hose wurde naß, sie klebte an seinen Waden, die Kniescheibe zeichnete sich ab. Ich sagte es ihm, und er reagierte nicht, dachte über etwas nach und begann zu sprechen. Es war ihm egal, seine Hose war naß, aber das interessierte ihn nicht. Das war cool, das war unsagbar cool, und er muß es wohl gesehen haben, daß ich lächelte, denn er fragte, was los sei, und diesmal war ich es, der weiterging, ohne Reaktion, dann sahen wir beide geradeaus und wieder zu Boden, auch mein Vater lächelte nun. Wir waren weit gegangen, dann verweilten wir und suchten im Sand nach flachen Steinen. Wir ließen sie über das Wasser flitschen, fünf, sechs, sieben, zehn Mal. Meist waren es die Wellen, die sie stoppten. Aber man kann sie durchstoßen, die Wellen, sagte mein Vater, das ist die größte Kunst des Steineflitschens, eine Welle zu durchstoßen, so daß der Stein jenseits der Welle noch einen Sprung schafft. Es kommt nur auf den Stein an, sagte er und suchte weiter nach dem Stein, mit dem er es schaffen würde, nach dem perfekten Stein. Ich suchte auch, jedoch ohne Geduld, meine Steine flitschten nicht oft, aber ich wollte, daß mein Vater es schaffte, wollte für ihn den perfekten Stein finden («flach muß er sein und nicht ganz rund, etwas oval, klein muß er sein und dennoch schwer, das ist das Wichtigste, hörst du, er muß trotz allem schwer sein»). Ich warf nicht mehr, suchte nur noch, brachte meinem Vater die Steine, und er warf sie, er ging in die Knie, die Hose troff. Bald wollte er abbrechen, zurückgehen, lachend gab er den Kampf verloren, und ich brachte noch einen Stein und rief: «Den noch, wirf noch einen, den noch!», und er warf und durchstieß die Wellen, doch die Steine waren wohl nicht perfekt, denn sie sprangen nicht wieder von der Oberfläche ab, sondern versanken in der Tiefe; und ein Stich durchzuckte meinen Magen bei jedem Wurf, bei jedem *Patsch* der Steine. Dann «Noch einen!», und mein Vater sagte, daß wir ihn schon noch finden würden, den perfekten Stein, aber nicht heute, und er rieb sich die Hände sauber, doch schon brachte ich einen weiteren und rief: «Hier, noch den!» und drückte ihn ihm in die Hand, fast flehte ich «Bitte Papi, nur noch den!» Da sah er mich an, ich war den Tränen nah, fragend sah er mich an, und ich antwortete seinem Blick mit einer Frage: «Den noch, ja? O. k.?»

Hinter mir im Zimmer stürzen Laura und ein anderes Mädchen laut lachend zwischen Spiegel und Kleiderschrank hin und her und überlegen, was sie am letzten Abend tragen sollen. «Die Nacht der Franzosen» rufen sie die ganze Zeit, und ich erfahre, daß Laura mit einem Jungen namens Fabrice Schluß gemacht und sich noch am gleichen Abend in einen anderen Franzosen verknallt hat. Der heißt auch Fabrice. Und das andere Mädchen will jetzt was vom ersten Fabrice. «Die Nacht der Franzosen! Die Nacht der Fabrice!» kreischen sie wieder und entwickeln dabei einen richtigen Rhythmus. «Bei dir klappt's bestimmt, aber bei mir! Nie! Ich sterbe!» Dann fallen sie sich in die Arme und probieren das nächste Kleid an.

Beim Abendessen sind alle gut angezogen. Der Saal ist spanisch dekoriert, ein paar Indios machen Musik, und eine Frau mit Bauchansatz und Nabelring geht von Tisch zu Tisch und tanzt einem vor dem Teller herum. Die Band erinnert mich an die Zeit, als die Indios anfingen, in der Fußgängerzone ihre Musik zu spielen, und damit einen Haufen Geld machten. Irgendwann gab es aber zu viele von diesen Gruppen, und sie begannen, allen Leuten nur noch auf die Nerven zu gehen.

Diesmal sind alle da, und manchmal treffen sich die Blicke, und man lächelt oder prostet sich zu, und jeder sieht ein bißchen traurig aus. Nur noch heute abend sitzen wir zusammen: der chinesische Junge mit seiner Familie, die gar nicht chinesisch aussieht. Die blonde Frau, die allein da ist und jeden Tag Golf gespielt hat, mit dem Golfchef des Clubs, von dem meine Mutter sagt, er sei schwul. Der Tennistrainer, der vielleicht derselbe ist, mit dem ein Mädchen aus der Parallelklasse meiner Schwester, das vor einem Jahr hier war, ins Bett gegangen ist. Der Mann, der sich am dritten Tag beim Pooltauchen den Kopf eingeschlagen hat und plötzlich ganz beliebt war, weil er trotz Verband immer gut gelaunt war.

Vor dem Schlußprogramm gehen wir noch einmal an den Strand. Die Flut geht schon zurück, und wir laufen auf dem nassen Sand. Hinter uns hören wir die ersten Sektkorken knallen, vor uns machen sich winzige Vögel mit langen Beinen auf die Suche nach Wassertierchen, die die Flut im Sand vergessen hat. Eine Familie grillt am Strand, schweigend gehen wir vorbei. Die Gespräche sind ruhig, jedes Wort erscheint bedeutungsvoll. Die Stimme meines Vaters ist klar, und er spricht über seine Studentenzeit, als er mit dem Moped von Berlin bis Nizza gefahren ist. Er erklärt uns die ehemals traditionelle Feindschaft zwischen Frankreich und Deutschland und warum er bei der nächsten Bundestagswahl die Grünen wählen wird. Ich höre nicht zu, aber ich bin sicher, daß heute abend nichts zufällig gesagt wird, daß jedes Wort hier seinen Platz hat, und als Laura und ich stehenbleiben, gehen unsere Eltern weiter, nehmen sich in den Arm und ihre Stimmen werden immer leiser und verschmelzen mit dem Rauschen des Meeres.

Laura hat einen Stock genommen und schreibt damit etwas in den Sand. Es ist Englisch und könnte ein Satz aus einem Lied sein, oder der Titel einer Geschichte aus den Zeitschriften, die Laura zu Hause immer liest. Sie zieht einen großen Kreis außenherum und schreibt darüber den Namen der Insel und: *come back*. Dann stehen wir da und gucken auf das schwarze Wasser hinaus.

«In welcher Richtung liegt Deutschland?» frage ich. Laura antwortet nicht. Sie steht nur da und setzt sich schließlich in den Sand.

Irgendwo dort muß es sein, auf der anderen Seite des Wassers, denke ich. Dann setze ich mich neben Laura auf den nassen Sand, und irgendwie will ich da gar nicht mehr weg.

Am Morgen muß alles sehr schnell gehen. Ich stehe auf und natürlich ist Laura noch nicht da. Ich werde wütend, ziehe mich an und wasche mich. In zwanzig Minuten kommen unsere Eltern herüber und holen uns ab. Lauras Koffer ist noch nicht gepackt. Vom Balkon aus sehe ich das Appartement unserer Eltern. Auch sie sind schon wach, Licht brennt, ich erkenne die Silhouette meiner Mutter am Vorhang. Laura ist verschwunden, und wir verpassen den Flug, alles glasklar. Ich werfe ihre Sachen in den Koffer.

Dann steht sie in der Tür, ihre Sandalen in der Hand, leichenblaß. Ich frage nichts, aber sie lächelt mich an (oder ist da Angst in ihren Augen), müde. Sagt nichts, braucht nichts mehr zu sagen. Ich will sie beschimpfen und ihre Kleider zu Boden werfen, und sage nur: «Mann, da bist du ja.»

Im Bus trägt Laura ihre Sonnenbrille und hört Walkman. Ich wette, daß sie ein Foto in ihrem Geldbeutel hat. Draußen steht der ganze Club und winkt uns hinterher. Ganz hinten entdecke ich den Segellehrer. Bei dem hätte ich so gern einen Kurs belegt.

ZWEITES BUCH

1. Kapitel

Ich verliebe mich oft in Zügen. Jemand hat einmal geschrieben, Liebe setze sich aus vier Teilen zusammen: Nähe, Ausdauer, Schweigen und Wissen.

Wenn ich mich konzentrieren muß, vielleicht auf dem Weg zu einem Vorstellungsgespräch oder während ich eine Klausur vorbereite, dann wähle ich bewußt den Großraumwagen, denn in einem Abteil, in dem mehrere Personen auf engem Raum zusammensitzen, und das über einen längeren Zeitraum, in dem man sich nicht austauscht und doch weiß, daß jeder sich seine Gedanken über die anderen macht, da passiert es mir allzu oft, daß ich mich verliebe, und damit geht in der Regel jede Arbeitsmoral flöten. Vorraussetzung ist die Anwesenheit von Weiblichkeit, gleichgültig dagegen ist das Alter und (sogar) das Aussehen.

Der Zug Frankfurt–München hat angehalten und steht nun schon seit einigen Minuten in der Dunkelheit. Zweimal schien es weiterzugehen, der Zug rollte an, unsanft, und kam nach wenigen, hart umkämpften Metern wieder zum Stehen. Dann die Durchsage, technischer Defekt. Vor den Fenstern ist es schwarz, nur das Wageninnere spiegelt sich in der Scheibe, als wären wir in einem unbeleuchteten Tunnel, als wäre der Mond verhüllt.

Ich erinnere mich an eine Stelle in einem Buch: ein Mann fährt mit großer Geschwindigkeit auf einer einsamen Autobahn, als sich plötzlich eine riesige Nebelwand vor ihm auftürmt. Alles um ihn herum wird weiß, die Konturen verschwimmen und mit ihnen das Gefühl von Raum und Zeit. Der Mann läßt das Lenkrad los und sieht aus dem Fenster, versucht die Straße zu finden, einen Anker, doch da ist nichts mehr, nur noch er. Er schließt die Augen und sieht seine Familie, sich selbst, seine Kindheit, sein ganzes Leben.

Eine Freundin hat mir erzählt (sie studiert in Madrid), daß in spanischen Zügen niemals geschwiegen wird, daß die Menschen nicht in der Lage sind, nah beieinander beziehungsweise sich gegenüber zu sitzen, ohne sich zu unterhalten. Tatsächlich hat sie gesagt, sie habe es in fast drei Jahren kein einziges Mal erlebt, daß sich zwei Spanier im gemeinsamen Abteil eines Zuges nicht unterhalten hätten. Bei uns scheint das möglich zu sein, und zwar hier, seit fast drei Stunden, in diesem Abteil, das, als ich es betrat, leer war und das sich im Laufe der Zeit gefüllt hat. Nicht mehr als vier Sätze wurden in dieser Zeit von den anwesenden Personen gesprochen. Ich saß also zunächst allein im Abteil und war, von den Ereignissen der letzten Monate chronisch müde, bald eingeschlafen. Als ich erwachte, saß eine Frau neben mir, durchaus ungewöhnlich, denn von den sechs Sitzen, die das Abteil faßt, waren fünf noch frei, doch anstatt den begehrteren Fenster- oder Türplätzen den Vorzug zu geben, hatte sie sich direkt auf den mittleren Platz neben mich gesetzt.

Ob ich wüßte, wann der Zug in Mannheim halte, wollte sie von mir wissen, was ich, noch verschlafen und verwirrt, verneinte, ihr jedoch den Faltplan reichte, auf dem ich zuvor meinen Tee abgestellt hatte.

Mannheim liegt schon längst hinter uns, und die junge Frau, von der ich dachte, sie würde dort aussteigen (warum wohl hätte sie mich sonst gefragt?), sitzt noch immer neben mir und hört Walkman. Keine Musik, nur die Stimme eines Mannes ist gelegentlich zu vernehmen, vielleicht ein Hörbuch oder eine Meditationskassette. Sie ist nicht ausgestiegen, das hat mich gewundert, kurz vor Mannheim hat sie sogar ihre Schuhe ausgezogen, und ich überlege, was diese Frage sollte und warum sie sich neben mich, also quasi auf mich draufgesetzt hat. Und ihre Schuhe ausgezogen hat. Natürlich, sie hat schöne Beine, lang und dünn, in schwarze Seidenstrümpfe gehüllt und weiter oben unter einem knappen Rock verschwindend, das habe ich schon früh bemerkt. Ihr Gesicht ist schon älter, vielleicht 35, und das weiß sie auch, das weiß sie ganz bestimmt. Es dauert nicht lang, bis ich mir vorstelle, wie ich sie auf der Zugtoilette küsse und langsam beginne, sie auszuziehen. Ich schließe die Augen und öffne sie wieder, suche ihr Gesicht, senke die Lider und hebe sie. Und da sind sie, die Worte, vertraut wie ein Freund, der am Bahnsteig steht und winkt, ich begrüße sie, die Worte, die sich in meinem Kopf einstellen, von Zeit zu Zeit. Vielleicht schließe ich wieder die Augen, vielleicht formen meine Lippen die Worte, die sich aufdrängen, ohne zu sprechen, ein Flüstern höchstens:

Und laß uns die Gespräche rascher treiben
Denn wir vergaßen ganz, daß du vergehst.
Und es verschlug Begierde mir die Stimme.

So weit, so gut. Dann zieht sie ihre Schuhe aus, und ich verwerfe den Plan, sie zu fragen, ob ich mir ihre Zeitung ausleihen könne.

Bei der nächsten Station steigt ein junger Mann mit Rucksack zu, der auf englisch fragt, ob er sich zu uns setzen dürfe. Er muß glauben, die Frau neben mir und ich gehören zusammen, warum sollten wir sonst nebeneinander sitzen, und tatsächlich weiß ich auf die einfache

Frage des Jungen nicht zu antworten, sondern schaue meine unbekannte Nachbarin an, die nickt und ihn mit einem Handzeichen in das Abteil einlädt.

Seitdem liest er in einem Roman, blickt nur manchmal auf und schaut erst aus dem Fenster, dann auffällig unauffällig auf die Beine neben meinen und freut sich dabei.

Auf dem Platz an der Tür sitzt ein älterer Mann, der, nachdem er wortlos zugestiegen war, sofort einschlief, ohne seinen Mantel auszuziehen oder sein Gepäck zu verstauen. Kurz nach Ulm ist er noch einmal aufgewacht, hat sein Köfferchen in das dafür vorgesehene Netz gelegt und meine Nachbarin gefragt, ob er sich einen Teil ihrer Zeitung ausleihen dürfte. So geht das also, ärgerte ich mich und ärgere ich mich noch, zumal ihn der Inhalt der Zeitung tatsächlich mehr zu interessieren schien als die Schönheit ihrer Besitzerin. Dann ist er wieder eingeschlafen, die Zeitung auf seinem Schoß, und seitdem ist das Schnarchen das einzige, was uns vier verbindet, zumindest uns drei, die wir es wahrnehmen und für die es zunehmend störend wird, jetzt, da der Zug steht und nichts anderes zu hören ist, außer vielleicht die leise Stimme eines Mannes aus dem Walkman unserer Begleiterin, aber selbst das nur ab und zu.

Vier Sätze in gut drei Stunden (– Entschuldige, weißt du, wann der Zug in Mannheim hält? – Äh, nein, aber hier ist der Fahrplan. – Hello, are those seats taken? – Entschuldigen Sie bitte, dürfte ich einen Teil Ihrer Zeitung haben?), das ist, zumindest im Vergleich mit Spanien, nicht viel, aber doch genug, um erwähnt zu werden, denn erlangen Worte nicht erst im Kampf gegen das Schweigen ihre Bedeutung? Diesen Kampf haben sie bestanden, zumindest für mich und zumindest in diesem Augenblick. Draußen ist es schwarz, doch der Kampf hier drinnen tobt direkt vor unseren Augen.

Ich will sie fragen, ob sie denn nicht wissen, alle drei, daß wir Verbündete sind, daß es etwas gibt, das uns verbindet, so unterschiedlich man auch zu sein scheint. Daß es die Zeit ist, die wir gezwungen sind zu teilen. Verbündete sind wir, verbunden durch den allen gemeinsamen Strom der Zeit, und steht sie auch gerade still, so still wie ein Zug in der Nacht, so sitzen wir doch gemeinsam darin.

Draußen ist nichts zu sehen. Fahren wir oder stehen wir noch? Eine merkwürdige Zeit liegt hinter mir. Wo ist sie, diese Zeit, meine *Lebenszeit,* wie man sagt. Wem sollte sie schon gehören, wenn nicht mir, und warum verleiht sie mir keine Macht? Das Schnarchen des älteren Mannes, das Umblättern von Seiten, eine Männerstimme. Wir müssen noch stehen, denke ich, und: Möge es Tage andauern, hier bin ich frei, hier bin nur ich, ich und meine Zeit. Meine Augen fallen zu, ich muß erschöpft sein. Ja, das bin ich.

Das ist alles lange, lange her:

Als meine Mutter in meiner Wohnung anrief, weil sie mir sagen wollte, daß mein Vater in der Nacht zuvor fast mit dem Flugzeug abgestürzt wäre, lag ich im Bett und dachte darüber nach, daß mein Leben möglicherweise Gefahr lief, kompliziert zu werden. Das Bett, in dem ich lag, war nicht mein eigenes, infolgedessen erreichte meine Mutter nur den Anrufbeantworter, legte jedoch auf, ohne ihm den Grund ihres Anrufes anzuvertrauen, und das Mädchen, das neben mir schlief, war meine Cousine zweiten Grades.

Noch am Abend hatte ich *Inzest* im Lexikon nachgeschlagen (so überraschend konnten die folgenden Ereignisse dann wohl nicht sein), doch aus der erhofften

Beruhigung wurde nichts. Nicht nur die sexuelle Beziehung zwischen engen Verwandten (z. B. Eltern–Kinder, Geschwister untereinander; Blutschande) galten also als Inzest und waren weltweit verboten, sondern auch Beziehungen innerhalb größerer Verwandtschaftsgruppen, z. B. Klanen. Wenige Ausnahmen bestätigten die Regel, so die Herrscherhäuser im alten Ägypten oder bei den Inkas, wo Bruder-Schwester-Beziehungen nicht nur an der Tagesordnung, sondern gar Verpflichtung waren. Blutschande ist ein scheußliches Wort (die Mutter meines Vaters hätte gesagt: häßlich!). Dahinter verbirgt sich, laut Lexikon, der Paragraph 173 des Strafgesetzbuches, der einen im Falle des Beischlafs zw. Verwandten auf- und absteigender Linie sowie Geschwistern zu Freiheits- oder Geldstrafen verdonnern kann. Schöne Aussichten also. Aber als so richtig verwandt kann man uns eigentlich nicht bezeichnen, Emma und mich, unsere Großeltern waren Geschwister, da wird man von einer entfernten Blutsverwandtschaft sprechen, aber sicher nicht von Blutschande.

Eine Schande war höchstens mein Zustand am Abend, als wir uns kennenlernten. Es war die Hochzeit meiner Tante, der jüngsten Schwester meines Vaters, die Hochzeiten offenbar genauso gern mag wie ich, auch oder gerade wenn es ihre eigenen sind, und anscheinend nicht einsieht, daß ein solches Ereignis einmalig sein sollte, denn es war immerhin schon ihre vierte.

Meine Großmutter pflegte zu sagen: «Ach, die Inge, so ein guter Mensch, wenn sie bloß mal Glück mit den Männern hätte.» Ich bin mir da über einige Sachen nicht so ganz im Klaren, denn Tante Inge ist, glaube ich, der letzte Mensch, mit dem ich mir vorstellen könnte zusammenzuleben. Immerhin, sie hat viel Geld, eindeutig ein

Bonuspunkt, der vieles überdecken kann, aber eben nicht alles. Da wäre zum einen ihr Temperament, die Lautstärke, mit der sie ihre Meinung kundtut. Um es positiv auszudrücken: Tante Inge besitzt die Gabe zu schreien, ohne die Stimme zu erheben. Um es ehrlich zu sagen: Tante Inge ist immer, und damit meine ich immer, laut – sehr laut.

Einmal, als ich noch klein war, verbrachte sie bei uns den Weihnachtsabend. Um vier Uhr nachmittags gingen wir für gewöhnlich in die Kirche, Laura und ich bestanden darauf, noch war die wilde Zeit nicht angebrochen, und unser Vater begleitete uns. Mutter und Tante Inge blieben zu Hause, um alles für die Bescherung fertigzumachen und den Heringssalat zuzubereiten. Als wir zurückkamen, sah meine Mutter schon recht angestrengt aus, sie war blaß und schweigsam. Ganz anders Tante Inge, die es nicht erwarten konnte, anzufangen, und uns Kinder an den Tisch scheuchte, bereits alle Teller gefüllt hatte und in Windeseile die Diskussion eröffnete. Woher sollte sie wissen, daß wir vor dem Weihnachtsessen beteten, daß es meiner Mutter wirklich wichtig war, am Weihnachtsabend zu beten. Tante Inge hatte bereits die Hälfte ihrer Portion verspeist (was sie allerdings nicht daran hinderte, gleichzeitig zu trompeten), und ich sah an den Augen und an dem Mund meiner Mutter, wie beschissen sie das Ganze fand. Mein Vater, ob man es glaubt oder nicht, tat so, als merkte er nicht, was los war, und schien ganz guter Dinge zu sein (außergewöhnlich genug, offenbar schonte er noch seine Kräfte, denn er und Tante Inge fingen immer irgendwann an zu streiten, und dann aber richtig), als Laura sagte: «Warte mal, Tante Inge, und merke dir, was du sagen wolltest. Wir beten immer vor dem Weihnachtsessen, und heute habe ich einen Spruch herausgesucht.»

Ausgemachter Blödsinn, denn seit wir uns erinnern konnten, hatte Mutter immer denselben Psalm vorgelesen, aber das wußten nur wir, nicht Tante Inge, und als meine Schwester den Text auswendig vortrug (sie konnte ihn wirklich auswendig, in einer Familie glaubt man meistens, alles vom anderen zu wissen, zumindest bis zu einem unbestimmten Zeitpunkt, aber das war unglaublich, das erstaunte uns wirklich), hatte meine Mutter Tränen in den Augen, riß sich aber zusammen, und Tante Inge versuchte offenbar angestrengt, sich das zu merken, was sie eben hatte sagen wollen, und konnte die gefalteten Hände nicht ruhig halten, sondern klopfte mit dem Zeige- und Mittelfinger der rechten Hand immerzu auf den linken Handrücken, was leise, eklige Klatschgeräusche verursachte.

Der Rest des Abends verlief standardmäßig. Irgendwann rief mich ein Klassenkamerad aus Grundschultagen an, Andreas, sein Vater ist Polizist, um zu fragen, wieviel Geld ich bekommen hätte. Und irgendwann fing meine Mutter doch noch an zu weinen, als Tante Inge (sie raucht stark) einen Brandfleck in den Biedermeiersekretär machte und erklärte, sie habe einen ähnlichen neulich bei Möbelum gesehen und der sei erstaunlich günstig gewesen.

Als reines Pech kann man Tante Inges Unglück mit den Männern wohl nicht bezeichnen, immerhin lassen sich diese ihre geschiedenen Ehen und die neuerlangte Freiheit eine nette Stange Geld kosten. Das hat Tante Inge reich gemacht und erlaubt ihr, da sie seit einem winzigen Unfall als junge Frau kein Auto mehr steuern mag, jeden weiteren Weg mit dem Taxi zurückzulegen.

Trotz ihres lauten Auftretens hat Tante Inge die Gabe, Menschen beim ersten Zusammentreffen zu faszinieren, sie fast magisch in ihren Bann zu ziehen. Natürlich darf man nicht verschweigen, daß ihr dabei zugute kommt, was ihr, wenn nicht Gott, dann doch die Natur geschenkt hat: Tante Inge ist von erstaunlicher Schönheit. In der Familie meines Vaters gibt es viele schöne Menschen, doch was sich bei den Männern (es handelt sich um eine fast reine Männerfamilie) auf viele Brüder und Cousins verteilt hat, konzentriert sich bei der weiblichen Seite allein auf Tante Inge. Sie ist Ende vierzig und trägt auch erste Anzeichen von Alter in den Augenwinkeln, doch ihrer Ausstrahlung kann sich keiner entziehen, und ihre Schultern sind wunderschön, wenn sie, wie bei ihrer Hochzeit, frei aus dem Kleid emporragen und sich die langen roten Locken an sie schmiegen. Sie ist nie geschminkt und sieht immer ein bißchen so aus, als sei sie eben aus einem milden Traum erwacht.

So hatte sie es also geschafft, bis zu besagtem Hochzeitstag bereits nacheinander drei Männer vor den Traualtar zu ziehen, die es allesamt nicht lange bei ihr aushielten und denen sie vor dem Scheidungsgericht (mit Sicherheit in enormer Lautstärke) zumindest finanziell ordentlich den Kopf wusch.

Zurück zur Hochzeit: Tante Inge trinkt gern und viel (beziehungsweise gern viel) Alkohol. Da mag es nicht verwundern, daß es an ihrer vierten Hochzeit (der ersten, an der ich als Gast anwesend war) nicht an Getränken mangelte, was mir im Folgenden noch zum Verhängnis werden sollte.

Ich hatte Emma niemals vorher gesehen, genauer gesagt nicht einmal von ihrer Existenz gewußt. Natürlich kannte ich viele Namen und Geschichten aus der Familie meines Vaters, wußte von Cousins und Cousinen und hätte vermuten können, daß diese wiederum Kinder hätten, doch Emmas Name war mir unbekannt, ebenso ihr Aussehen.

Meine Schwester Laura ließ sich entschuldigen, sie war mit Freunden in Prag und hatte mit der Bemerkung, sie sei bei Tante Inges nächster Hochzeit mit Sicherheit wieder dabei, erst für einen mittelschweren Familienkrach gesorgt, aber gleichzeitig meinen Vater so sehr zum Lachen gebracht, daß ihrem Wunsch nach Absenz rasch nachgegeben wurde.

So war ich auf mich allein gestellt und darauf vorbereitet, den ganzen Abend Auskünfte über meinen Zivildienst zu geben (was insofern spannend hätte werden können, als unsere Verwandtschaft traditionell hohe militärische Ränge bekleidete und sich in den beiden Kriegen stets profiliert hatte, ich freute mich auf hitzige Debatten), sowie über meine Zukunftspläne. (Herrlich: Sich über Berufsperspektiven mit Verwandten zu unterhalten, die fast ausnahmslos Ärzte, Soldaten oder Gärtner sind und von denen jeder stets nicht nur seinen Beruf anpreist, sondern auch große Energie aufbietet, wenn es darum geht, die jeweils anderen zu beschimpfen. Seltsam: Jeder, ob Arzt, Gärtner oder Soldat, endete nach beschriebenem Szenario bei der Frage: «Warum eigentlich nicht Jura?»)

Nach dem fünften Pils hatte ich großen Spaß daran, meinen Gesprächspartnern weiszumachen, daß ich mich tatsächlich für Jura entschieden hätte, worauf jedermann zufrieden war und die Gespräche sich recht bald erschöpften, zwei oder dreimal hörte ich noch: «Jura? Bist du sicher? Was halten denn deine Eltern davon?»

Zehn Stunden zuvor war die standesamtliche Trauung gewesen, mit anschließendem Sekt-Brunch und darauffolgendem Mittagessen mit rotem Tafelwein.

Am Nebentisch saß eine Frau in mittleren Jahren, die ich nicht kannte und die mir auch erst auffiel, als sie einen Schrei ausstieß, aufsprang und sich wie wild mit einer Serviette den Rock abwischte. Eine (sehr) kurze Zeit lang dachte ich, die rote Flüssigkeit auf ihrer Bluse und auf ihrem Unterleib sei Blut, doch bevor ich mich richtig erschrecken konnte, erkannte ich die Ursache, sah eine zerbrochene Weinkaraffe auf dem Boden und bemerkte eine junge Frau, die sich unentwegt entschuldigte, bemüht, mit einem Dutzend Taschentüchern dem Unheil Einhalt zu gebieten. Es war ruhig, alle sahen herüber, auch eine dicke Frau, die sogar aufstand, um besser sehen zu können, und die plötzlich, in das betretene Schweigen hinein, in schallendes Gelächter ausbrach. Das entspannte die Situation, man wandte sich wieder den Gesprächen und dem Essen zu, nur die Dicke stand immer noch da und lachte, bis ihr Tränen über die Wangen liefen.

Auch die Frau mit dem besudelten Rock hatte sich wieder im Griff und beruhigte nun die junge Frau, die immer noch mit weindurchtränkten Taschentüchern an ihrer Bluse herumwischte und sich ohne Unterbrechung entschuldigte.

Ihr Gesicht war rot vor Scham, sehr rot. Diese junge Frau war Emma.

Nach dem Mittagessen hatten sich die Gäste zurückgezogen, meine Eltern machten Mittagsschlaf, und ich sah mir das Formel-1-Rennen im Fernsehen an. Um halb fünf gab es Sekt (eigentlich gab es zu jeder Tageszeit Sekt, zwar wurde mittags vor allem Rotwein getrunken, abends Weißwein und später Cocktails, doch zwei oder drei Flaschen Sekt wurden immer irgendwo herumgereicht, sogar bei Kaffee und Kuchen am Nachmittag, für die, die sich nicht hinlegen wollten) und zum Abendessen fantastischen Fisch. Die Stimmung wurde zunehmend ausgelassen, man spürte eine Vorfreude auf die kommenden Ereignisse des Abends.

Wahrscheinlich war es der Fernet Branca, der uns zur Verdauung serviert wurde, den ich lieber nicht hätte anrühren sollen, geschweige denn den meiner Mutter, die ihren nicht wollte, und den meiner rechten Tischnachbarin, die nur Mineralwasser trank.

Im Tanzsaal stand eine lange Westernbar, direkt gegenüber spielte die Musik, bestehend aus einem kleinen, dikken Mann und einer alternden Schönheit in rotem Kleid. Weiß der Himmel, wo Tante Inge die beiden aufgetrieben hatte, sie erinnerten mich stark an eine Silvesterfeier im Seniorenclub auf Mallorca (ernsthaft: ich habe Silvester in einem Seniorenheim auf Mallorca verbracht, aber das ist eine andere Geschichte!). Die Frau im roten Kleid hatte eine gute Stimme und bewegte sich auch anständig, der kleine, dicke Mann stand hinter einem Keyboard und sang ebenfalls in ein Mikro, das ihm, wie bei einem Piloten, unter dem Kinn hing. Das war alles, nur ein Keyboard. Bis heute ist mir schleierhaft, wo die beiden die Musik herzauberten, die im übrigen gar nicht schlecht war.

Langsam trudelten alle Gäste vom Eßsaal herüber, und ich orientierte mich direkt Richtung Bar, hangelte mich von Gespräch zu Gespräch und hatte schon drei Pils getrunken, als mein Vater herüberkam, um mir Emma vorzustellen.

Wir klärten zunächst die Verwandtschaftsverhältnisse (und ich glaube, daß ich mir schon während dieses Gesprächs Gedanken darüber machte, inwiefern eine sexuelle Beziehung zu einer Cousine zweiten Grades problematisch sein könnte) und sagten uns anschließend gegenseitig, wie seltsam es war, daß wir erst durch die Hochzeit einer entfernten Verwandten Gelegenheit fänden, einander kennenzulernen.

Emma wurde oft zum Tanz aufgefordert, von ihrem Vater, vom Bräutigam, von vielen Männern, die sich gern mit ihr schmückten. Ich tanzte nur einmal, mit Tante Inge, vielmehr tanzte sie, ich versuchte lediglich, das Gleichgewicht zu halten. Ich habe niemals die Tanzschule besucht, beherrsche nur die elementaren Grundschritte des Walzers, des Foxtrotts und des Cha-Cha-Cha, und als Emma mich zum Tanz aufforderte (oder besser: herausforderte), sagte ich nein.

Wir redeten über dies und das, und mein Vater streute gelegentlich eine Pointe ein, er kann sehr witzig sein, vor allem wenn er Wein trinkt, er verträgt noch weniger als meine Mutter, und das ist praktisch nichts. Ich erinnere mich, daß mein Vater gerade seine Verweigerungshaltung gegenüber dem Tanzen damit erklärte, daß er das klassische männliche Führen beim Gesellschaftstanz nicht mit seiner Vorstellung von weiblicher Emanzipation vereinbaren könne, und daß wir lachten, als sich eine füllige Dame an uns vorbei an die Bar zwängte und ich für einen Augenblick das Gleichgewicht verlor. Natürlich fing ich mich augenblicklich, konnte jedoch nicht verhindern, daß sich mein Bierkrug verselbständigte (ich hielt ihn nicht am Henkel, was ein Fehler war, vielleicht war auch meine Hand schweißfeucht) und sich mein Pils auf das Kleid einer Dame ergoß, die der Dicken an die Bar gefolgt war. Der Krug schlug auf den Boden, und ich brauchte eine kurze Zeit, um zu verstehen, daß es sich hierbei um meinen Krug handelte, daß ich, und niemand sonst, für diese Peinlichkeit verantwortlich war und daß es sich bei der begossenen Dame tatsächlich um dieselbe Frau handelte, deren Rock am Mittag von Emmas Rotwein für immer gefärbt worden war.

Für kurze Zeit verharrten wir alle in einer seltsamen Starre, Emma wurde augenblicklich rot im Gesicht, sehr rot, vermutlich hatte sie Angst, sie könnte erneut verdächtigt werden, und tatsächlich traf sie ein Blick, erfüllt von weiblichem Haß. Die Frau sagte nichts, sie schrie nicht einmal wie mittags im Restaurant, ihr Blick wanderte mit großer Geschwindigkeit von ihrem Kleid zu Emma und wieder zurück. Dann sah sie in die Runde, die kaum Notiz von dem Unglück nahm. Alarmierend war nur ihre Gesichtsfarbe, hummerrot, dann wieder wandweiß. (Dieses Farbenspiel beherrschen sonst besonders die Engländer, besonders an französischen Stränden.)

Als Emma und ich später am Abend auf dem Parkplatz vor dem Schloß standen, in dem das Fest stattfand, und heimlich Zigaretten rauchten (zumindest ich rauchte heimlich, sie rauchte öffentlich, sogar eine nach der anderen), erzählte sie mir von einem Tag aus ihrer Schulzeit, von einer Geschichtsstunde. Sie hatte nicht gelernt, was wohl nicht oft vorkam, und war zur Abfrage aufgerufen worden. Eigentlich hatte sie vorgehabt, sich zu entschuldigen (und sie hatte in der Tat eine gute Entschuldigung: ihr Vater war krank aus Afrika wiedergekommen), doch bevor sie etwas sagen konnte, rief ein Klassenkamerad: «Die Emma wird rot!» und die ganze Klasse hatte gelacht. Da wurde Emma wirklich rot, sehr rot, und sie sagte kein Wort mehr, die ganze Stunde nicht. Sie bekam eine Sechs eingetragen und errötete von diesem Augenblick an in jeder Situation, die sie in Verlegenheit brachte.

«Sobald ich daran denke, werde ich rot. Wenn mich jemand flüchtig ansieht, in der U-Bahn oder auf der Straße. Manchmal reicht auch eine Assoziation, eine rote Ampel vielleicht. Wie ein Lichtschalter, der von allein an und aus geht. Nur wenn ich allein bin, geht es nicht. Und wenn ich mich noch so sehr anstrenge, wenn ich allein zu Hause bin, vor dem Spiegel, dann kann ich nicht rotwerden.»

Das erste, was wirklich geschah, nachdem mein Krug auf dem Boden aufgeschlagen war, war, daß mein Vater sich bückte, den Krug am Henkel aufnahm, die besudelte Dame an der Schulter faßte (jetzt schaute sie ihn an, nicht mehr ihr Kleid, nicht mehr Emma) und sagte: «Entschuldigen Sie bitte, das war ich. Es tut mir schrecklich leid. Folgen Sie mir ins Bad, ich werde Ihnen helfen.»

Sie ließ sich von ihm führen, noch immer wortlos, sie wirkte schwach, benommen. Mein Vater reichte mir sein Glas Wein (wie hatte sie übersehen können, daß mein Vater Wein trank, kein Bier) und zog sie in Richtung Toilette. Ich glaube, er hakte die Dame sogar an seinem Unterarm ein, und vielleicht tätschelte er dabei auch noch ihre Hand.

Noch immer verharrte ich bewegungslos, zuviel war in zu kurzer Zeit passiert – man darf meinen Zustand nicht vergessen. Erst als die dicke Frau an der Bar begriff, was passiert war und anfing zu lachen (auch dieses Gelächter kannte ich vom Mittagessen), entspannte ich mich, und da die Dicke einfach nicht aufhörte, die Lautstärke gar steigerte, bis Tränen in ihren Augen standen, konnten Emma und ich nicht anders als mitlachen, solange, bis es wehtat und Emmas Gesicht so rot war wie der Wein in Vaters Glas.

Später, beim Rauchen auf dem Parkplatz, sagte Emma: «Das war ziemlich gut von deinem Vater.» Ich stimmte zu und dachte: aber Spaß hat es ihm sicher auch gemacht.

Dann sagte sie noch: «Aber daß Vater und Sohn so verschieden sein können, das hätte ich nicht gedacht.» Ich sagte nichts, überlegte nur, wie sie das hatte merken können und ob sie damit wirklich so recht hatte.

So lernten Emma und ich uns kennen. Gegen Mitternacht übergab ich mich in die Toilette, was niemand mitbekam außer Emma, und die hatte keinerlei Mitleid mit mir. Anschließend legte ich mich zum Schlafen in Emmas Auto, und am Morgen fing ich mir vorwurfsvolle Blicke meiner Mutter ein.

Emma war ein Jahr älter als ich, studierte Musikwissenschaften in Salzburg, ihre Mutter war Österreicherin und Hausfrau, ihr Vater unterrichtete Englisch und Erdkunde an einem hessischen Gymnasium.

Am Morgen nach der Hochzeit tauschten wir Adressen aus, und als ich sechs Monate später in Salzburg aus dem Zug stieg, war mein Gewissen rein, die Gedanken frei. Sollten die Dinge ruhig ihren Lauf nehmen, es würde mit Sicherheit der richtige sein.

2. Kapitel

Laura, meine Schwester, erfuhr noch vor meiner Mutter und natürlich lange vor mir, von dem Flugzeugabsturz unseres Vaters, wenn auch auf seltsame und unpersönliche Weise, nämlich durch die Abendnachrichten des öffentlich-rechtlichen Fernsehens. Sie war es auch, die wußte, wo ich zu finden war, und die mir das Nötigste am Telefon sagte, unser Vater war nicht tot, das nicht, doch der Schock saß tief, und sie erzählte es mit einer Ruhe, für die ich dankbar war und die es mir erlaubte, noch einige Stunden dazuliegen, bevor ich mich anzog und mich auf den Weg machte. (Auch sagte ich etwas zu Emma, sie hörte es nicht, ihre Zehen wippten im Schlaf, sie hätte es sowieso nicht verstanden: Wenn du nur bei mir bist, Emma, dann habe ich keine Angst.)

Laura war zur Ruhe gekommen. Wer hätte das gedacht, und wer hätte gedacht, daß Geschwister so unterschiedlich sein können.

Laura hatte ihre Jugend im Sturzflug durchlebt – und überlebt. Die Zeiten, in denen sie sich mit einem Jungen zufriedengab, waren rar. Weder unsere Eltern noch ich konnten mit der Geschwindigkeit ihrer Entwicklung Schritt halten.

Mit siebzehn ging Laura ins Ausland, und als sie wiederkam, war sie zum ersten Mal wirklich verliebt. Längst hatte sie den Entschluß gefaßt, den Mann fürs Leben gefunden zu haben. Das Ziel, die Schule in Deutschland möglichst schnell und möglichst gut abzuschließen, um dann ihr Leben lang auf einer einsamen Schweinefarm im mittleren Westen Amerikas zu leben, gab ihr die Energie, alle Hürden auf dem Weg zur Selbständigkeit zu bewältigen.

Kaum mit der Schule fertig, verlor sich der Kontakt nach Amerika, doch das ließ sie nicht verzweifeln, im Gegenteil, das war die Taktik ihres Weges: Laura brauchte Ziele. Daran hielt sie sich fest; es gab große Ziele, Träume, denen sie alles unterordnete und die ihr den Weg vorgaben. Und es gab kleine Ziele, Zwischenetappen, die auf dem Weg (zur großen Vision) zu nehmen waren und die eigentlich wichtiger für sie waren, denn die großen Ziele verblaßten zumeist irgendwann, wurden über Bord geworfen oder ersetzt, die kleinen Ziele jedoch erreichte sie spielend, von ihren Ergebnissen zehrte sie, und so faßte sie Fuß in der Welt, ganz allein und ohne daß wir es so recht mitbekamen.

Irgendwann hatte Laura sich in den Kopf gesetzt, Schauspielerin zu werden. Sie reiste monatelang durchs Land und bewarb sich an mehreren Dutzend Schulen, sprach vor, jedoch ohne Erfolg. Einmal sagte man ihr, sie sei schon zu gut, man könne sie nicht mehr richtig fördern, ein anderes Mal war sie bei einem sehr bekannten Theatermann in die zweite Runde gekommen, doch als sie ihren Text vorsprach, brach dieser in Gebrüll aus und wischte all ihre Unterlagen vom Tisch. Das alles konnte Laura nicht erschrecken, sie hatte ein Ziel, und das war alles, was sie brauchte. Wie viele Hürden sich auch vor ihr auftun würden, je mehr desto besser, letztendlich würde sie doch als Siegerin hervorgehen, auf ihre Art.

Als mein Vater sie davon überzeugen wollte, sich nach etwas anderem umzusehen, nahm sie kein Geld mehr von ihm an und arbeitete statt dessen fünf Nächte die Woche in Kneipen und Clubs, um sich die Fahrten selbst zu finanzieren. Dabei hatte unser Vater das mit Sicherheit nicht gewollt.

Dann nahm sie einen Job am Theater an, zwar nicht als Schauspielerin (sie war bereits in der ersten Runde abgelehnt worden), sondern als Bühnenbildassistentin. Nach kurzer Zeit ging sie ein Verhältnis mit einem Mann des Theaters ein, der fünfundzwanzig Jahre älter war als sie, dazu noch verheiratet, wenn auch getrennt lebend, und dreifacher Vater.

Nebenher arbeitete sie noch als Nachtwache in einem Heim für geistig Behinderte. Auch diese Nächte verbrachte sie nicht allein, sondern mit einem Zivildienstleistenden, einem Knaben von zwanzig Jahren.

Laura und ich schrieben uns regelmäßig; keine langen Briefe zwar, oft nur Postkarten, manchmal ohne Text, und verzichteten dafür auf telefonischen Kontakt. Wir beide telefonierten nicht gern, erst der Einzug von E-mail erweiterte unsere Kommunikationsmöglichkeiten. Kurz, wann immer einer den anderen anrief, war klar, daß es brannte, dann hielten wir uns nicht mit Floskeln auf, dann war die Angst, daß etwas Schreckliches passiert sein könnte, unerträglich.

Und, in der Tat, schreckliche Dinge passieren.

Lange Zeit bevor Laura mich anrief, um mir zu sagen, daß unser Vater fast mit dem Flugzeug abgestürzt war, daß er lebte, Gott sei Dank, hörte ich spät abends meinen Anrufbeantworter ab. Ein Anruf war von Laura und die Nachricht lautete: «Ruf mich an, sobald du da bist. Der Mann aus Armenien ist zurück. Vorhin stand er vor dem Fenster. Es ist halb zehn, Donnerstag abend.»

Es gab eine Zeit, da hing neben meinem Schreibtisch ein Bild der Weißen Rose. Sophie Scholl, ihr Bruder Hans und ihr Freund Christoph Probst. Die beiden jungen Männer tragen Uniformen; sie schreiben etwas auf ein

Stück Papier; ihre Gesichter sind ernst, die Halsschlagader von Hans Scholl tritt deutlich hervor. Seine Schwester Sophie trägt eine Blume an der Brust, eine Notiz neben dem Bild: Vier Tage vor ihrer Festnahme.

Ich habe das Bild damals ausgeschnitten und aufgehängt, weil die Alternative – weiterblättern und die Zeitschrift früher oder später wegwerfen – nicht in Frage kam. Es ist ein Bild von dokumentarischer Wucht, es ist ein Bild, daß man (z. B. auf einer Fotowand oder Collage), ohne sich darüber bewußt zu sein, immer exakt anordnet, d. h. in Augenhöhe aufhängt, niemals zu weit unten oder oben, auch würde man es nie schief aufhängen, es ist eins von den Bildern, die lebendig sind, die man länger betrachtet als andere, mit denen man sich unterhält, zumindest Fragen stellt. Was steht auf diesem Zettel? Wer ist der Fotograf? (Die Frage, die ein Universum an Phantasie freisetzt: Wer ist der Fotograf, welche Umstände führten zu dieser Fotografie, was passierte in der Minute vorher, was in den Sekunden hinterher?) Wer ist der Mann im Hintergrund? Und: woher nahmt ihr diese Klarheit?

Der zweite Grund, weshalb ich das Bild ausschnitt, war die Ähnlichkeit von Sophie Scholl mit meiner Mutter. Heute wäre sie fast achtzig, zwanzig Jahre älter als meine Mutter, die ein Kind der frühen Kriegsjahre ist. Nicht ausgeschlossen, daß sie sich einmal begegnet sind, Anfang der Vierziger, meine Mutter – ein Baby, Sophie Scholl – Studentin.

Ich habe das Bild meiner Mutter gezeigt, und sie sagte: «Stimmt, das könnte ich sein. Und Christoph Probst sieht aus wie Onkel Winnie.»

Onkel Winnie ist vor langer Zeit an Krebs gestorben, meine Erinnerung an ihn klammert sich fast ausschließlich an Fotos und Erzählungen. Er sah Christoph Probst auf dem Bild tatsächlich ähnlich. Einmal erkannt, war es mir schleierhaft, wie ich das hatte übersehen können.

Einmal war ich mit meiner Mutter und meinem Vater im Kino. Es war ein amerikanischer Kriegsfilm im Originalton mit deutschen Untertiteln.

Im Nachhinein meine ich sicher zu sein, daß meine Mutter an einer Stelle erschrak, vielleicht nahm ich ein nervöses Zucken wahr, vielleicht sah sie zu meinem Vater herüber. Vielleicht auch nicht, denn ich bin es ja, den die Vorstellung quält, nichts bemerkt zu haben, die Vorstellung, ihr ganz nahe gewesen zu sein, als die Vergangenheit über sie kam, ihr ganz nah zu sein und es nicht gespürt zu haben. Wie auch immer, als wir später im Auto saßen und über den Film sprachen, begann meine Mutter, vom Krieg zu erzählen, unaufgefordert und mit der Stimme einer Angeklagten, die ihr Schweigen bricht und Zeugnis ablegt. Mein Vater und ich hörten zu, was bei uns nicht selbstverständlich war.

Wie vermutlich jedes Kind meiner Generation war ich fasziniert von der Vorstellung, daß meine Eltern den Krieg, zumindest die letzten Jahre, als Kleinkinder noch miterlebt haben, und fragte oft nach ihren Erinnerungen. Meine Mutter erzählte mir von dem Keller, von einzelnen Bildern in ihrem Kopf. Von einem alten Mann, der während der Bombardements immer auf die Uhr sah, oft stundenlang, immer wieder und wieder, als hätte er noch einen Termin und müßte gleich los, um seine Bahn zu erwischen. Von dem Gefühl, nach überstandenem Angriff wieder in die Wohnung zurückzukehren und zu prüfen, was zu Bruch gegangen war. Mein Vater war noch lange nach dem Krieg wie traumatisiert, wenn ein Flugzeug vorbeiflog; dann rannte er so schnell er konnte, warf sich zu Boden und weinte, der Verzweiflung nahe und seinem Alter und seiner Erziehung so gar nicht entsprechend.

Als die Russen Berlin erreichten, war meine Großmutter mit ihren Kindern (meiner Mutter und ihrem Bruder) auf der Flucht. Ihr Mann, mein Großvater, war weg, irgendwo; er starb 1945 als russischer Kriegsgefangener in Estland. Er war ein Intellektueller gewesen (mit Nickelbrille und Mittelscheitel, wie es sich gehört), ein Professor für deutsche Sprache.

Die Russen vergewaltigten viele Frauen auf dem Marsch durch Deutschland, das lernt man in der zwölften Klasse (und zwar in diesem Wortlaut: *die* Russen, hieß es verallgemeinernd – *die* Deutschen – *die* Amerikaner), und ich erinnere mich an einen Freund, der neben mir saß und eben in einer dieser Geschichtsstunden sagte, er könne das schon nachvollziehen, nach dem, was die Deutschen in Rußland angerichtet hatten. Einige waren seiner Meinung, auch Mädchen, doch der Lehrer sagte: «Vergewaltigung ist eine schreckliche Sünde. Jeder, der vergewaltigt, ist ein Sünder und bleibt es bis zu seinem Tod. Keine Erklärungen, keine Entschuldigungen, keine Unterschiede. Es ist eine Sünde.»

Das war deutlich. Es imponierte uns, mit welcher Klarheit er die Dinge sah (die Frage der Fragen an das Foto neben meinem Schreibtisch: Woher nahmt ihr diese Klarheit, Sophie Scholl?). Ich bewunderte den Lehrer, weil er uns sagte, was richtig und was falsch war. Weil ich nun sicher war, daß er recht hatte, daß nur er recht haben konnte und daß jeder schwach war, der gezögert hatte, gezweifelt hatte. Und daß ich nicht schwach sein wollte, froh zu wissen, wo ich zu stehen hatte und wer zu mir gehörte. Ich fühlte mich zu ihm hingezogen, wollte, daß er wußte, was ich fühlte. Kurz überlegte ich, wie weit das ging, ob ich etwa Gefahr lief, schwul zu werden. (Ich hatte gelesen, daß sich in England ein schwuler Fußballer umgebracht hatte.) Er war mein Vorbild (zumindest an diesem Tag), das war es. Dieser Mann war sich seiner Sache sicher.

Ein paar Worte fielen mir ein, ein Hinweis, und ich wußte nicht, woher sie kamen: Man kann aus dem Licht und aus dem Dunkeln schöpfen, man muß sich nur entscheiden, denn darum geht es, daß es zwei Pole gibt, die Angst und die Schönheit, und beide geben Kraft.

Russische Soldaten verübten Greueltaten an deutschen Frauen, das ist nachzulesen (und wieder stellt sich mir die Frage, wo all die Kinder sind, die, gezeugt auf brutale Weise, bei einer Vergewaltigung, ihren wahren Vater nie gesehen haben), doch einige von uns wissen davon vielleicht aus Erzählungen ihrer Großeltern oder Eltern, vielleicht erfahren sie es auf einer nächtlichen Autofahrt, auf dem Weg nach Hause, und vielleicht gibt es sogar Geschichten, die so tief vergraben wurden, daß nicht einmal der Ehemann oder Vater davon weiß, Geschichten, die so tief vergraben sind, daß es einer Sprengung bedarf, um sie freizulegen, einer Sprengung oder auch nur eines Kinofilms der neunziger Jahre.

Meine Mutter war ein kleines Mädchen, als sie mit ihrer Mutter und ihrem Bruder aus Berlin floh. Die Flucht war ziellos, sie galt nur dem Überleben. Meine Großmutter war ein Brocken von Frau, von großer Statur und Willensstärke. Sie starb, als ich vierzehn war, und in meiner Erinnerung sitzt sie an unserem großen Eßtisch, vor sich eine Tasse Schwarztee, und sagt: «Damals hieß es: Überleben.»

Diese vier Worte sind alles, was geblieben ist; auch weiß ich nicht, wie es zu dem Ausspruch kam, mit vierzehn interessiert man sich nicht für das Leben anderer, und schon gar nicht für das der Großmutter. Aber sie sind da, diese Worte, und heute machen sie mich wütend, denn sie sind der Aufhänger für eine Geschichte, die für immer verloren ist.

(Fragen an Sophie Scholl: Warum mußtest du sterben, was hättest du uns alles sagen können, was hätten wir alles lernen können, wie alt wärst du heute, neunundsiebzig, und du, Großmutter, wie alt wärst du, warum konntest du nicht noch länger leben, vier Jahre länger, was hättest du mir alles erzählen können, neunundsiebzig, nicht wahr, so alt wärst auch du heute, wer bist du, Großmutter, wer bist du wirklich?)

Sie kamen langsam voran, zu Fuß oder mit dem Zug, denn der Sohn, der Bruder meiner Mutter, war krank, vom Fieber geschüttelt, mit einem entzündeten Bein. Nachts konnten sie nicht kampieren, wie viele andere, sie brauchten Hygiene, sauberes Wasser und Medikamente. Sie schliefen in Krankenhäusern, die als sicherer galten, und eben in einem solchen Krankenhaus waren sie, als man sie einholte, als die Russen kamen.

Geschichten hatte man gehört, von den Brutalitäten der Soldaten, die Mütter von ihren Kindern trennten und ihnen *alles* antaten.

Als die russischen Soldaten das Krankenhaus betraten, in dem meine Großmutter und ihre Kinder Zuflucht gefunden hatten, waren sie, das stand für alle scheinbar außer Zweifel, auf der Suche nach der nächstbesten Grausamkeit. Daß sie meine Großmutter nicht fanden, nicht von ihren Kindern trennten, nicht vergewaltigten und nicht töteten, lag schlicht und einfach daran – und so muß es gewesen sein, denn so wird es erzählt –, daß sie sich hinter einem Schrank versteckt hatte. Noch mal: Meine Großmutter rettete ihre Haut in irgendeinem Krankenhaus, irgendwo in Norddeutschland, indem sie sich hinter einem Schrank versteckte. Und das ist noch nicht alles. Der Schrank wäre als Versteck möglicherweise allzu leicht zu erkennen gewesen, hätte aufgrund seiner Größe geradezu dazu eingeladen, einmal hineinzuschauen, und natürlich auch dahinter. Doch er stand neben der Tür und wurde, dem Himmel sei Dank, von der aufgehenden Schwingtür vollständig versteckt. So blieb der Schrank unentdeckt und mit ihm meine Großmutter, die den russischen Soldaten so nahe war, daß sie vielleicht ihren Geruch wahrnehmen konnte. So verhielt es sich beim ersten Mal.

Im Bosnienkrieg Anfang der Neunziger kam es zu Massenerschießungen, die weltweit für Empörung sorgten. Nicht zuletzt deswegen, weil es stets Menschen gab, die diese Hinrichtungen überlebten und davon berichten konnten. Einer sagte später im Fernsehen, er hätte noch die Schüsse gehört und sei dann von den getroffenen Leibern, die auf ihn fielen, zu Boden gerissen worden. Zwei Tage und zwei Nächte habe er unter dem Leichenberg ausgeharrt, bevor er fliehen konnte und bevor sie die Leichen begruben.

Kann man das ertragen, diese Banalität des Lebens, die Banalität des Überlebens? Sich hinter einem Schrank verstecken. Sich unter Leichen verbergen.

Meine Großmutter wurde noch ein zweites Mal vor dem Schlimmsten bewahrt, und das geschah nicht viel später, auf dem Marktplatz eines kleinen Städtchens namens Beelitz.

Der Krieg war vorüber – wenn noch nicht ganz, dann zumindest fast –, und die siegreichen Soldaten der Allianz bevölkerten Städte und Straßen.

In Beelitz wurden sie von russischen Soldaten eingeholt. Beelitz war klein, zu klein für die große Anzahl von Flüchtlingen und fremden Soldaten. Zwar waren die meisten Männer fort, gefallen, gefangen, wer wußte das schon, doch die Unterkünfte reichten nicht. Man errichtete Notlager in Schulen und Kirchen, Krankenhäusern und Scheunen. Man wurde zugeteilt, Frauen mit Kindern hierhin, Verletzte, Alte und Kranke dorthin, und so wartete auch meine Großmutter auf ihr Los, sie stand mit ihrer Tochter auf dem Marktplatz, ein Pulk von Menschen um sie herum, als ein Soldat auf sie zukam und sie wegzerrte, um ihr *alles* anzutun.

Ich versuche, sie mir vorzustellen, in diesem Augenblick, dem Moment des Verstehens. Großgewachsen, kräftig, und doch fraulich, ihre großen Hände, ein Kopftuch. Sie hat nicht lange gezögert, da bin ich sicher, sie wußte, was kommen würde, und sie wußte, daß sie es überleben würde. Hilfe hatte sie nicht zu erwarten, von wem, wer hatte noch nicht genug gelitten. Doch leben, das mußte sie, ihr Mann war tot, wenn auch nicht amtlich, aber wer konnte schon hoffen, wer konnte soviel Kraft entbehren, sie mußte leben, um ihrer Kinder willen. Um ihrer Kinder willen, und deren Kinder, um meinetwillen, denn eines dieser Kinder bin ich, und dieser Gedanke hat Kraft, zuviel fast, um es ertragen zu können, daß meine Großmutter nicht zögerte, keinen Widerstand leistete, bereit war, sich alles antun zu lassen, nicht um ihretwillen, nein, um meinetwillen.

Es sollte in einer Scheune passieren, nicht weit weg vom Marktplatz. Meine Großmutter ließ sich nicht ziehen, kein Widerstand, und vielleicht lief meine Mutter noch hinter ihr her, ihr Bruder war verletzt, er lag schon im Krankenhaus, sein Bein war entzündet, das Fieber war hoch. Vielleicht dachte meine Mutter, sie war keine fünf Jahre alt, sie würden nun ihren Lagern zugeteilt, vielleicht dachte sie das, bis ihre Mutter ihr befahl, zu warten, zurück zur Menge zu gehen, bis sie sah, wohin der Soldat ihre Mutter führte.

In den Tagen des Sieges, als der Krieg in seinen letzten Zügen lag, waren die Städte erfüllt von Musik. Die Soldaten hatten Transistorradios und hörten ihre Musik aus der fernen Heimat. Man stellte Plattenspieler auf, fast immer erklang von irgendwoher eine Melodie und weiblicher Gesang, französischer, amerikanischer, russischer. Das war die Musik der Trümmer, und sie war heiter und schnell.

Es war Musik, was meine Mutter hörte, als sie begriff, was der Soldat mit ihrer Mutter vorhatte. Er würde sie in die Scheune sperren und anzünden.

Ein Kind von vier Jahren begreift nicht, was ein Soldat mit einer Frau in einer Scheune machen kann, überhaupt versteht es nicht viel von dem, was passiert ist. Von Bomben, Zerstörung, Tod und Vertreibung. Es kann nicht verstehen, aber es weiß. Genug, um fünfzig Jahre später, als erwachsene Frau, als Mutter oder gar Großmutter, an Silvester im Haus bleiben zu müssen, weil es den Krach der Feuerwerkskörper nicht ertragen kann.

Sie begriff nicht, daß der russische Soldat ihre Mutter vergewaltigen wollte, aber sie wußte, daß etwas Schlimmes passieren würde. Sie hatte eine Vision, eine Schreckensvision, die ihr das Schlimmste vor Augen hielt, was die Phantasie eines vierjährigen Kindes zu bieten hat. Der Mann würde ihre Mutter einsperren und anschließend die Scheune anzünden.

Meine Mutter fing an zu schreien. Sie lief neben ihrer Mutter her, reagierte nicht auf die Aufforderungen, zurückzugehen, das konnte sie auch nicht, bestand sie doch nur noch aus Schreckensvision und Instinkt: Sie schrie und der Lärm muß ohrenbetäubend gewesen sein, lauter als die Musik, die immer noch spielte, immer dasselbe Lied, ein amerikanisches.

Meine Mutter hörte nicht auf zu schreien, und der Soldat ließ sie gewähren. Er drehte sich um, und stieß meine Großmutter von sich. Er stieß sie zu meiner Mutter. Er sagte: «Geh!»

Er sagte es auf deutsch, und er sagte es mit starkem Akzent: «Gäh!»

Wieder das Foto von Sophie Scholl. Ihre Stirn ist in Falten gelegt. Ihre Augen sind groß und klar. Woher nahmt ihr diese Klarheit? Sie muß in euch gewesen sein, sie muß ein Teil von euch gewesen sein. Wie der Schrei meiner Mutter. Ihr seht euch so ähnlich.

Meine Mutter weiß noch, daß sie geschrien hat, auch das Wort des Soldaten, mit starkem Akzent gesprochen, als er ihre Mutter freigibt. Und sie erinnert sich an die Musik, die zu hören war, das Lied, das immer wieder gespielt wurde, ein amerikanisches, so daß sie den Text nicht verstehen konnte. Etwas in ihr hat die Erinnerung daran bewahrt (und gehütet), doch es bedurfte einer Sprengung, um sie freizulegen, eines Liedes, daß sie damals gehört hatte und das Bote sein würde für die Erinnerung, Jahrzehnte später, als sie es wieder hörte, im Kino, neben Sohn und Ehemann.

Winston Churchill war von 1940 bis 1945 sowie von 1951 bis 1955 Premierminister von Großbritannien. Auch hatte er sich als Journalist (u.a. als Kriegsberichterstatter) und Schriftsteller einen Namen gemacht, 1953 erhielt er den Nobelpreis für Literatur. Er lebte, was man so glauben darf, gerne und ausgiebig, rauchte und trank bis ins hohe Alter und litt immer wieder an schweren Depressionen. Ein Ausspruch Churchills wurde bekannt, eine Beschreibung seiner Krankheit, die fast zärtlich kokett zum Ausdruck bringt, was viele spüren, die persönliche Beziehung zu der Krankheit, die man bald kennt wie einen alten Freund oder Feind.

Er pflegte, von Attacken der Schwermut geplagt, zu sagen: «Der schwarze Hund ist wieder da.»

Lauras schwarzer Hund sollte ein Mann aus Armenien werden, der ihr im Wald auflauerte und seine Fratze in ihren Kopf meißelte, wie ein Tumor, mutierend, ausharrend, der oft lange unbemerkt bleibt, sich zurückzieht und dann ausbricht, jetzt oder später, immer und irgendwann.

Von alledem bekam ich damals, noch zu Schulzeiten, nur wenig mit, nur die Oberfläche, nicht das, was darunter lag.

Laura war im Wald, vielleicht wollte sie laufen, vielleicht heimlich rauchen, und es war früher Nachmittag. Sie hatte den Mann auf dem Fahrrad schon vorher gesehen, Stunden vorher, beim Einkaufen im Ort. Er hatte vor ihr in der Schlange gestanden, dann bot er an, ihr die Tüten zu tragen. Er sprach gebrochen und eigentlich gar nicht viel, er war freundlich. Er hatte sein Fahrrad vor dem Geschäft angeschlossen, und Laura überholte ihn noch auf der Straße (mit Mutters Auto, sie hatte eben erst den Führerschein gemacht).

Dann war sie im Wald, und der Mann auf dem Fahrrad kam ihr entgegen. Sie erkannten sich und sagten Hallo, er fuhr weiter.

Er muß eine Entscheidung getroffen haben, die ihn umdrehen ließ, ich stelle ihn mir vor, wie er grübelt, zögert und dann stehenbleibt, sich umsieht und kehrtmacht.

Dann war er hinter ihr, sie hörte das Rad klappern, er fuhr eine Weile neben ihr. Sie sagten nichts, wahrscheinlich wartete Laura auf irgend etwas, eine Reaktion, darauf, daß er ein Gespräch begann, schließlich hatten sie zusammen eingekauft, das verband sie, er hatte das Recht, umzudrehen und sie anzusprechen. Ein paar Sekunden, vielleicht eine Minute lang, fuhr er langsam neben ihr her, ohne ein Wort, vielleicht lächelte er, oder auch Laura, und er mußte aufs Gleichgewicht achten, bei diesem Tempo.

Dann griff er nach ihrer Brust, vom Fahrrad herunter, und Laura stieß einen Schrei aus. Vor Ärger. Laura war nie schreckhaft oder ängstlich, auch kann es nicht weh getan haben, da bin ich sicher, aber sie war reizbar, schnell zu verärgern, und das hier verärgerte sie, es war der Ärger, der vor der Angst kam.

Ich glaube, sie blieb stehen. Sie ging nicht weiter, ging nicht schneller. Sie blieb stehen, mit offenem Mund, die Arme in die Hüften gestemmt, wahrscheinlich war sie blaß und ihre Gedanken ganz einfach. (Was fällt dir ein! Das ist eine Unverschämtheit! Mach das nicht noch mal!)

Und dann änderte sich sehr viel in ganz kurzer Zeit:

Laura war stehengeblieben, mit Sicherheit empört, nicht schockiert – noch nicht – nur wütend, und der Mann war weitergerollt, hatte sie überholt. Noch immer war kein Wort gefallen, er stieg ab; zu langsam war er geworden, um noch weiter rollen zu können – da ist die Frage, die sich mir stellt, was kann man noch planen und was ist dem Schicksal des Augenblicks unterworfen? Was, wenn Laura weitergegangen wäre, wenn er sie nicht überholt hätte, nicht hätte absteigen müssen, weil er zu langsam geworden war. Was, wenn sie gesprochen, vielleicht geschrien hätte oder gerannt wäre.

Laura tat das Falsche, das ist wohl klar, oder vielmehr: etwas in ihr ließ sie es tun, und es war nicht angemessen, hier im Wald, ganz allein, angesichts der Situation, mit einem Mann, der vom Fahrrad steigt und Anstalten macht, sich die Hose zu öffnen. So unangemessen vielleicht wie auf der Beerdigung eines nahen Verwandten. Meine Schwester fing an zu lachen.

Der Mann hatte sein Rad abgestellt, ohne Hektik, war auf Laura zugekommen und schlug ihr in das lachende Gesicht, mit der Faust, und brach ihr die Nase.

Was stelle ich mir vor: Wahrscheinlich ist Laura gegen einen Baum geschlagen, mit dem Hinterkopf, vielleicht war sie kurz bewußtlos, doch das ist nicht sicher. Eher hat sie weitergelacht, auf dem Boden liegend; mit blutiger Nase hat sie weitergelacht, die Lautstärke noch gesteigert, Tränen gelacht. Da hat er mit Sicherheit noch einmal zugeschlagen, und noch ein drittes Mal. Vielleicht hat sie dann nicht mehr gelacht, war weggetreten und vielleicht hat sich der Mann aus Armenien noch einen abgewichst, aber das will ich nicht beschwören, man fand keine Spuren an Lauras Körper und Kleidern, keine Sekrete. Dann ist er auf sein Rad gestiegen und weggefahren, das ist mehr als wahrscheinlich, hat Laura liegengelassen.

Meine Schwester wurde an diesem Nachmittag nicht vergewaltigt, das ergaben die Untersuchungen an ihrem Körper. Auch fand man keine Quetschungen an Brust oder Taille. Sie wurde geschlagen, das ist sicher, ihre Nase war gebrochen, und ihr fehlten die Schneidezähne. (Jetzt hat sie Steckzähne, wie mein Vater; der verlor seine Schneidezähne bei einem Unfall im Schwimmbad.) Außerdem hatte sie eine leichte Gehirnerschütterung, daher die Vermutung, daß sie gegen einen Baum geschlagen war. Ihr Magen war leer, wir nahmen an, daß sie sich noch übergeben hatte, aber nicht am Ort der eigentlichen Tat, denn der wurde untersucht. Sie wurde dreimal geschlagen, vielleicht viermal, das wurde uns gesagt.

Laura selbst fehlt jegliche Erinnerung an die Zeit zwischen dem ersten Schlag ins Gesicht (der ihr wahrscheinlich die Nase brach) und dem Augenblick, als sie in der Notaufnahme lag und der Arzt zu meiner Mutter sagte: «Das Nasenbein ist klassisch durch. Davon wird man später nichts mehr sehen.»

Dazwischen liegen etwa acht Stunden. Acht Stunden Schwarzfilm.

Als sie gegen Mitternacht nach Hause kam, hatten unsere Eltern gerade die Polizei benachrichtigt. Angeblich hat sie gelächelt, als sie die Tür hinter sich schloß, sie hat sogar noch die Tür hinter sich abgesperrt, so wie es üblich war bei uns: der letzte schließt die Haustür ab, für die Nacht.

Niemand weiß, was in diesen acht Stunden passiert ist. Laura glaubt, daß sie irgendwo geschlafen hat, und letztendlich ist das die Version, die offiziell von uns akzeptiert wurde. Laura hat mir viel, viel später von einem Traum erzählt, den sie hatte: Sie irrt durch den Wald, es ist unser Wald, das weiß sie, obwohl es andere Bäume sind. Es sind keine Birken, und ihnen fehlt die Rinde. Sie hat sich verlaufen, und es wird langsam dunkel. Sie will auf einen Baum klettern, ganz hoch hinauf, um sich die Gegend anzusehen, um sich zu orientieren, doch die Bäume sind rutschig, denn ihnen fehlt die Rinde. Sie findet keinen Halt, rutscht immer wieder ab.

Laura verbrachte einige Tage im Krankenhaus. Die Ermittlungen verliefen sachlich und wurden bald eingestellt, Lauras Gedächtnislücke war eklatant. Sie wußte, daß da ein Mann gewesen war und daß er ein Fahrrad hatte und daß er sie geschlagen hatte, daß er sie vielleicht vergewaltigen wollte, was nicht geschah, aber sie vermochte keine Beschreibungen zu geben. Es fehlten schon die einfachsten Details, die Größe, die Statur, die

Haarfarbe, der Typ des Fahrrads – Herren- oder Damenrad –, auch konnte sie sich nicht mehr an sein Aussehen im Supermarkt erinnern. Sie wußte, daß er da gewesen war und daß sie ihn später im Wald wiedererkannt hatte, aber wie er ausgesehen hatte, das wußte sie nicht.

«Was siehst du denn vor dir, wenn du dir die Begegnung im Supermarkt und im Wald noch einmal vor Augen hältst?» fragte ich sie noch im Krankenhaus, in der Überzeugung, ich allein könnte ihr Gedächtnis beflügeln.

«Eine Figur, wie ein Playmobilmännchen, ohne Konturen, nur allgemeine Umrisse. Oder wie ein Bankräuber, mit so einem Nylonstrumpf über dem Kopf. Aber ohne Körper.»

Wenig später, Laura war wieder zu Hause, kam sie abends in mein Zimmer und sagte, sie habe den Mann im Fernsehen gesehen. In den Nachrichten hätten sie sein Bild gezeigt. Er sei aus Armenien. Und er habe keine Aufenthaltsgenehmigung.

Ich sagte ihr, das müsse sie der Polizei melden, doch sie antwortete: «Zu spät. Er ist schon auf dem Weg nach Armenien. Abgeschoben. Wegen Einbruchs. Und er hatte keine Aufenthaltsgenehmigung.»

Sie wollte unseren Eltern nichts davon erzählen, und auch mir verbot sie den Mund. Ich hatte an diesem Abend Angst, daß meine Schwester drauf und dran war, verrückt zu werden.

Also ging ich am nächsten Tag zu ihr und sagte, daß ich nicht glaubte, daß sie den Mann wiedererkannt habe, daß ich mir ein solches plötzliches Comeback (das war das Wort, daß ich gebrauchte) ihres Gedächtnisses nicht vorstellen könne und daß ich Angst hätte, daß sie ihren Verstand verlöre.

«Wieso soll er es denn nicht gewesen sein?» fragte Laura, ruhig und ohne Trotz.

«Ich frage nur, wie du so sicher sein kannst. Du hast doch dein Gedächtnis verloren. Und dann siehst du irgendein Bild im Fernsehen.»

«Er könnte es gewesen sein.»

«Und du willst nichts unternehmen?»

«Zu spät. Er ist schon weg.»

«Und wenn er es nicht war? Wenn er ihm nur ähnlich sieht? Bist du ganz sicher?»

«Er könnte es gewesen sein, nicht wahr?»

«Du bist also nicht sicher?»

«Vielleicht war er es, nicht wahr? Er könnte es gewesen sein, und er könnte jetzt schon in Armenien sein.»

Ich glaube, Laura hatte nicht die geringste Ahnung, wie der Mann im Wald ausgesehen hatte. Doch sie hatte beschlossen, daß er weg war, weit weg, daß er ihr nichts mehr anhaben konnte. Sie beschloß, daß sie den Mann, der sie im Wald geschlagen hatte, im Fernsehen gesehen hatte. In einem Bericht über die Abschiebung eines kriminellen Armeniers.

Als Laura auf meinen Anrufbeantworter sprach, daß der Mann aus Armenien wieder da sei, war der Begriff des Armeniers für uns längst zu einer abstrakten Vokabel geworden. Von ihren Verletzungen hatte sie sich schnell erholt, aber der Schock saß tief und hinterließ ein Universum an Ängsten.

Sie brauchte lange, bis sie wieder auf die Straße ging; erst mit Freunden oder mit mir, irgendwann alleine. Sie geht nicht mehr in den Wald, bis heute nicht. Sie besuchte eine Psychotherapie, zog in eine eigene Wohnung in der Stadt, doch wirklich besser wurde es erst viel später, Jahre später, als sie beschloß, Schauspielerin zu werden.

Von Zeit zu Zeit rief sie an, meistens wenn es ihr nicht gut ging, dann redeten wir mit ihr, je nachdem, wer am

Telefon war oder wen sie sprechen wollte. Ich erzählte ihr von der Schule, von irgendwelchen Partys, von meinen Freunden. Es machte ihr dann Spaß, die Erfahrene zu spielen und mir Ratschläge zu geben. Wie ich mich gegenüber einem bestimmten Mädchen verhalten sollte oder wie ich mich zu Hause strategisch am besten benahm. Ihre Stimme war ruhig geworden, fast *blaß*, doch der Spaß war ihr anzumerken, wenn sie von eigenen Erfahrungen ihrer wilden Jugend erzählte und die Sätze mit den Worten einleitete: «Das kenn' ich», oder «Ach was, da würd' ich mir gar keinen Streß machen.»

Sie stellte Fragen über Fragen und erzählte nur selten etwas von sich. Ich hatte mir angewöhnt, am Ende eines jeden Telefonats zu fragen, was der Mann aus Armenien machte, und sie war auf diese Frage vorbereitet, schließlich war er meistens der Grund für ihren Anruf. Sie antwortete in Floskeln, die ihre Befindlichkeit beschrieben, ähnlich einer Skala: «Vorhin war er da. Aber jetzt ist er wieder weg.» Oder «Momentan ist er verschwunden. Aber ich glaube, er hält sich versteckt und taucht noch einmal auf.»

Oft wollte sie unseren Vater sprechen, dann zog er sich zurück, in Mutters Arbeitszimmer, und sprach mit ihr. Dann war seine Stimme leise, fast flüsterte er, und ab und zu lauschten wir, meine Mutter und ich, und ich hörte, wie er sagte: Es gibt eine Welt, Laura, und sie ist greifbar. Das sagte er, so hörte ich es, dann schwieg er lange, zu lange für mich, ich lief in die Küche und half Mutter mit dem Salat. Seltsam waren diese Worte, und ich schnitt Gurken und Paprika, hielt mich an Tomaten und Zwiebeln fest, es galt dem Sog der Worte zu entgehen, Worte, die nicht für mich bestimmt gewesen waren, die ich gerne zurückgegeben hätte.

Laura arrangierte sich mit ihren Ängsten, und das gleiche taten wir. Was blieb uns auch anderes übrig.

3. Kapitel

Religion spielte in der Erziehungsmethode unserer Eltern keine große Rolle, was ich, vom heutigen Standpunkt aus, bedauerlich finde, auch merkwürdig, und das um so mehr, als ich davon überzeugt bin, eine Heilige zur Mutter zu haben.

Einmal sagte sie, und ich habe es nicht vergessen: «Das weiß man doch, daß es mehr zwischen Himmel und Erde gibt, als wir mit unseren Sinnen wahrnehmen können.»

Man kommt in ein Alter, vielleicht mit siebzehn, achtzehn oder neunzehn, da begreift man, daß die engsten Vertrauten, die Eltern, vielleicht auch die Großeltern, ein langes Leben führten, ja wirklich *lebten,* bevor man selbst geboren und damit zum Mittelpunkt ihres Lebens wurde. Man beginnt sich für ihre Geschichte zu interessieren, für ihre Geschichten, für ihre Jugend, und das manchmal zu spät. (Wer bist du, Großmutter, wer bist du wirklich?)

Meine Großmutter, die Mutter meiner Mutter, starb in unserem Haus; ich erinnere mich an den Morgen: Ich war am Abend vorher bei Freunden gewesen, wir spielten Karten. Ich fuhr mit dem Rad nach Hause, es war schon spät, die Nacht war klar, es versprach ein sonniger Tag zu werden. Es wurde ein sonniger Tag, ich erwachte, meine Mutter saß auf dem Rand meines Bettes und streichelte meinen Kopf. Ich weiß, daß ich sie noch anlächelte, daß ich heiter war, und sie sagte, daß meine Großmutter in der Nacht gestorben sei. Mehr wurde nicht gesprochen. Wir standen auf und gingen hinüber in das andere Zimmer, das Zimmer, in dem sie die letzten Monate gelegen hatte. Wir standen an ihrem Bett und sahen auf sie herunter. Wir weinten, meine Mutter, mein Vater, Laura und ich. Man sagt, Tote sehen friedlich aus, zufrieden oder befreit. Das traf nicht zu. Die Haut meiner Großmutter hatte sich verfärbt, auch die Haare. Der Mund stand offen, die Lippen waren ausgetrocknet, die Haut spröde. Vielleicht wirken sie friedlich auf manche, die Toten, vielleicht wegen der Ruhe – sie sind völlig ruhig, so ruhig, daß man sie anstoßen will, das läßt einen verzweifeln. Sie sah tot aus, und das schien mir in Ordnung zu sein.

Sie hatte einige Monate bei uns gelegen, Hoffnung auf Genesung gab es nicht mehr. Meine Eltern pflegten sie, und Laura saß oft bei ihr und las ihr aus der Zeitung vor. Sehr schnell ging es ihr sehr viel schlechter, bald war sie zu schwach, um auf die Toilette zu gehen, sie bekam einen Toilettenstuhl, der neben ihrem Bett stand. Jahre später sprach ich mit meiner Mutter über die Zeit, als meine Großmutter bei uns starb, und ich bereute, daß ich die Zeit nicht bewußter wahrgenommen hatte, daß ich mich nie an ihr Bett gesetzt hatte, daß ich sie gemieden hatte.

«Du warst zu jung. Du hattest Angst,» sagte meine Mutter und sie hatte recht, ich war zu jung gewesen, und vor allem hatte ich Angst gehabt.

Vieles verblaßt, doch einige Augenblicke bleiben klar, bis zum Schluß, so der Nachmittag, als ich vor dem Fernseher saß und aus dem Zimmer über mir, in dem meine Großmutter lag, ein dumpfes Geräusch hörte. Außer mir war niemand da, und ich weiß, daß ich nicht hochgehen wollte, daß ich nichts gehört haben wollte. Ich wollte nur weiter fernsehen. Ich ging hinauf und betrat das Zimmer.

Da lag sie neben dem Bett, das Nachthemd war hochgerutscht, gelber Urin auf dem Teppich. Der Klostuhl war umgekippt, und ich hob ihn auf. Dann meine Großmutter, sie war von großer Statur und auch etwas dick gewesen, aber der Krebs hatte sie mager werden lassen. Ich legte sie wieder ins Bett, deckte sie zu. Eine Assoziation sprang mich an.

Es ist lange her, wir waren noch nicht umgezogen, ich war klein, ziemlich klein, vielleicht sechs, wir sitzen auf dem Bett, auf dem Bett meiner Eltern. Mit blauer Tagesdecke. Meine Großmutter und ich sitzen hier, und ich weiß nicht, warum, vielleicht warteten wir auf etwas. Da hat sie mir etwas gesagt, ich sollte es später noch einmal hören, aber nicht auf diesem Bett, sie sagte: «Damals hieß es: Überleben!» Ich hatte sie nicht gefragt, bestimmt nicht, und wieder und immer wieder grübelte ich, warum sie das sagte und worüber wir gesprochen hatten. Warum ich die Worte nicht vergessen habe. Ich hatte sie vergessen, aber jetzt sind sie wieder da, die Worte, die sie mir mitgab, etwas, von dem sie glaubte, daß es wichtig war. Daß es ihr Wille war, kein Zufall, daß sie aus dem Bett gefallen war, kein Zufall, daß ich allein zu Hause war, und vor allem kein Zufall, daß es dasselbe Bett war, das Bett, in dem sie starb, das Bett, auf dem wir gesessen hatten – Damals hieß es: Überleben –, ja, das glaube ich.

Ich lief ins Bad und holte einen Lappen. Wusch den Urin, so gut es ging, aus dem Teppich. Meine Großmutter war schwach, sie sprach kaum noch, und ich glaube, sie sagte an diesem Nachmittag nichts zu mir. Aber ich, ich sprach, die ganze Zeit über, und es dauerte eine Weile, bis es mir selbst auffiel. Ich beschrieb jeden Handgriff, den Grund dafür kenne ich nicht, denn meine Großmutter konnte sehen, was ich tat. Auch dachte ich nicht darüber nach, ich dachte überhaupt nicht, sondern sagte: «Jetzt hebe ich dich ins Bett. Ich decke dich zu. Ich stelle deinen Stuhl wieder hin. Gehe einen Lappen holen und mache jetzt den Teppich sauber.»

Jahre später, kurz bevor mein Vater fast mit dem Flugzeug abstürzte, fand meine Mutter keinen Schlaf. Am Morgen telefonierten wir, und sie sagte, sie sei nachts aufgewacht und habe sehr intensiv an ihre Mutter gedacht, so intensiv wie seit Jahren nicht. Sie sei aufgestanden, an Schlaf sei nicht mehr zu denken gewesen, und ans Fenster gegangen. Sie habe hinausgeschaut und die Sterne und der Mond hätten geleuchtet. Lange sei sie dort gestanden und die Zeit sei verflogen.

Übersinnlich, so hat sie ihre Mutter einmal beschrieben, und wieder sehe ich beide auf dem Marktplatz von Beelitz, und mit ihnen einen Soldaten, der Böses im Schilde führt.

Lange habe sie aus dem Fenster gesehen, vielleicht zwei Stunden, und dabei sei sie völlig ruhig gewesen; keine Trauer, keine Angst, nur Ruhe. Dann habe sie geduscht und gefrühstückt. Sehr früh, gegen sieben Uhr, habe das Telefon geklingelt, es sei die Verwandtschaft gewesen. Sie sei Großtante geworden, in den Morgenstunden habe ihre Nichte einen Sohn geboren.

Der Beruf meines Vaters brachte es mit sich, daß wir mit unserer Mutter oft allein waren. Als Fotograf für verschiedene Magazine, als freigeführter Angestellter hatte er keinen Vertrag, alles beruhte auf Vereinbarungen, offiziell war er selbständig, veranstaltete sogar Ausstellungen in alternativen Kleinkunsthallen oder auch nur in Cafés oder Büroräumen der ansässigen Banken. Eine Ausstellung hatte ihn bekannt gemacht, wenn auch nicht für lange Zeit, Laura und ich waren noch winzig. Die Ausstellung hieß *Ver-Bindungen,* sie waren zu dritt gewesen, mein Vater, ein junger Maler und eine Bildhauerin. Noch lange lagen Kataloge auf dem Bücherregal über dem Fernseher, mein Vater pflegte sie zu verschenken, ich erinnere mich an das Umschlagbild: ein offenes Fenster auf dem Ozean, es liegt flach auf dem Wasser, und aus dem *Inneren* des Fensters ragt ein Stamm (vielleicht eine Birke und vielleicht ohne Rinde). Mein Vater wurde für die Fotos ausgezeichnet, in vielen Zeitungen wurden sie abgedruckt. Sie waren alle unscharf, zumindest hatten sie alle unscharfe Elemente, häufig waren die Ränder scharf, vielleicht auch der Vordergrund, doch das eigentliche Objekt, das Abzubildende, war unscharf. Früher waren mir die Fotos unheimlich.

Er bekam seine Aufträge per Telefonanruf, stets kurzfristig, manchmal am Abend vorher. Er mußte flexibel sein, anspruchslos, andere nennen es professionell; er mußte sich gut organisieren können, und das konnte er. Wir lasen den Namen unseres Vaters oft in der Zeitung, eigentlich pausenlos, was einerseits daran lag, daß unsere Mutter alle Zeitungen, Magazine und Broschüren kaufte, für die unser Vater fotografierte, ganz gleich, wie klein das Bild war. Sie hatte Alben angelegt, schnitt alle Bilder und die dazugehörenden Artikel aus und klebte sie ein, eine Art Hobby, wenn auch nicht ganz ohne das Gefühl der Verpflichtung. Andererseits lag es daran, daß unser Vater wahrscheinlich der beweglichste Fotograf weit und breit war, beweglich im Sinne von anpassungsfähig, anspruchslos, vielleicht auch professionell. Er fotografierte alles, ohne Ausnahme, er nahm jeden Auftrag an. Oft war er im Bundestag und fotografierte die Politiker, so oft, daß meine Mutter ein eigenes Album für *Bilder der Politik* angelegt hatte. Er fotografierte im Zoo für den *Tierfreund*, in Fußballstadien, bei Konzerten, für Reisemagazine, manchmal auch als Standfotograf bei Filmaufnahmen. Er war also viel unterwegs, stets mit seinem Zauberköfferchen, wie er es nannte, seine Minimalausrüstung, die nicht allzu klein war und von der man kaum glauben konnte, daß sie in einen kleinen Lederkoffer mit Zahlenschloß paßte. «Euer Vater kann sensationell gut packen. Das können alle in seiner Familie», sagte meine Mutter. Viel unterwegs, meistens in der Nähe, im Stadtbereich, manchmal in Berlin oder Bonn, seltener im Ausland und fast nie außerhalb Europas. Zweimal war er in Afrika, fotografierte für eine Reportage über Tierdokumentaristen im Senegal. Einmal zu einer Hochhaussprengung in London.

Er hatte ein Büro im Stadtkern, eigentlich ein Atelier mit kleinem Labor, doch er entwickelte die Fotos kaum noch selbst, die *Jobs* sowieso nicht, und die privaten, die eigenen Aufnahmen waren immer weniger geworden. Zu Hause fotografierte er nie, und in den Urlaub nahm er seine Ausrüstung nicht mit, zu gefährlich, außerdem wolle er ja auch Urlaub machen. Lediglich eine kleine, vollautomatische Olympus, eine Hausfrauenkamera, wie er sie nannte, packte er ein.

Mein Vater war in Brüssel gewesen, Aufnahmen zu einem Europa-Sonderkongreß. Er war auf dem Rückflug, das Flugzeug stürzte in ein Luftloch. Wirklich gefährlich war es nicht, fast Routine, wenn auch nicht in dieser Größenordnung, schließlich gab es Verletzte. Er rief am Abend meine Mutter an, nur ein kurzes Telefonat, und wieder sehe ich sie in unserem Haus, allein, vielleicht steht sie am Fenster, aber wahrscheinlich nicht, und vielleicht hat sie etwas gespürt, wenn auch nicht mit ihren Sinnen. Wieder frage ich mich allerlei, die Umstände betreffend, wo sie war, als das Telefon läutete, was sie gedacht hatte, in der Sekunde vorher und in der Sekunde danach. Sie war allein, soviel steht fest, und vielleicht hatte sie etwas gespürt.

Zu der Zeit kam meine Mutter selten vom Schreibtisch weg. Fächerkombination und Perfektionismus machten die Korrekturen und die Stundenvorbereitungen zu einer niemals versiegenden Arbeitsquelle.

Nie habe ich sie über ihre Arbeit klagen hören, zwar über die Fülle, aber nie über die Qualität der Arbeit an sich. Sie war sorgfältig, sehr sorgfältig, und sie hatte immer – schon als kleine Kinder machten Laura und ich uns darüber lustig – rote Punkte an der linken Hand, abgefärbt von einem der vielen roten Filzstifte, die sie für ihre Korrekturen benutzte.

Sie bezeichnete ihren Beruf gern als Berufung, auch nach dreißig Jahren noch, und das gibt es nicht oft, daß beide Eltern so in ihrer Arbeit aufgehen wie unsere, zumindest scheint es so, ein echter Glücksfall.

Sie hatte das Unterrichten immer gemocht, die Klassen, auch die schwierigen, akzeptierten sie. Ich glaube, ihre Stärke war das Mütterliche, das sie ausstrahlte; sie war ein bißchen dick, aber trotzdem beweglich, herzlich, aber streng. Vor allem die Jungen fühlten sich bei ihr aufgehoben, die Mädchen rebellierten schon einmal (gegen alles, aber vor allen Dingen gegen die Mütter), doch sie stand immer gern auf dieser Bühne, im Klassenzimmer, und war, im Gegensatz zu anderen, spielerisch durch die Jahre gekommen.

So sehe ich sie am Schreibtisch sitzen, einen roten Filzer in der Hand, vor sich einen Stapel Klausurblätter, hinter sich ein Meer von Büchern. Auf dem Schreibtisch steht ein Telefon, es ist beige und es gehörte ihrer Mutter. Auch der Tisch ist alt, einfach in der Form, aber weich, geschmeidig im Holz. Mein Onkel hat ihn gemacht, er war Schreiner, wie lange ist das her, fünfundvierzig Jahre, wem sah er ähnlich, Christoph Probst, inzwischen sind sie tot, alle beide.

Vielleicht saß meine Mutter auch nicht an ihrem Schreibtisch, vielleicht hatte sie ihr Pensum für den Tag schon erledigt, ihre Stundenvorbereitung schon abgeschlossen. Vielleicht war sie im Keller und bügelte die Hemden ihres Mannes und ihres Sohnes. Dabei sah sie fern, die Katze schlief auf der Couch und zuckte nur von Zeit zu Zeit mit den Ohren, wenn meine Mutter das Bügeleisen auf der Chrommuschel abstellte und ein blechernes Geräusch verursachte. Gerne sah sie sich einen Krimi an, Tatort, oder den Alten. «Ist doch alles nur Kintop, Kinder», hatte sie immer zu uns gesagt, wenn wir dabei waren und ein Verbrechen im Fernsehen verfolgten. Vielleicht war es gerade spannend, als das Telefon klingelte, und vielleicht überhörte sie es zunächst, sträubte sich dagegen, nach oben zu gehen, um diese Zeit waren Anrufe ungewöhnlich, und dann ist sie doch gegangen, wahrscheinlich genau aus diesem Grund.

Oder sie lag schon im Bett, geschlafen hatte sie bestimmt noch nicht, wahrscheinlich las sie noch, ein Buch von Döblin vielleicht, den sie verehrte, oder die Tagebücher von Viktor Klemperer. Die hatte mein Vater ihr geschenkt, lange hatten sie herumgestanden, bis meine Mutter sie abends mit ins Bett nahm und nicht mehr aus der Hand legte. Einmal damit begonnen, verging kein Abend, an dem sie nicht darin las, zumindest glaube ich das, denn wann immer wir telefonierten, hatte sie etwas zu berichten, etwas, das sie gelesen hatte, das ein Mann, der ihr Vater hätte sein können, aufgeschrieben hatte, als sie noch ein Kind war; und vielleicht sind sie sich einmal begegnet im Berlin der vierziger Jahre; sie ein kleines Mädchen, er ein verzweifelter Professor. Es war, als habe etwas in ihr plötzlich einen Weg gefunden, sich mitzuteilen, ein Sprachrohr erhalten, etwas, das nur aus unklaren Bildern bestanden hatte, aus Gefühlen und Assoziationen. Und Gerüchen. Dann sagte meine Mutter am Telefon mehr als einmal – sie hatte mir etwas beschrieben, das sie gelesen hatte, aber durch ihre Erzählung war es auch zu ihrer Geschichte geworden:«Ja, so war das damals. Genauso muß es gewesen sein.»

Und vielleicht war sie ihm aufgefallen, ein ungewöhnlich hübsches Kind mit blonden Affenschaukeln, und vielleicht hatte er auch über sie geschrieben, in seinen Aufzeichnungen, aber wenn, dann hat sie es nicht bemerkt oder der Text ist verloren gegangen oder sie hat es verschwiegen oder es nicht glauben wollen. Denn davon hat sie nie etwas erzählt.

Dann stelle ich sie mir vor, wie sie ans Telefon geht, aus dem Keller hochkommt, mit beschleunigtem Schritt, oder wie sie am Schreibtisch sitzt und nach dem Telefon ihrer Mutter greift oder neben das Bett und erst noch den Stecker in die Buchse steckt, den sie abends herauszieht, um nachts nicht geweckt zu werden, um nicht zu erschrecken. Sie meldet sich mit sanfter Stimme, ein wenig beunruhigt zwar, so wie jeder, der spät am Abend ans Telefon gerufen wird und ein wenig Angst hat, sich ausmalt, was geschehen sein könnte.

Am anderen Ende der Leitung war mein Vater, er rief aus Amsterdam an, aus einem Hotel. Er erzählte, daß sie eine Notlandung hätten machen müssen, daß sie in ein Luftloch geflogen seien, genauer wußte er es nicht zu sagen, es habe Verletzte gegeben, aber er sei gesund. Daß sie in Amsterdam gelandet seien, daß sie eine Nacht dort bleiben müßten, daß er das Telefon freimachen müsse.

Sie sprachen nicht lange, nicht länger als zwei Minuten. Meine Mutter legte auf, sie war noch ruhig, die Angst kam erst langsam, der Schock betäubte sie noch sanft. Sie saß eine Weile dort, dann holte sie ihr Notizheft, ihr Nummernregister und schlug meinen Namen nach. Ich wohnte noch nicht lange allein, die Nummer kannte sie nicht auswendig, zu frisch war der Auszug. Sie erreichte mich nicht, wie schon gesagt, nur meine Stimme war dort, auf dem Band, und sie hängte ein. Dann rief sie Laura an.

Laura hatte etwas in den Nachrichten gesehen, sehr aktuell, eine Notlandung in Amsterdam, es hatte Verletzte gegeben. Sie rief beim Flughafen an, und, ja, ihr Vater sei an Bord gewesen, unverletzt, ja, das sei er. Nur eine Frau sei in Ohnmacht gefallen und ein Kind sei ins Krankenhaus gebracht worden.

Laura rief unsere Mutter an, es war schon spät, und es war besetzt. Dann mich.

Ich lag in einem Bett in Salzburg, im Bett einer Verwandten, doch ich schlief nicht, noch nicht, obwohl es spät war. Laura sprach ruhig, sie wußte, wo ich war, und ich blieb liegen, auch danach, noch eine ganze Weile, und mit mir ein Mädchen, fast eine Frau, und ihr Gesicht, nein, es war nicht rot, es war blaß.

Mein Vater flog gern mit dem Flugzeug. Er hat es zwar nie zugegeben, aber wir wußten, daß er gern flog. Wir merkten es an seiner Ruhe am Abend vorher, daran, daß er seine Schuhe putzte, ein Ritual in tiefer Gelassenheit. Dann saß er vor unserer Haustür, viel länger als es nötig gewesen wäre, und putzte und polierte seine Schuhe. Und wenn unsere alte Katze im Garten spielte oder schlief, dann hörten wir ihn nach ihr rufen, und dabei verstellte er seine Stimme, genauso wie früher, wenn er mit Laura und mir *Kaufmann* spielte. Auch merkten wir es an den Briefen, die wir morgens auf dem Küchentisch fanden. Es war nicht der Inhalt, es war die Stimmung, die aus ihnen sprach, und vor allen Dingen war es die dritte Person, in der er von sich schrieb:

Während sich die faule Meute noch in den Kissen wälzt, ist der gute Vater schon mal los, um ein paar Piepen zu verdienen.

Bin Sonntag abend zurück, Tel.: ..., Euer Papi.

Jedesmal brachte er kleine Accessoires aus dem Flugzeug oder vom Flughafen mit, denn das gefiel ihm von allem am besten: daß man ihn als ‹frequent traveller› so richtig verwöhnte.

So stelle ich ihn mir vor, auf dem Flughafen von Brüssel, in geputzten Schuhen und dunkelblauem Sakko, mit dem Zauberkoffer in der Hand, durch Flughafengeschäfte flanierend. Wahrscheinlich saß er noch in einem Café, hatte wie üblich noch jede Menge Zeit, las Zeitung und trank Kaffee.

Dann ging er bald durch die Handgepäckkontrolle, in Brüssel war sie besonders streng, trotz seines Ausweises mußte er *vorführen*: seine Ausrüstung auspacken, zerlegen, erklären. Er machte ein Foto von dem Beamten in Blau, eines von Dutzenden. (Eine Zeitlang hat er sie gesammelt, die Fotos am Flughafen, er dachte, vielleicht könne er sie einmal veröffentlichen, in einem Magazin vielleicht, das wäre doch originell gewesen.)

Vielleicht kaufte er sich auch noch Zigaretten im Duty-Free-Laden, wir wußten, daß er rauchte, zwar nicht zu Hause, aber doch in seinem Büro und besonders auf Dienstreisen. Als Student habe er sehr viel geraucht, das hat er uns einmal erzählt, doch dann habe er von einem Tag auf den nächsten aufgehört. Ebenso mit dem Trinken, früher habe er abends ganz gerne ein Bier getrunken, auch damit sei Schluß, zu besonderen Anlässen vielleicht ein Likör oder im Flugzeug ein Gin Tonic. Im Flugzeug ein Gin Tonic, da läßt es sich besser schlafen. Mein Vater hatte nicht viel übrig für Radio oder, bei Überseeflügen, für Filme, er trank meistens eine Kleinigkeit und las Zeitung. Dann legte er sich schlafen, er saß immer am Gang, in unserer Familie leiden fast alle an leichter Platzangst. Er flog, wie gesagt, gerne, zumindest hatten wir das alle angenommen, auch wenn es erstaunlich ist, bedenkt man, daß er als Junge und auch noch als junger Mann große Angst vor Flugzeugen hatte.

Jeder kennt Menschen, denen von Zeit zu Zeit, aber in regelmäßigen Abständen, kleine Abenteuer widerfahren. In gesprächigen Runden finden diese meist große Aufmerksamkeit, vor allem bei denjenigen, die ein eher routiniertes, vielleicht gar spannungsloses Leben führen. Mein Vater gehörte immer zu den Abenteurern, genauso wie meine Schwester. Einmal, es liegt einige Jahre zurück, kehrten mein Vater und ich aus dem Skiurlaub heim, nur wir beide, und wir fuhren auf der Autobahn, als vor uns ein Kleinwagen auf die linke Spur wechselte und ein großer Wagen, der mit hoher Geschwindigkeit an uns vorbeifuhr, nicht mehr in der Lage war, rechtzeitig zu bremsen, und ihm aufs Heck krachte. Der Kleinwagen schleuderte gegen die Leitplanke und kam zum Stillstand, der große Wagen blieb fast augenblicklich stehen, scheinbar unberührt, der Blechschaden jedoch, das war augenscheinlich, war beträchtlich. Man kann es wohl als Glück bezeichnen, daß mein Vater und ich unbeschadet blieben, spielte sich der Unfall (und der war alles andere als harmlos – wie sich herausstellte, waren beide Autos schrottreif) doch nur wenige Meter von uns entfernt ab, eigentlich unmittelbar neben uns auf der linken Straßenfahrbahn. Mein Vater muß den großen Wagen im Außenspiegel gesehen haben, und damit das drohende Unheil, denn noch vor dem Zusammenstoß (zumindest zeitgleich, der hier beschriebene Zeitraum betrug vermutlich weniger als eine halbe Sekunde) löste er seine rechte Hand von dem Lenkrad und hielt mir seinen Arm schützend vor die Brust. Der Reflex, der schützende Arm vor der Brust des Beifahrers, nicht mehr als eine Geste, denn im Ernstfall nutzlos, ist bekannt und weit verbreitet, habe ich ihn doch oftmals bei meinen Eltern, den Eltern meiner Freunde und sogar bei mir selbst beobachtet. Der Krach war nicht ohrenbetäubend, wie ich vermutet hätte, eher nüchtern, trocken. Größer war der Schock, die Zeit, die man braucht, bis das Gehirn die Informationen der Sinnesorgane akzeptiert, bis man weiß und glaubt, was man sieht und hört. Mein Vater lenkte den Wagen auf die linke Spur, etliche Autos taten es ihm nach kurzer Zeit gleich, und stellte den Motor ab.

Keine der beiden in den Unfall verwickelten Personen, ein Mann und eine Frau, wurde verletzt. Interessanter, mein Vater erklärte es mir später, war die Schuldfrage. Zweifellos hätte die Frau ihren Kleinwagen nicht urplötzlich und ohne Blinkwarnung nach links lenken dürfen. Dennoch ist bei Auffahrunfällen das auffahrende Fahrzeug zumindest mitschuldig, zumal sich der Unfall in einem geschwindigkeitsbegrenzten Abschnitt der Autobahn abspielte und zunächst ungeklärt blieb, ob der große Wagen die erlaubte Höchstgeschwindigkeit eingehalten hatte.

Wir kamen an diesem Abend spät nach Hause, denn mein Vater, der als erster am Unfallort aktiv geworden war – er stellte das Warndreieck auf und beauftragte einen anderen Autofahrer, Polizei und Rettungswagen zu rufen, zu jener Zeit hatte man noch keine Handys –, wurde in das Polizeipräsidium gebeten, um dort seine Zeugenaussage zu machen.

In den Minuten nach dem Unfall saß ich auf dem Beifahrersitz, noch angeschnallt, auch richtete mein Vater kein Wort an mich, als er ausstieg. Ich beobachtete, wie mein Vater zu dem Kleinwagen rannte, die Frau, vermutlich unter Schock, wand sich gerade aus ihrem Fahrzeug. Und wenn es explodiert, dachte ich immer wieder, und wenn es explodiert? Auch der Mann aus dem großen Wagen war jetzt ausgestiegen, er sah blaß aus, trug einen Anzug und stützte sich an der Fahrertür ab. Ich sah meinen Vater zurückkommen, mit schnellen, kurzen Schritten, er öffnete den Kofferraum. Er sagte etwas, es waren mir bekannte Worte, doch er sprach nicht zu mir. Er suchte etwas im Kofferraum, das Warndreieck, gleich sollte er es finden, doch noch wühlte er sich durch das Sammelsurium von Kofferraumgegenständen, Decken, leeren Kanistern, Werkzeugkasten, und während ich ihn dort stehen sah, in den Sekunden, bevor er fand, was er suchte, da hörte ich ihn sagen: «Das ... das ... das ... eins ... zwei ...»

Oft schon hatte ich ihn das sagen hören, stets in Augenblicken zeitlichen Drucks, wenn Konzentration unabdinglich war, vielleicht wenn er zu einer Verabredung mußte, aber schon spät dran war und noch einmal kontrollierte, ob er alles bei sich hatte, Geld, Führerschein, Schlüssel. Oder auch wenn er eine Sendung aufnehmen wollte und nur noch wenig Zeit blieb und er auf den Knien vor dem Rekorder hockte und noch einmal die Einstellung von Sender und Datum prüfte, dann sprach er zu sich: «Das ... das ... das ... eins ... zwei ...»

Es waren Worte, die ihm Halt gaben, die Ordnung vortäuschten. Mein Vater war ein Abenteurer, genauso wie meine Schwester.

Mein Vater also, im Flugzeug. Sie können noch nicht lange in der Luft gewesen sein, vielleicht eine halbe Stunde, und ich denke, daß mein Vater wach war, als sie in das Luftloch flogen. Er las Zeitung, mit Sicherheit den *Spiegel* oder die *Süddeutsche,* er saß am Gang, streckte seine Füße auf den Gang. Ich überlege, wer neben ihm saß oder ob er alleine war, aber das glaube ich nicht, die Fensterplätze sind begehrt. Wahrscheinlich also eine Dame, in mittleren Jahren, zumindest jünger als meine Eltern. Sie reiste allein und sie hatte Flugangst. Oder es war ein Student, ein junger Mann, der den Beruf meines Vaters bewunderte, sie kamen ins Gespräch, und der Junge wollte viel erfahren, er stellte zahlreiche Fragen.

Fast bin ich sicher, daß jemand dort war, neben meinem Vater, wieder denke ich an den Autounfall, vor vielen Jahren, an den ausgestreckten Arm vor meiner Brust, an die Geste des Schutzes. Es hat wohl wieder einen Knall gegeben, wie damals auf der Autobahn, wenn auch nicht so laut, vielleicht war nur etwas aus dem Regal gefallen, ein Handgepäckstück. Es war wohl wie in der Achterbahn, wenn es hinauf geht, bis auf den höchsten Punkt, und dann die Sekunde des Kippens, wenn einem die Luft wegbleibt. Bestimmt blieb ihnen die Luft weg, für eine Sekunde, bestimmt war es wieder der Schock, der Schreck, der größer war als der Lärm. Sie wurden in die Gurte gepreßt, Unsicherheit lag wohl in ihren blassen Gesichtern. Bestimmt haben sie geschrien, auf jeden Fall das Kind, das verletzt wurde, und auch eine Dame, nicht weit entfernt, die in Ohnmacht fiel, und auch die Menschen rundherum, die steif waren vor Angst.

Fast bin ich gezwungen zu glauben, daß mein Vater etwas gesehen hatte, wie schon einmal, etwas gemerkt hatte, bevor es passierte, denn er reagierte schnell, vor jedem anderen. Und auch wenn es niemand weiß, nicht einmal er, denn es waren Bruchteile von Sekunden – und wer kann die schon zuordnen –, er hat wohl reagiert, oder etwas in ihm, sein Arm schnellte vor, vor die Brust seines Nachbarn, gab der Person Schutz – dort muß jemand gesessen haben, jetzt weiß ich es –, doch die Wucht riß ihn fort.

Dann war es ruhig, ruhiger als man denken sollte, nur das Rascheln der Sauerstoffmasken war zu hören. Niemand schrie mehr, es waren erst Sekunden vergangen, und schon war es ruhig. Sie wußten, was zu tun war, sie waren dankbar dafür, für die Masken, denn sie waren eine Aufforderung, sie wußten, was zu tun war, hatten es so oft gehört, gelesen, gesehen.

Ich sehe meinen Vater, blaß im Gesicht, die Adern seiner Unterarme treten hervor, so sehr, daß man sich Sorgen machen könnte. Seine Hände arbeiten schnell, er zieht die Sauerstoffmaske an seinen Mund, dehnt das Band, drückt sie an das Gesicht. Seine Lippen bewegen sich, wahrscheinlich murmelt er etwas und wahrscheinlich sind es die Worte, die ich kenne: «Das ... das ... das ... eins ... zwei», und wenn er sie auch nicht spricht, denn bald klemmt die Maske über seinem Mund, so sind sie doch da, zumindest für mich, und mit Sicherheit in seinem Kopf. Vielleicht hilft er noch seinem Nachbarn, der Frau in den mittleren Jahren, ich glaube, sie trägt einen Rock, etwas altmodisch, oder dem Studenten, dem die Angst die Finger lähmt. Vielleicht hilft man auch meinem Vater, die Turbulenzen haben nachgelassen, die Masken sitzen auf den Mündern, das hat geklappt, zumindest das, ein bißchen Halt im freien Fall, ein wenig Sicherheit und Hoffnung. Womöglich sitzt mein Vater auch allein, aber das halte ich für unwahrscheinlich.

Das Flugzeug, in dem mein Vater saß, war in ein Luftloch geflogen, in einen Bereich ohne Aufwind (unterschiedliche Luftmassen, unterschiedlich dicht), in dem der Aufwind fehlt – das Flugzeug sackt ab, nicht weit, nicht lange, aber sehr plötzlich und sehr schnell. Außer dem Kind wurde niemand ernsthaft verletzt, nicht einmal die Alten, die an Bord waren, lediglich ein paar Schrammen und blaue Flecken.

Die Verletzungen waren nicht schwer, man hätte weiterfliegen können, bis Frankfurt war es nicht weit, aber die Piloten entschlossen sich notzulanden, in Amsterdam, das direkt unter ihnen lag. Der Aufwand war übertrieben, keine Frage, dies war kein Notfall, kein Menschenleben war in Gefahr, das nicht, man hatte Glück gehabt, doch der Schock saß ihnen in den Knochen, man wußte von ähnlichen Unfällen, es hatte schon Tote gegeben. Übertriebener Aufwand, wie gesagt, Krankenwagen, Sanitäter, Decken, als seien sie Geiseln gewesen, ausgeflogen aus dem Dschungel. Sie wurden in die Charterhalle gebracht, man kümmerte sich um sie. Irgendwann stand fest, daß sie nicht mehr fliegen würden an diesem Abend, in dieser Nacht. Es gab wenig Aufruhr, kaum einer schien aufzubegehren. Es hieß, daß ein Bus fahren würde, für diejenigen, die es eilig hatten, das waren nicht viele, ein Bus würde sie bis nach Düsseldorf fahren. Dort gäbe es Anschluß, zumindest nach Frankfurt. Die anderen, vielleicht sechzig, vielleicht neunzig Menschen, die Maschine war klein gewesen und nicht ausgebucht, würden am Morgen fliegen, die Nacht in einem Hotel verbringen, nahe dem Flughafen.

Im Hotel kam es zu einer Verwechslung. Man hielt meinen Vater für einen Arzt. Eine Gruppe von Ärzten war an Bord gewesen, sie kamen von einem Kongreß. Einer von ihnen fehlte, er saß in einem Bus nach Düsseldorf, vielleicht hatte er eine Verabredung, das ist anzunehmen. Sein Name war Dr. Riebe, man suchte ihn im Hotel, sie verstanden nicht, daß er nicht da war, es waren acht Ärzte, es sollten acht Ärzte sein, und so gab man meinem Vater einen Zimmerschlüssel auf dem Gang der Ärzte. Man dachte, er sei Dr. Riebe, eine Verwechslung. Nebenan schlief ein Arzt, zumindest würde er dort schlafen, noch saß er in der Bar des Hotels, mit seinen Kollegen, sechs an der Zahl.

Mein Vater rief zu Hause an, soviel ist sicher, es war schon recht spät. Er sprach mit meiner Mutter, nicht lange. Sie sprachen nicht lange darüber, daß es fast einen Unfall gegeben hatte, mit Verletzten ...

Mein Vater kam am nächsten Tag nicht nach Hause, lange kam er nicht zurück.

Was geschehen war:

Mein Vater hatte Fotos in Brüssel gemacht. Auf dem Rückflug hatte es schwere Turbulenzen gegeben, vielleicht waren sie in ein Luftloch geflogen, sie hatten landen müssen, einige wurden versorgt, behandelt. Mit Sicherheit verbrachte mein Vater diese Nacht in Amsterdam, in einem Hotel. Vielleicht waren sie von der Fluggesellschaft dort untergebracht worden, gratis womöglich, und vielleicht hat mein Vater in dieser Nacht einen falschen Namen genannt. Es waren Ärzte dabei gewesen, und es hatte einen Bus nach Düsseldorf gegeben. Ich glaube, daß eine Verwechslung vorlag, daß mein Vater in einem Hotelzimmer stand, auf einem Bett lag, doch nicht als er, als jemand anderer, vielleicht als ein Arzt und vielleicht mit dem Namen Riebe. Er hatte meine Mutter angerufen, nicht lange hatten sie gesprochen, und danach und davor lag er auf einem Bett – liegt er dort, die Hand noch auf dem Hörer, ausgestreckt, die Adern stehen hervor. Ungewöhnlich stark sind seine Unterarme, wenig behaart. Und vielleicht geht ihm ein Gedanke nicht aus dem Kopf, der sich dreht wie ein Zwang, vielleicht hat er ihn gelesen, in einem Buch oder einer Zeitschrift, vielleicht war er auch einfach da gewesen, vielleicht schon lange: Alles ist auch ganz, ganz anders.

Und ein Satz von Ernst Jünger: Alles wird geschehen, in einem Augenblick.

4. Kapitel

Es sollte ein langer und heißer Sommer werden, das hatten sie gesagt, und sie behielten recht. Manchmal ging ich mit meinen Freunden ins Freibad, bei uns am Ort. Seltsam war es, wieder hier zu sein. Ich hatte meinen Zivildienst (bekiffte Zivis sagen: Zuvieldienst) beendet, war wieder da, war wieder daheim eingezogen. Zu dritt liefen wir die Wiese entlang, Basti, Ottl und ich. Wie lange war das her, unsere große Zeit hier, zehn Jahre fast, da waren wir jeden Nachmittag hier gewesen, in großen Gruppen.

(Einmal hatte Dennis angerufen, es hatte gerade gestürmt, die Wiese war noch naß gewesen, und Dennis hatte gesagt: Na los, ab ins Schwimmbad! Außer uns war niemand auf die Idee gekommen, baden zu gehen, nach so einem Sturm, nur zwei Mädchen waren noch dort, sie waren älter als Dennis und ich und behandelten uns wie Scheiße. Wir spielten Rundlauf bei den Tischtennisplatten, nahmen unsere Handflächen als Schläger, und die Mädchen lachten über Dennis' Speckbauch. Das Freibad war leer, niemand war im Wasser oder bei der Bude, und die Mädchen lachten mit uns, und ich dachte: wenn das die anderen wüßten, daß Dennis und ich hier mit diesen beiden Geräten Rundlauf spielen ... Und tatsächlich glaubten sie es nicht, Basti, Wolfgang und die anderen, denn als wir sie später im Sommer wiedersahen, die beiden Mädchen, da grüßten sie uns nicht, denn sie waren älter. Aber auch wenn sie uns wie Scheiße behandelt hatten, vor allem Dennis, diesen Nachmittag hatte es gegeben, und wir hatten unseren Spaß gehabt. Überhaupt gab es eigentlich nie ein anderes Thema als Mädchen, in unserer großen Zeit.)

Seltsam also, wieder hier zu sein, das fanden wir alle drei. An der Pommesbude vorbei, da gab es Pommes, Eis und Wundertüten. Wundertüten waren kleine Papiertüten mit Süßigkeiten: saure Pommes, Gummicolaflaschen, das waren meine Favoriten, und jedes Jahr wurden die Tüten kleiner und die Preise höher. Es paßte zu Ottl, daß er sich aus Nostalgie, Nostalgie bei Zweiundzwanzigjährigen ist eigentlich albern, eine Wundertüte kaufte, wir teilten den Inhalt auf. Basti lachte und sagte kauend: ... der Ottl ...

Die Frau in der Bude war noch dieselbe, ich konnte nicht sagen, ob sie alt geworden war, für mich sah sie noch genauso aus. Das ist komisch, sagte ich zu meinen Freunden, daß wir erwachsen geworden sind, daß wir uns so stark verändert haben, wie man sich nur verändern kann, und daß sie immer noch da ist, mit ihrem hellblauen Kittel, und Wundertüten verkauft. Daß wir uns an sie erinnern, sie zu kennen glauben und sie keinen blassen Schimmer davon hat.

«Und wißt ihr, was das Schlimmste ist?» fragte Ottl. «Daß wir jetzt wieder hier sind.»

Dort im Whirlpool war mal ein Junge gestorben, Hitzeschock, aber das war schon nach unserer Zeit gewesen. Den Whirlpool hatten sie erst später dazugebaut, oberhalb davon stand der Turm der Bademeister.

Wir haben gebadet, Ottl, Basti und ich, und eine geraucht. Auf dem Weg nach Hause sprachen wir über das Hochwasser, auch die Würm hatte viel Wasser, ein paar Sandsäcke lagen herum. Einsatz der freiwilligen Feuerwehr. Matze fiel mir ein, sein Vater war Feuerwehrmann und das freiwillig.

Wir fuhren mit der S-Bahn heim, Basti war schon weg, und auf der Rolltreppe sprach uns ein Kerl an, mit Bier in der Hand, weißen Lederschuhen und Kopftuch. Ob wir Bier wollten, lallte er, ich ignorierte ihn, Ottl sagte, klar, warum nicht, nahm einen Schluck aus der Dose. Gab dem Kerl sein Bier zurück, der stützte sich an einem Pfosten ab und sagte: «Auf Hitler.»

Zu Hause sah ich noch fern, meine Mutter bügelte im Keller, mein Vater war vor kurzem verschwunden.

Auf Hitler, das ging mir nicht aus dem Kopf. Ich dachte an die beiden älteren Mädchen von damals und an Dennis und fragte in Gedanken Ottl, ob er gerne noch einmal zurückreisen würde in unsere große Schwimmbadzeit. Er antwortete: Nein, wirklich nicht. Und ich dachte, komisch, ich eigentlich schon.

Meine Mutter schlug Laura und mir vor, zum Essen zu gehen. Im Restaurant fragte sich jeder von uns, davon gehe ich aus, warum wir eigentlich hier waren. Laura war am Vormittag mit dem Zug gekommen, sie hatte sich beim Theater krank gemeldet. Ich war drei Tage zuvor wieder eingezogen, mein Zivildienst war beendet, ich war wieder zu Hause.

Wir bestellten Spaghetti Bolognese und Schnitzel mit Pommes, unsere Mutter aß einen Salat, nachher würde sie noch Zabaione bestellen, als Nachtisch.

Die Notlandung des Flugzeuges, in dem mein Vater gesessen hatte, lag einige Tage zurück, eine knappe Woche vielleicht. Unsere Mutter hatte noch das Wochenende abwarten wollen, vielleicht wollte er seinen Bruder besuchen. Erst vier Tage nach ihrem letzten Telefonat, mein Vater in einem Hotelzimmer (vielleicht als Dr. Riebe), meine Mutter in ihrem Bett liegend, ein Buch neben sich, ging sie zur Polizei und meldete ihren Mann als vermißt.

Das Restaurant hatte den Besitzer gewechselt; früher waren wir häufig hier gewesen, mittags nach der Schule, wenn unsere Mutter lange Unterricht hatte und keine

Zeit zum Kochen. Laura aß immer Schnitzel mit Pommes, das Fleisch schaffte sie fast nie, ließ es einpacken, abends aß es unser Vater in der Küche. Damals gab es hier eine Bedienung, eine Italienerin, die lispelte und bei Laura und mir, wenn sie die Bestellung wiederholte, regelmäßig Lachkrämpfe auslöste. Unsere Mutter täuschte stets vor, es sei ihr peinlich, und drohte, nie wieder mit uns essen zu gehen, aber wir wußten, daß auch sie ihren Spaß dabei hatte, sonst hätte sie sich nicht jedes Mal noch eine Zabaione bestellt.

Die Polizei stellte unserer Mutter anstrengende Fragen bezüglich ihrer Ehe. Das sollte klären helfen, ob es sich womöglich um ein Verbrechen, sprich: Entführung, handelte, oder um ein *ungeklärtes, aktives Fernbleiben von der Familie*.

Wir aßen und sprachen nicht viel. Laura kündigte an, am nächsten Tag wieder abreisen zu müssen. Ich wartete noch auf meinen Studienbescheid. Unsere Mutter sah blaß aus; sie hatte Augenringe und kleine Falten auf der Wange. Sie hatte Lippenstift aufgetragen und etwas Rouge. Auch war sie beim Friseur gewesen, hatte sich eine frische Welle verpassen lassen; und ich dachte daran, was Laura einmal gesagt hatte; daß unsere Mutter am süßesten aussah, wenn sie den ganzen Vormittag in ihrem Zimmer gearbeitet hatte und dann herauskam, das Haar zerwühlt, ungeschminkt, in ihrer Jogginghose.

Einige Anrufe waren zu erledigen gewesen, meine Mutter rief bei der Agentur meines Vaters an, ja, die Fotos aus Brüssel seien eingetroffen, per Post, pünktlich, aber kommentarlos. Der Umschlag sei in Brüssel abgestempelt gewesen, das war, ja, es war seltsam, nein, nicht üblich. Bei seinem Bruder, nein, hier sei er nicht gewesen, hier wisse man nichts von ihm, was denn passiert sei. Das hatte auch die Polizei wissen wollen: ob etwas vorgefallen sei, was ein Wegbleiben erklären könnte. Und ob die Kinder noch zu Hause wohnten. Genaugenommen hatte unsere Mutter zwei Tage und Nächte den Hörer praktisch nicht aus der Hand gelegt. Zweimal nur war sie zur Polizei gefahren. Bei der Fluggesellschaft, nein, ein Herr dieses Namens sei in der letzten Woche nicht geflogen, nicht von Amsterdam. Bei allen, noch einmal: allen, Hotels Amsterdams, nein, ein Herr dieses Namens, nein, nein, nein.

Das Restaurant hatte vor Jahren den Besitzer gewechselt. Die Preise waren gestiegen, die Portionen kleiner geworden, sogar Laura aß den Teller leer, unsere Mutter ihren Nachtisch, und sie erzählte uns, daß die Polizei ihr Fragen gestellt hatte. Ob etwas ... , ob die Kinder...

Wir mußten uns fragen, warum wir eigentlich gekommen waren, und was es zu besprechen gab.

Die Bedienung aus Italien hatte irgendwann angefangen, wie lange war das her, die schwierigen Wörter zu umgehen; wenn ich Spaghetti Bolognese bestellte, sagte sie nur noch: «Einmal Bolo.» Doch manchmal kriegten wir sie noch dran, und zwei oder dreimal konnten wir unsere Mutter überreden, ein Bier zu bestellen, egal, ob sie es dann trank oder Laura es in die Tischpflanzen goß, dann warteten wir auf die Gegenfrage, die kommen mußte und jedesmal kam, und ich glaube, daß die Bedienung uns haßte, daß sie rot wurde, wenn sie uns nur winken sah. Sie fragte: «Ein Bier. Vom Faß?» Und dabei lispelte sie so stark, als sei es Teil des Service, und das Bier, es wurde manchmal weggeschüttet, in die Tischpflanze, aber meistens wurde es doch getrunken.

Anfang August, die Schulferien hatten gerade begonnen, kam meine Studienbescheinigung. Sie schickte mich nach Freiburg, dort hatte ich einen Studienplatz für Humanmedizin bekommen. Letztendlich war ich froh, München den Rücken zuzuwenden, obwohl ich auch Angst hatte vor einer neuen, fremden Stadt. Doch die Erleichterung, den Schlamassel, der Einzug in mein Elternhaus gehalten hatte, hinter mir zu lassen, war groß.

Am Abend vor meiner Abreise notierte ich:

War mit Ottl noch bei der Schule, ein paar Körbe werfen. Schaffe zwei Duncs, nehme es als gutes Omen. Bin ruhig, bißchen einsam, was Mutti früher Ferienanfangsdepression nannte.

(Immer am letzten Schultag, nach der Zeugnisvergabe, wenn wieder ein Schuljahr vorüber war.)

Die ersten Tage in Freiburg waren das, was ich als nüchtern bezeichnen würde, frei von großen Gefühlen, zuviel war zu erledigen. Ich hatte mich in einer Wohngemeinschaft eingemietet, sie war mir vom Studentenwerk vermittelt worden und sollte nicht allzu lange mein Zuhause sein. Meine Mitbewohner hießen Dieter und Sophie, beide Studenten der Tiermedizin und ein Jahr älter als ich. Sophie sah gut aus, etwas rundlich zwar, doch mit schmalen Fingern und glatter Haut. (Auch ihre Hüften waren schlank; abends ging ich einmal, als ich allein war, allzu allein, an ihre Kommode und sah mir ihre Slips an; überrascht von der Vielfalt: von Baumwoll-Liebestötern bis zum Tanga war allerlei zu finden.)

Wir verstanden uns auf Anhieb und schmiedeten bald Pläne gegen Dieter, der ein Großmaul war und uns beiden auf die Nerven ging. «Sind dir nicht seine Augen aufgefallen?» fragte Sophie, und weiter: «Sie bewegen sich die ganze Zeit. Die Pupille rennt immerzu hin und her, selbst in Momenten absoluter Ruhe. Du weißt doch, wie es aussieht, wenn ein Reisender aus dem Zug guckt und die Pupillen mit der schnellen Bewegung des Zuges und der vorbeiziehenden Landschaft nicht mithalten können. Außerdem kaut er an seinen Fingernägeln.»

Sophie und ich machten lange Spaziergänge, und ich versuchte, mir die Gegend einzuprägen. Die Stadt wirkte klein auf mich, auch wegen der sie umgebenden Berge, die nachts angeleuchtet wurden, als habe man Angst, sie in der Dunkelheit aus den Augen zu lassen. Am besten gefielen mir die vielen kleinen Plätze, die Raum für Straßencafés boten. Kleine Gassen, aus dem Mittelalter gestohlen, mit großen glatten Pflastersteinen, führten auf immer neue Plätze, wo sich die Menschen sammelten, wie Wasser von Flüssen, Bächen oder Rinnsalen, die ineinander fließen und gemeinsam ins Meer münden. Sophie zeigte mir viele Kirchen, auch das Münster, und ich ließ mein kunstgeschichtliches Wissen aufblitzen, was auf Neugier stieß. Das Semester hatte noch nicht begonnen, ein Wochenende blieb noch Zeit, und wir verbrachten viele Stunden damit, von einem Café zum anderen zu gehen, Zeitung zu lesen, nachmittags ins Kino.

Dieter und ich fingen schnell an, uns aus dem Weg zu gehen. Ich hielt mich an den Ordnungsplan (von ihm am Computer geschrieben, mit bunten Symbolen, die die jeweilige Aufgabe verdeutlichten: ein lachender Mülleimer, ein gähnender Staubsauger, ein leerer Kühlschrank; alle Gegenstände hatten Gesichter), und abgesehen von dem ersten Willkommensessen pflegten wir die Mahlzeiten getrennt einzunehmen. Unsere Zimmer lagen nebeneinander, so daß wir uns nachts wahrscheinlich noch am nächsten waren, und wann immer seine Freundin bei ihm übernachtete, lauschte ich, ließ ich mir kein Geräusch entgehen.

Dann begann die Vorlesungszeit, und ich lernte andere Studenten kennen; abends gingen wir oft noch einen trinken, in einer größeren Gruppe, manche kifften auch, und ich dachte an Ottl, der immer noch zu Hause war. Nach kurzer Zeit gab ich Sophie einen Spitznamen, Fee, ich hatte mal ein Mädchen gekannt, noch zu Schulzeiten, auch sie hieß Sophie, und alle hatten sie Fee genannt. Sophie gefiel der Name, und so blieb es dabei.

Fees Fakultät war ein ganzes Stück entfernt, sie mußte mit der Straßenbahn fahren, und da wir beide ehrgeizig waren und versuchten, keine Vorlesung zu verpassen, blieb morgens keine Zeit für ein gemeinsames Frühstück; wir sahen uns meistens erst am Abend, erschöpft. Dann machten wir lange Spaziergänge, trotz der Müdigkeit, manchmal bis nach Mitternacht, den Fluß entlang, auf der Brücke verharrten wir, am Münster vorbei, das goldgelb angeleuchtet war. Über uns thronte die Burg, auch sie war beleuchtet, einmal hatten wir sie besichtigt, es war windig gewesen und bewölkt, und ich hatte an eine andere Burg denken müssen, eine, die dieser ähnlich war, auch sie hatte ich besichtigt, das war nicht lange her, die Salzburg.

Die Uni nahm mich in Beschlag, schon nach vier Wochen das erste Testat, dann alle zwei Wochen, so ging es das ganze Semester. Einiges fiel mir leicht, Histologie, obwohl es verhaßt war. Bio-Praktikum, Neurologie, Anatomie – der Anatomieatlas, der Bibel gleich. Draußen war es noch heiß, sommerlich, am Wochenende lockten die Seen (Ottl sagt: «Im Sommer muß man baden gehen, dann naß Eis kaufen gehen, trocken werden und im Schatten Zeitschriften lesen.»), Fußball wurde gespielt, und Frisbee.

Ich fand Gefallen am Präp-Kurs, die Leichen stanken nach Alkohol, am ersten Tag mußten einige den Saal verlassen, Jungen und Mädchen. Auch mir war mulmig zumute, doch ich blieb und führte das Skalpell beim ersten Schnitt mit zugekniffenen Augen. Manchmal kam Post, von Ottl, der fragte, ob tote Männer wirklich alle einen steifen Penis hätten, ein Bekannter habe es erzählt, ich rief ihn an und verneinte.

Einmal schnitt der Professor die Schädeldecke einer toten Frau auf, ich glaube, sie war alt (einige sprachen von Selbstmord, doch kannte ich nicht die Quelle dieser Nachricht und schenkte ihr nicht viel Beachtung); er schnitt einmal rundherum und nahm sie ab, die Schädeldecke (den Skalp, du Bleichgesicht, sagte Ottl). Er griff hinein, und mir wurde schwindlig, die Hand im Kopf einer Frau, das war viel, er nahm ihr Gehirn heraus, und länger als normal, so lang, daß es mir im Gedächtnis blieb, war es ruhig im Saal, wir sahen dort unseren Professor stehen, in der Hand ein Gehirn, neben ihm eine tote Frau, und ich dachte, das geht doch nicht, diese Trennung; was würde man antworten auf die Frage, was von der Frau geblieben sei, was sie ausgemacht hatte, die graue Masse in der Hand des Professors (die grünen Gummihandschuhe, die er trug, kannte ich aus meiner Zivildienstzeit, es gab auch weiße, aber die rissen leichter) oder der Körper dort auf der Bahre, wo ist denn nun die Frau (und warum hat sie sich umgebracht)?

Wir lernten, die Organe freizulegen, und dann brachte Rolf einen Fotoapparat mit, heimlich natürlich, und einen Schwarzweißfilm. Nach der Vorlesung räumten wir langsamer auf als sonst, und als der Professor den Raum verließ, mit Sicherheit war auch er hungrig, hatte es eilig, zur Kantine zu kommen, bevor die Schlange zu lang war (tatsächlich, zwei von drei Präp-Kursen lagen unmittelbar vor der Mittagspause, was bald niemandem mehr den Appetit verdarb), machten wir Fotos mit Kasimir, der Leiche. Hätte man uns erwischt, wären wir vermutlich in

Schande exmatrikuliert worden, daher gingen wir beim Herzeigen der Fotos vorsichtig vor, Rolf mit Kasimirs Herz, herausgetrennt, in seiner Hand, dann jonglierend mit Herz und Leber, und so fort.

Meine Kopfhaut bereitete mir Sorgen, sie juckte, der Juckreiz wollte mich einfach nicht loslassen.

Ich war im Kino, als es anfing, Fee saß neben mir, am Nachmittag hatten wir die Burg besucht. Kratzen half nichts, machte es nur beinahe unerträglich; da bin ich anfällig, schon als Kind kratzte ich meine Windpocken auf, trage noch heute die Narben auf der Stirn, dabei hatte es mich nur leicht erwischt, nicht so wie Laura, die es überall hatte, im Hals, im Arsch, in der Scheide.

Laura und ich schrieben uns Postkarten, telefonierten kaum, noch immer war sie beim Theater, noch immer schlief sie ungern allein.

Alle drei Wochen fuhr ich nach Hause, bis die Testate losgingen und ich in Freiburg bleiben mußte, was mich nicht störte.

Dann wurde es Herbst, und abends stürmten die Blätter durch die Stadt. Fee und ich verbrachten die Abende zusammen, Dieter war ausgezogen, wir kochten gemeinsam und gingen spazieren, noch war es warm, wir gingen ohne Jacken, wir hatten unsere Route.

An diesem Abend hatte es schon gedonnert, doch das Gewitter mußte wohl vorbeigezogen sein, es war trocken geblieben, nur ein Wind ging und lupfte den Männern die Hüte von den Köpfen. Fee und ich waren auf dem Rückweg, liefen am Siegesdenkmal vorbei und kreuzten die Fußgängerzone, Fee mußte noch Geld abheben. Ich wartete auf sie und sah die Straße hinunter, mein Kopf juckte, und ich zählte in Windeseile die Menschen auf der Straße. Ich flüsterte etwas vor mich hin, es waren Worte, an die ich mich erinnerte, eine Strophe oder dergleichen, deren Quelle ich nicht kannte.

(Und laß uns die Gespräche rascher treiben,
Denn wir vergaßen ganz, daß du vergehst.
Und es verschlug Begierde mir die Stimme.)

Vor uns thronte das Münster über den Dächern, es war beleuchtet, getaucht in gelbes Licht, auf die anliegenden Häuser warf es Schatten, nächtliche Schatten, die unheimlich waren. Fee kam zurück, ohne Geld, etwas hatte nicht geklappt, ich gab ihr meine Karte, als etwas mich ablenkte: es war wohl Musik, was ich hörte.

«Hörst du das?» rief ich hinüber, und lauter «... ob du das hörst?», und Fee war zerstreut, ein Schein fiel auf die Straße. Als sie bei mir war und weitergehen wollte, hielt ich sie fest, am Arm, sie trug ein Hemd, ich hatte es ihr geschenkt, ärmellos. Warum ich wütend war, warum sie nicht hörte? «Hör doch mal, sei doch mal still.»

Es war Musik, und sie kam vom Münster, auch Fee hörte sie jetzt. «Das ist Mozart, das kenne ich.» Und wir liefen hinüber, Fee fragte, was los sei, doch ich war in Eile. Eine Menschentraube wies uns den Weg, als wir auf den Münsterplatz traten, die Musik war nun deutlich zu hören, und Menschen standen an der Seite, zwischen zwei Streben, die das Mittelschiff hielten, im Halbkreis, vielleicht fünfzehn Personen. Meine Kopfhaut brannte, und ich kratzte im Gehen, bis Fee «Hör auf» rief und wir stehenblieben, zwei drehten sich nach uns um, und ich fragte Fee: «Wer ist das?» und deutlicher: «... wer sie ist?» Die zwei steinernen Streben, die das Mittelschiff stützten, schufen einen Gang, zwei Meter tief, und hinten, fast an der Wand, stand eine Frau, die auf einer Violine spielte. Ein Lichtstrahl traf sie von irgendwoher; für das Münster bestimmt, vielleicht verrutscht aus seiner

Position, warf er einen Lichtkegel auf die Frau, sie war jung, ein Mädchen fast. Ein Herr stand vor mir, stämmig, und versperrte mir die Sicht, auch sein Geruch stieg mir in die Nase; Fee war hinter mir geblieben, sie hielt sich an meinem T-Shirt fest, ich drängte nach vorne. Der Wind war nun stark, Blätter stoben um das Münster, schon war es frisch geworden, nur zwischen den Streben war es ruhig, die junge Frau war geschützt, kein Hauch fuhr ihr durch das Haar, man sah nur die Bewegung ihres Körpers. Sie trug eine Strickjacke mit weiten Maschen, darunter, sie war nicht zugeknöpft, eine dunkle Bluse mit einer Blume auf der Brust. Ihr Haar war lang und offen, fiel ihr auf den Rücken und an der Seite über die Schulter, sie stand ganz still, nur der Oberkörper schwankte in der Musik. Ich war nach vorne gekommen, hatte den stinkenden Herrn beiseite geschoben, Fee war noch hinter mir, ganz dicht, und ich fragte über die Schulter, ich flüsterte laut: «Was ist es?», und sie: «Mozart, die Serenaden.»

Mozart, die Serenaden, dachte ich, oder hatte ich gesprochen, laut vielleicht, denn die junge Frau sah auf, traf meinen Blick, ihre Schulter schwang nach oben, die Streichhand sauste auf und nieder, lauter nun die Musik, und sah mich an, schrie mich an, gab sich zu erkennen (*Und laß uns die Gespräche rascher treiben),* jetzt erst zeigte sie ihr Haar, rötlich, rötlich auch ihr Gesicht, und ich erkannte erst jetzt, ihre Augen in meinen, Emmas Augen und die Musik, die anschwoll.

Fee sah mein Erschrecken, nahm meine Hand von hinten, nahm sie von meinem Kopf, wieder hatte ich gekratzt, und mir schwindelte, ich wollte mich verstecken, Emma hatte mich gesehen, nur weg, solange das Musikstück anhielt, solange war sie gefangen. *(Denn wir vergaßen ganz, daß du vergehst.)* Emma, zwischen den Streben, solange blieb noch Zeit. Eine ältere Frau sah mich an, hatte ich geschrien, nein, sonst schenkte mir niemand Beachtung, alle lauschten der Musik, den Streichern, Emma spielte allein, schnell zwar, doch meinte man, noch mehr zu hören, ein Quartett vielleicht. Warum wollte ich weg, wegen Fee? Doch ich war eingeschlossen, hinter mir die Menschen, der stinkende Mann, oder war es eine Frau, eine dicke Frau, die lachte, bis ihr die Tränen flossen. Meine Knie weich, mein Kinn ... Fee zog mich weg, noch hielt das Stück an, wie lange noch, ich kannte es doch, mußte es kennen, wo hatte ich es gehört, in Salzburg, nicht wahr. *(Und es verschlug Begierde mir die Stimme.)*

Wir tauchten weg, weg aus dem Licht, die Musik verebbte hinter uns, und Fee sah mich an und fragte und fragte, und ich drehte mich um, sah noch einmal die Menschentraube, die Musik war verstummt, eine Sekunde der Ruhe und Applaus, der anschwoll, weit hinter uns, Fee, die meine Hand hielt, noch immer, und mich ansah und sagte: «Wer war das?», und ich: «Was war das?», die Stadt, die Dächer, der Wind, ich hatte geschwitzt, nun fror ich im Wind. Noch immer hielt mich Fee fest, an meinem T-Shirt, mit meinen Händen stützte ich mich an den Knien ab, mein Oberkörper war nach vorn gebeugt, kein Blick mehr zurück, und Fee: «Die Mozart-Serenaden. Sie spielt hier jeden Abend.»

Ich weiß nicht mehr sicher zu sagen, ob ich wirklich glaubte, daß es Emma gewesen war, meine Cousine zweiten Grades, aus Salzburg.

Ich hatte meine Testate mit Bravour bestanden, Fee auch, und wir bekamen einen neuen Mitbewohner, sein Name war Max. Aus Oberfranken. Selten fuhr ich nach

München zu meiner Mutter, mein Vater war verschwunden, und ich hätte genug Zeit gehabt, die letzten Monate des Jahres waren ruhig, auch in der Uni; erst als Laura mich anrief (was selten vorkam, aber schreckliche Dinge passieren) und sagte, daß es unserer Mutter nicht gut ginge, entschloß ich mich zu einem Besuch. Laura hatte noch mehr zu berichten, offenbar war ihr eine Rolle angeboten worden, sie war aufgeregt, was man selten von ihr kannte. Noch sollte ich unserer Mutter nichts erzählen, noch sei nichts sicher, ein Theaterstück, ja, ein anderes Mal mehr. Ich hatte nicht vor, meiner Mutter etwas zu sagen, nichts von Laura und auch nicht von meinem Vater – von der Post, die ich von ihm bekam.

Der Briefumschlag war in Genf abgestempelt worden, der Name meines Vaters stand auf der Rückseite, ohne Adresse. Ich hatte der Versuchung widerstanden, augenblicklich meine Mutter anzurufen oder Laura, ich stand in der Küche unserer Wohnung, Fee war in der Uni, ich war zu Hause geblieben, wollte mich auf das letzte Testat vorbereiten. Stand in der Küche und drehte den Briefumschlag in meiner Hand. Er war dick, was es noch spannender machte, meine Adresse war mit blauem Kuli geschrieben, die Schrift klar und geschwungen. Früher hatte ich schreiben wollen wie mein Vater, hatte auf einem dicken Schmierblock die Buchstaben nachzuzeichnen versucht, neben mir eine Aufzeichnung meines Vaters, vielleicht ein Einkaufszettel, vielleicht eine Postkarte.

Meine Kopfhaut juckte, als ich ein Messer aus der Schublade nahm, den Umschlag öffnete und die Fotos herausnahm. Wahrscheinlich waren meine Hände verschwitzt, wie so oft in letzter Zeit. Es waren sechs Schwarzweißbilder, vergeblich suchte ich nach einem

Brief, einer Notiz. (Gleich würde ich auf der Rückseite eines Bildes eine Telefonnummer entdecken, doch lange Zeit würde ich sie nicht wählen, erst viel später.) Dann setzte ich mich auf einen Stuhl, an unseren Küchentisch, später auf mein Bett und ging die Bilder durch, immer wieder, erst langsam, dann schneller, steckte die Bilder nach hinten, hinter die anderen, und nahm schon das nächste, meine Hand hob und senkte sich unablässig, erst langsam, dann schneller.

Das Foto, auf dessen Rückseite ich bald eine Telefonnummer finden würde, ist fast schwarz, nur ein Kopf ist zu erkennen, wahrscheinlich von hinten, sehr klein und unscharf, und ein Bild an einer Wand, eher ein Plakat. Es hängt im Schwarzen, an einer Wand oder einer Säule, es sind keine Konturen auszumachen (und ich stellte mir vor, wie er eine Lampe aufgestellt hatte, er hatte sie aus seinem Koffer gezaubert, schon möglich, daß er wirklich lange gebraucht hatte, bis das Licht so stand, wie er es gewollt hatte). Das Plakat trägt eine Schrift, sie ist lesbar, doch nicht für mich, denn ich spreche kein Französisch – später würde Laura es übersetzen; das Plakat lädt zu einer Abendveranstaltung ein, zu einer politischen Diskussion im Rathaus. Das Bild ist fast vollständig schwarz, nur ein Kopf und ein Plakat, einander zugewandt. Ein zweites Bild zeigt eine Stadt von oben, die Lichter der Stadt, ebenfalls bei Nacht aufgenommen. Wahrscheinlich von einem Berg aus fotografiert, denn Berge sind auch zu sehen, angeleuchtet vom Mond umgeben sie die Stadt. Aus dem Bosnienkrieg kannte ich Bilder von Sarajewo, auch von Bergen eingeschlossen, umzingelt von Scharfschützen, die Assoziation war stark und unmittelbar, doch Sarajewo war es nicht. Mein Vater mußte lange belichtet haben, auch mußte er ein Stativ benutzt haben, die grellen Lichter der Stadt sind unscharf, konturenlos, sie sind weiß und wirken bunt. Darüber die Berge, stolz erheben sie sich, und über ihnen das schwarze Meer des Himmels. Weiße Sterne, die scharf sind und in die Stadt fallen wie Goldtaler.

Dann eine Gruppe von Menschen, natürlich sind sie unscharf, ganz leicht, sie gehen auf einer Straße, die sich nach hinten bis zum Horizont erstreckt. Links und rechts von der Straße ist nichts als Land, Ackerland wohl oder Steppe. Es sind Kinder darunter und viele Frauen, nur wenige Männer. Einer von ihnen, ein Mann, er geht an der Spitze der Gruppe, trägt etwas auf seiner Schulter, eine Kiste. Es muß heiß sein, sie sind barfuß oder tragen Sandalen, ihre Hosen und Röcke sind lang, auch ihre Hemden. Einer trägt einen Hut in der Hand.

Danach wieder eine Straße, dieselbe, vermutete ich. Wieder verläuft sie nach hinten, immer schmaler werdend, einem Punkt entgegenrasend. Ein alter Mann im Vordergrund, im rechten unteren Bildviertel, auch er trägt etwas auf der Schulter, es ist kleiner und leichter als eine Kiste, vielleicht eine Axt. Sein Bart ist voll und weiß, seine Kleidung schmutzig, sein Blick führt zum Boden. Hinter ihm, weit zurück, eine Person auf einem Maultier, es muß schon spät sein, denn die Schatten sind lang. Der Reiter trägt einen Hut, hält die Zügel locker in der Hand. Wieder Steppe und Weite und niedrige Wolken, die ein Wattedach bilden und hoffentlich nicht zu Boden sinken.

Das letzte Foto, das ich am längsten betrachtete: Eine Familie in einem kargen Raum. Drei kleine Kinder und ihre Eltern, als Gruppe angeordnet. Vor ihnen ein alter Kohleofen, darauf viele Töpfe, die glänzen und helle Flecken bilden vor der dunklen Tapete. Vielleicht sind sie neu, überlegte ich, vielleicht ein Geschenk, denn sie sehen nicht benutzt aus, aus strahlendem Chrom. Dem

Ofen am nächsten ist ein Junge, er ist frech, da war ich sicher, er steht hinter dem Ofen mit den neuen Töpfen, auch ein Kessel ist dabei, und grinst verschmitzt, den Mund geschlossen. Er ist stolz auf die Töpfe, vielleicht plant er eine Grimasse, als mein Vater auf den Auslöser drückt. Neben ihm seine Mutter und vor ihr ein weiterer Sohn und eine Tochter. Am linken Bildrand steht der Vater, dunkelhaarig, mit dunklem Schnurrbart, einem weißen T-Shirt und dunkler Hose. Er hat die Arme hinter dem Rücken verschränkt, steht aufrecht, sein Gesicht ist ausdruckslos. Die Tochter ist am jüngsten, sie steht in der Mitte, zwischen ihren Brüdern, auf ihren Schultern ruhen die Hände der Mutter. Alle sehen in die Kamera, erwartungsvoll, und bis auf den Jungen (dessen Bruder den Töpfen und Kesseln am nächsten ist und grinst und weiß, daß dies hier seine Stunde ist), der angespannt die Arme an den Körper preßt wie ein Soldat beim Appell und ängstlich ist, sehen sie zufrieden aus. Ob er ihnen Geld gegeben hat, überlegte ich, und wieviel, oder ob er ihnen die Töpfe gekauft hatte, vielleicht wollte er ihnen kein Geld geben, hatte sie statt dessen gefragt, was sie dringend brauchten.

Sechs Fotos waren in dem Umschlag gewesen, ich hatte sie durchgeblättert, immer wieder, hatte die Reihenfolge verändert, hatte sie vor mir auf unseren schmutzigen Küchentisch gelegt, dann auf mein Bett, und als ich sie wieder in den Umschlag stecken wollte, stand da eine Telefonnummer auf der Rückseite eines Fotos, des ersten, und ich hätte schwören können, daß sie vorher nicht dagewesen war, konnte nicht glauben, daß ich sie übersehen hatte. Ich schrieb die Nummer auf einen Notizzettel, faltete ihn doppelt und steckte ihn in mein Portemonnaie. Ich wollte zum Mittagessen in die Mensa gehen, und am Abend wollte ich meine Schwester anrufen und ihr erzählen, daß ich Post von unserem Vater bekommen hatte.

Ich erreichte Laura erst spät am Abend, sie wollte nicht telefonieren, denn sie war nicht allein. Ich erzählte ihr von den Fotos, und als sie fragte, woher der Brief gekommen sei, nannte ich ihr den Namen der Stadt.

«Aber die Fotos, das ist nicht Genf, das sieht überhaupt nicht europäisch aus.» Ich erwähnte auch die Telefonnummer, doch Laura schien nicht interessiert, ich wußte, was sie dachte: wähl die Nummer oder laß es sein. Dann wollte sie wissen, wie die Fotos aussähen, und ich beschrieb sie, so gut ich konnte, vor allem die Unschärfen, ich sagte, daß keine Person richtig scharf sei.

«Wie in dieser Ausstellung, damals in der Rathaushalle, wie hieß die noch?» fragte Laura, und ich bejahte und sagte: «Ver-Bindungen.»

«Du hattest damals Angst vor den Bildern, stimmt's, und Papi wußte das», sagte Laura, und ich bejahte erneut. Dann sprachen wir über unsere Mutter, Laura sagte, ich solle ihr vorerst nichts von den Bildern erzählen, auch nichts von der Rolle, die ihr angeboten worden war, und sie fragte, wann ich sie besuchen wolle. «Es geht ihr nicht so gut, ich glaube, sie verläßt das Haus kaum noch.»

Länger wolle sie nicht telefonieren, sagte sie, sie habe Besuch, und verabschiedete sich: «Du bist dran mit Schreiben.»

Danach fühlte ich mich allein. Fee war nach Hause gefahren, und Max hatte eine Freundin gefunden, Tiermedizinerin, er war kaum noch daheim. Vor ein paar Tagen hatte ich Dieter auf der Straße getroffen, und wir hatten beide Hallo gesagt. Er sah mich an, und ich achtete auf seine Pupillen. Sie bewegten sich nicht. Sie standen still; seltsam, wie er mich ansah.

Die Uni langweilte mich, ich fing an, Vorlesungen zu schwänzen, auch ging ich nicht mehr zu den abendlichen Kurstreffen im Irish Pub. Oft blieb ich daheim und sah fern, manchmal rief ich Fee an, und wir unterhielten uns. Sie war wieder mit ihrem Freund zusammengekommen, kurzzeitig hatten sie sich getrennt. Ich machte lange Spaziergänge, vor allem abends, neue Wege, längere als die, die Fee und ich für gewöhnlich gingen. Und jeden Abend lief ich am Münster vorbei und hoffte Emma wiederzutreffen, dort, wo sie musiziert hatte, als Fee und ich sie gesehen hatten. (Ob es wirklich Emma gewesen war?)

Die Erinnerung an den Abend, als Fee und ich Emma Violine spielen sahen, war lebendig, und zunächst wollte ich keine Zweifel darüber aufkommen lassen, daß es wirklich Emma gewesen war.

Noch war die Abendluft mild, und ich saß oft lange auf den Steinstufen dieser alten, roten Kirche, erschöpft von einem langen Spaziergang, und zählte die Menschen auf dem Platz und wartete darauf, daß Emma kommen und spielen würde. Dann würden wir uns umarmen, und ich dachte an ihre Telefonnummer in Salzburg und an die Nummer auf Vaters Foto mit dem Plakat und dem unscharfen Gesicht. Beide könnte ich wählen, dachte ich, und würde es doch nicht tun, zumindest nicht zur rechten Zeit. Ich lief statt dessen durch die Stadt und suchte Emma, saß abends vor dem Münster und wartete auf Emma.

Sie kam nicht mehr, und ich begann, nach ihr zu fragen, sprach Passanten an, die abends am Münster vorbeieilten, auf dem Weg zu ihren Lieben, wahrscheinlich, fragte nach einem rothaarigen Mädchen, mit einer Violine, sie hat hier jeden Abend – noch vor kurzer Zeit – die

Mozart-Serenaden gespielt. Einmal rief ich ihren Namen, sehr laut und mehrmals, Menschen sahen mich an, vielleicht riefen sie auch etwas, doch verstehen konnte ich sie nicht, schon war ein Gefühl wieder da, das ich kannte, als Kind hatte ich es gehabt – wohl einige Male – es war ein Ziehen im Unterleib, und ich faßte mir an die Leiste. (Die Gesichter der Menschen wurden zu Fratzen, verzogen sich zu Fressen, Affen starrten mich an, mit roten Augen, sie trugen Anzüge und Aktenkoffer, vielleicht schoben sie Kinderwägen vor sich her, doch ihre Gesichter waren haarig, waren Fratzen.)

Meistens kam ich spät nach Hause, gelegentlich traf ich Max, dann tranken wir zusammen Bier und Max fragte, warum ich nicht mehr in die Uni ging und ich erzählte ihm von Emma. Vielleicht hatte er sie gesehen, das hoffte ich. Und ich hoffte, daß sie auf mich warten würde, wenn ich abends nach Hause kam, daß sie vor der Tür sitzen und ihren roten Kopf, eben noch auf ihren Armen ruhend, in meine Richtung heben würde, dem Geräusch folgend, das von der Treppe kam. Ich würde ihr sagen, daß ich sie überall gesucht hatte, und wir würden lachen, darüber, daß ich sie gesucht hatte, wochenlang, und sie schon hier gewesen war. Die ganze Zeit über würde sie schon auf mich gewartet haben.

Tatsächlich ging ich nicht mehr in die Uni, nur noch montags zur Anatomie und zum Präp-Kurs am Nachmittag. Noch immer arbeiteten Rolf und ich zusammen, inzwischen waren die Handgriffe schneller. Die Fotos, die wir irgendwann von Kasimir gemacht hatten, waren gut geworden – natürlich hatten alle davon Wind bekommen, auch Abzüge wurden verteilt. Nach dem Kurs tranken Rolf und ich Kaffee, wir rochen an unseren Fingern, die nach Gummi stanken. Ich sezierte gern, ebenso Rolf, der schneller war, aber weniger genau. Außer montags trafen wir uns nie, Rolf wohnte noch bei seinen Eltern, etwas außerhalb, im Spätherbst wollte er ausziehen.

Trotzdem fehlte mir die Zeit, fast immer war ich unterwegs, ging schon zeitig aus dem Haus, mit einer Brotzeit im roten Rucksack machte ich mich auf die Suche nach Emma, selten gönnte ich mir eine Pause im Café mit Zeitunglesen. Meistens lief ich einfach durch die Stadt, mitunter zog es mich in die Berge, nur bei klarem Wetter und guter Sicht bestieg ich einen Aussichtspunkt und sah auf die Stadt, ich hatte ein Fernglas gekauft.

Ein Arzt sagte mir, ich hätte Pilzhyphen auf der Kopfhaut, und er gab mir das Rezept für ein Medikament, das ich mir abholte. Morgens rieb ich die juckenden Stellen damit ein, was angenehm kühl war und Besserung versprach. Vor allem sollte ich nicht kratzen, das war allerdings schwierig, besonders am Abend, vor der Kirche, die angestrahlt wurde und rot leuchtete.

Zeitig ging ich aus dem Haus und verzichtete auf Frühstück. Fee rief noch manchmal an, doch meistens erwischte sie mich nicht, sprach auf den Anrufbeantworter, sie war zu Hause, dort würde sie auch bleiben, zumindest vorerst, bis das nächste Semester losging, vielleicht würde sie auch den Studienort wechseln. Einmal sprachen wir am Telefon, und ich sagte ihr, daß ich eines Tages mit ihr ficken wolle, und sie lachte, und ich erzählte, wie ich ihre Slips durchwühlt hatte, das war am Anfang gewesen.

Früh ging ich aus dem Haus, vergaß auch, mich zu waschen, zu erschöpft war ich, vor allem am Abend, und morgens hatte ich es eilig. Noch trug ich meine kurzen Jeans, zwar wurde es schon kühler, doch es lief sich bequemer. Meine Mutter hatte aufgehört, sich zu beschweren, daß ich mich nicht bei ihr meldete, sie sprach nicht gern auf Anrufbeantworter, und ich begann, ihr Postkarten zu schreiben, von unterwegs, schrieb sie während einer Pause im Café oder in den Bergen. Da saß ich stets auf einem Hochstand, am Waldrand, und sah auf die Stadt, sah durch ein Fernglas und suchte Emma und schrieb Postkarten an meine Mutter. Noch hatte ich ihr nichts erzählt, nicht von den Fotos und nicht von Lauras Theaterrolle. Fotos kamen nun regelmäßiger, alle zwei bis drei Wochen, jeweils ohne Notiz und noch immer aus Genf.

Rolf schnitt am liebsten den Kopf von Kasimir, ich bevorzugte die Organe, und als er mich fragte, ob wir mal abends einen zusammen kiffen wollten, sagte ich nichts, überlegte zu lang, und er fragte, ob es mir nicht gut ginge, und ich rieb mein Kinn und spürte die Bartstoppeln durch die grünen Gummihandschuhe. Lange hatte es gedauert, bis mein Bartwuchs sich anständig entwickelt hatte, gerade an den Wangen; morgen früh muß ich mich rasieren, dachte ich, das darf ich nicht vergessen.

Ich versuchte, meiner Suche nach Emma System zu geben. Ich kaufte Straßenkarten von Freiburg und der Umgebung und fuhr die Strecke, die ich zurücklegte, mit einem Stift nach, auf einer Parkbank oder in einem Café, obwohl ich mir das immer seltener leistete, mir fehlten Zeit und Geld. Spät am Abend, es wurde immer später, besah ich mein Werk, fuhr ich noch einmal die Strecke nach, die ich am Tag bewältigt hatte, und radierte schließlich die Linien aus.

Ich kaufte einen Zirkel und teilte die Stadt sowie die umliegenden Wälder und Berge in ringförmige Zonen ein. Jeden Tag ging ich dieselbe Strecke ab, versuchte jedoch, jeweils weiter zu kommen als am Tag zuvor, womöglich in eine weitere Zone, einen neuen Ring vorzudringen. Ich ging in Turnschuhen und kurzen Hosen, meist trug ich ein T-Shirt, darüber ein Sweatshirt (das eigentlich Dieter gehört hatte, dem ehemaligen Mitbewohner, dem ich es kurz vor seinem Auszug aus dem Schrank entwendet hatte), das ich, wenn die Sonne schien und ich schwitzte, in meinem roten Rucksack verstaute. Die Haare an meinen Waden waren noch blond vom Sommer, und es versprach, ein milder Herbst zu werden.

Am Anfang schaffte ich den ersten Ring in fünfundvierzig Minuten, später in fünfundzwanzig. Und so fort – ich verlor an Gewicht, denn ich aß nicht viel, war abends tot vor Erschöpfung und fiel in mein Bett, mit Kaugummi im Mund und Turnschuhen an den Füßen.

Vier Ringe, vier Zonen, das hatte ich bis zur Mittagspause geschafft, das war die Innenstadt, danach ging es zu den Villen und in die Berge. Auf dem Königsberg gab es ein Plateau, schon auf halber Höhe, Touristen tummelten sich hier, es gab Fernrohre, für zwei Mark konnte man sich einen weiten Blick leisten, viele Münzen investierte ich, bis mir das Geld ausging.

Ich verkaufte Klamotten aus Fees Schrank an Rolfs kleine Schwester und kaufte mir von dem Geld ein Zweimannzelt, daß ich mit in die Berge nahm. Zwar trug ich schwer daran, doch sparte ich Zeit, viel Zeit, fortan schlief ich im Zelt, im Wald unter einem Hochstand, und drang immer weiter vor, in die Berge, die Wälder, das Freiburger Umland. Bald vergaß ich die Zeit, allein das Schlagen der Münsterglocken gab mir ein Zeichen, und läutete es zur Sonntagsmesse, kam meine Zeit, zurückzugehen, etwas auszuruhen, mich zu rasieren, denn montags ging ich in die Uni, zu Rolf und Kasimir.

Max war weg, ein Zettel hing an meiner Tür, ich las ihn nicht, ich ging weiter, Emma suchen. Ich rief Laura an, und sie fragte nach Vaters Fotos. Inzwischen waren es recht viele, und ich sagte Laura, daß ich nicht mehr in die Uni ging, daß ich mich nicht mehr wusch, in einem Zelt schlief, mich nur sonntags rasierte. Ich sagte, daß ich Emma nicht finden würde, daß ich es nicht schaffte, daß es zu viele Ringe waren, zu viele Zonen. Laura sagte, die Proben hätten begonnen, sie könne nicht nach Hause fahren, ich solle unsere Mutter besuchen.

Der Sommer hatte mich blond gemacht. Sommersprossen bedeckten die Flügel meiner Nase, und die täglichen Streifzüge durch die Gegend gerbten meine Haut wie Leder. Meine Augen schienen heller als früher, sie leuchteten blau, und als es kälter wurde, besonders nachts im Zelt, schmiß ich meine Sachen weg, die kurze Hose, die T-Shirts, das Sweatshirt, und nahm mir frische Kleidung aus Max' Schrank. Abends, wenn es kühl wurde und windig, stieg ich auf den Hochsitz und sah auf die Lichter der Stadt. Ich überlegte, wie es wäre zu sterben. Und manches Mal stieg ich wieder herab und rannte in die Stadt, zum Münster, hatte ich sie nicht gesehen, Emma, vom Hochsitz aus, war sie es nicht gewesen – außer Atem stieg ich die Stufen zum Eingang hinauf, stemmte meine Hände auf die Knie und holte tief Luft. (Das Rauchen hatte ich aufgegeben, zu teuer, wenn man jede Mark benötigte wie ich.) Dann sah ich hinauf zum roten Turm und stellte mir vor, wie es wäre, dort zu leben, dort oben, von dort aus könnte ich sie sehen, Emma, meine Cousine zweiten Grades, und zu Ende wäre die Suche.

Ich lebte also in einem Zelt, schlief unter einem Hochsitz und verbrachte die Tage mit einer Suche, mit meinen Streifzügen durch die Straßen und Wälder. Montags ging ich zum Präp-Kurs (ich bevorzugte die Organe) und duschte in der Wohnung, die ich einst mein Zuhause genannt hatte. Ich vergaß, meinen Kopf mit dem Medikament einzureiben, das ich mir in der Apotheke besorgt hatte, doch ich vergaß auch das Jucken, kratzte dennoch weiter, bis ich Blut fand unter den Fingernägeln.

Irgendwann war Fee wieder da. Sie hatte mich gesucht, bestimmt war es Laura gewesen, die sie angerufen hatte, bestimmt hatte sie mich gesucht, im Wald. Und als ich an einem Sonntag nach Hause kam, ich hatte die Glocken in der Ferne gehört, fiel ich in Fees Bett, zu müde war ich. Dann war sie da und legte sich zu mir und sagte etwas. Lange sprach sie auf mich ein, und ich blieb liegen und sah in ihr Gesicht und hatte Angst, so große Angst, daß es zur Fratze werden könnte, zu einer Affenfresse, und fand endlich Schlaf.

Ich fuhr nach München, und natürlich verliebte ich mich im Zug. Es war Ende Oktober, und mein Vater war seit fast fünf Monaten verschwunden. Im Sommer hatte ich erstmals Post von ihm bekommen, dann regelmäßig, immer nur Fotos. Es waren Menschen, fast immer unscharf, und Straßen gewesen, vor allem am Anfang. Ich hatte Laura davon erzählt, und ich trug die Fotos in meiner Tasche, als ich am S-Bahnhof ankam und meine Mutter anrief und fragte, ob sie mich abholen könne. Ich solle mir ein Taxi nehmen, sagte meine Mutter, und im Hintergrund hörte ich Musik.

Das Taxi beschleunigte auf dem Zubringer der Schnellstraße, scherte ein und wechselte auf die mittlere Spur. Die Straße verlief schnurgerade, weit ging der Blick, und vorn, weit vorn, dort wo die Linien der Straße sich trafen, erhoben sich die Türme der St. Ulrichkirche. Wie selbstverständlich thronten sie, ragten sie dem Himmel entgegen, schienen sie die Quelle jeder Bewegung zu sein, die uns umgab. Das ist das Ziel, dachte ich, lehnte meinen Kopf zurück und drehte ihn etwas zur Seite. So konnte ich aus dem Fenster sehen, wenn ich die Augen öffnete.

Für die Blumen war der Sommer zu heiß, hatte meine Mutter gesagt, und während ich mich im Garten zu schaffen machte, saß sie in der Küche und sah mir zu. Ich rechte das Gras zusammen, häufte größere Ballen an und stopfte sie in durchsichtige Müllsäcke mit roter Aufschrift. Morgen früh würde ich zum Wertstoffhof fahren, den Biomüll entsorgen. Früher hatten wir uns dort immer getroffen, Ottl, Susi, Basti und die anderen, dann waren die Ereignisse der letzten Nacht durchgesprochen worden. Bastis Bruder würde ich sehen, morgen, er war krank, seine Chemotherapie lag fast eineinhalb Jahre zurück, er hatte sich gut erholt, wurde gesagt. Dann holte ich grüne Drahtschnur aus dem Schuppen und die kleine Leiter. Im Herbst muß man an die Bäume denken, man muß ihre Arme zusammenbinden, sie gegen das Gewicht des Winters schützen. Oft hatte ich Vater dabei zugesehen. Jetzt stand ich auf der Leiter, fast im Baum, und sah über die Hecke in Hefflers Wohnzimmer. Frau Heffler saß vor dem Fernseher, auf ihren Knien eine Decke, darauf eine Zeitschrift. Herr Heffler war vor Jahren gestorben, wir waren nicht zur Beerdigung gegangen. Ein Tyrann soll er gewesen sein.

Vertrocknete braune Blüten lagen im Beet, der Sommer muß zu heiß gewesen sein für die Blumen. Später würde ich zum Feld fahren, knapp vor dem Ortsschild, und Blumen schneiden, einige in die Küche stellen, einige ins Wohnzimmer. Fahr doch nachher zum Feld, hatte meine Mutter mich gebeten. Ich fand meine Postkarten wieder, neben Mutters Bett, und wir saßen in der Küche und tranken Tee. Meine Mutter sagte, daß Ottl ein paarmal dagewesen sei, er hatte nach der Katze gesehen, als sie unterwegs gewesen war. Das neue Schuljahr hatte begonnen, man war dieses Mal gnädig gewesen, hatte ihr nur je eine Klasse der Unter- und Mittelstufe gegeben und den Leistungskurs. Ich sah die Klassenlisten durch, erkannte ein paar Namen, Caro war dabei, im Leistungskurs. Vor zwei Jahren waren wir im Wald gelegen, nahe der Schule, es war ein Sommerfest der Schule gewesen und Caro und ich lagen im Unterholz, sie auf dem Rücken und ich über ihr. Wie die Caro so sei, fragte ich meine Mutter, und sie sagte: gut, aber sehr still.

Still war auch meine Mutter, wir sprachen nichts, und als das Schweigen zu eng wurde, fragte ich sie nach ihrem Autoschlüssel. Ich fuhr in den Ort, fuhr an meiner alten Schule vorbei, bog links ab, zu den Parkplätzen. Viele Bilder kamen mir hier in den Sinn, einige waren lebendig, einige waren blaß. Weiter vorne begann der Wald, vielleicht zweihundert Meter von hier, dort hatten wir gelegen, Caro und ich. Ich ließ die Zündung an, hörte Musik. Hatte eine alte Kassette gefunden; wenn im Radio nichts kam, schob ich sie in den Spieler. Auch heimlich geraucht hatten wir dort, in den Pausen, und ich mußte an Emma denken, plötzlich dachte ich an Emma.

Ich fuhr weiter, den Bahnhofsberg hinunter, musterte jedes mir entgegenkommende Auto nach bekannten Gesichtern; fuhr in den Nachbarort, einen Berg hinauf, an Kornfeldern vorbei, die leuchteten. Ich fuhr mit hoher Geschwindigkeit, die Fenster waren offen, auch das Dachverdeck. Wieder schob ich die Kassette in den Spieler, ich drehte die Musik lauter, ein Lied, das ich mochte, und ich sang aus vollem Hals. Gelbes Licht überflutete mich von allen Seiten, und mir lief ein Schauer über den Rücken; ich kannte das, darum war ich hier, es war das Glück, ein Moment des Glücks, das ich nur vom Autofahren her kannte. Noch steigerte ich die Geschwindigkeit und schmunzelte, alles mußte passen, die Musik, die Straße, die Geschwindigkeit, das Licht; und es paßte, ich war froh, auf Laura gehört zu haben, ich war froh, hier zu sein.

Am Abend betrat ich das Schlafzimmer meiner Eltern, ich suchte die Katze, die nachts draußen sein sollte. Vor mir das große Bett, wild zerwühlt, die gelbe Tagesdecke zu einem Berg aufgetürmt auf der Seite meines Vaters. Mutters Seite, die Decke zurückgeworfen, halb zu Boden gefallen. Auch das Kopfkissen lag auf dem Teppich, daneben ein Stapel Bücher. An der Kopfseite des Bettes, auf der Seite meiner Mutter, stand eine Kiste auf dem Platz des Kissens, fast an der Wand, sie war geöffnet, und ich kannte sie seit meiner frühen Kindheit. Sie war aus dunklem Holz, den Deckel schmückten eingekerbte Ornamente, das Zentrum war eine runde Sonne, ihre Strahlen züngelten wie Feuerarme. Laura und ich kannten die Kiste, unser Onkel Winnie hatte sie gemacht. Die Kiste hatte er meiner Mutter geschenkt. Darin waren Fotos, Bilder unserer Eltern, als sie jünger waren als Laura heute. Bilder, auf dickem Fotopapier, ohne Glanz und klein im Format, mit Zacken an den Rändern, die aussahen wie große Briefmarken. Bilder einer jungen Liebe, aber auch noch ältere, meine Mutter als Mädchen, als junge Frau, Bilder aus Genf.

(Und kannte ich sie nicht? Ich tat einen Schritt darauf zu, um die zuoberst liegenden sehen zu können, ungeordnet lagen sie in losen Stapeln beieinander: meine Mutter, sie stützt ihre Unterarme auf den Gepäckträger eines Fahrrads, mein Vater, vor einem großen Haus, frech ist er, eine Kiste trägt er auf der Schulter, ihre Hosen sind lang, wurde ich da nicht gewahr, daß es hier war, auf diesem Bett, wo ich sie schon einmal sah, die Bilder, das Bild dieses Hauses, ist das nicht der Augenblick der Erkenntnis, ja, nicht wahr, es ist das Haus, das mein Vater mir zeigte, vor vielen Jahren und hier auf diesem Bett. Und war es nicht dasselbe Bett, in dem meine Großmutter sterben würde und war es nicht dasselbe Bett, auf dem wir saßen, ich war ein Junge, als sie mir vom Krieg erzählte, als sie mir etwas mitgab, von dem sie glaubte, daß es wichtig für mich sein würde? Saßen nicht auch mein Vater und ich hier damals zusammen, und stand nicht auch damals die Kiste zu unseren Füßen, damals, als mein Vater mir das Foto eines Hauses zeigte, es hochhielt und etwas schief, so daß das Licht es stärker treffen konnte, das Abendlicht. Und sagte er nicht etwas dazu, fast traumversunken, sagte er nicht, daß es in diesem Haus war, wo er erstmals meine Mutter verführte, waren nicht das seine Worte, und hatte ich nicht auch damals das Gefühl, als spreche er gar nicht zu mir, wie so manches Mal? War ich nicht traurig gewesen an jenem Abend und hatte ich nicht abends Laura davon erzählt, waren wir nicht sogar hinübergeschlichen, im Schlafanzug, die Stimmen unserer Eltern aus der Küche – gedämpft, und hatten die Kiste heimlich in Lauras Zimmer getragen, hatte ich ihr denn nicht das Foto gezeigt, und hatten wir dann nicht gelacht, gemeinsam und aus vollem Halse, und war ich nicht dankbar gewesen, daß wir lachten, daß wir endlich lachten?)

Ich sah, daß die kleine Holztür offenstand, fast hatte ich es vermutet, sie war im hintersten Teil des Zimmers und führte in den Speicher. Mutter hatte sie offen gelassen, zerstreut war sie gewesen, schon bei meiner Ankunft schien sie durcheinander; hatte die Tür offengelassen, und die Katze war hineingegangen, da war ich sicher, der Speicher zog sie magisch an. Von dort konnte sie in den Dachstuhl springen, unters Dach, und da lief sie dann entlang, die ganze Nacht, auf den Balken, und wir hörten ihre leisen Tritte, geschmeidig zwar, aber doch hörbar, in diesem Haus, in unseren Betten. Niemand konnte sie dann mehr locken, nicht einmal Laura, und auch nicht unser Vater, der wahrscheinlich tobte, erst am nächsten Morgen würde sie wieder vor der kleinen Holztür liegen, so selbstverständlich, als hätte sie dort für uns gewacht, die ganze Nacht. Dann würde sie in die Küche gehen, und wir würden Vaters Stimme hören, Laura und ich, die wir noch im Bad die Zähne putzten, wir würden hören, wie er mit ihr sprach, die Stimme verstellt: «Du bist schon so'ne Katze», würde er sagen, es würden die ersten Worte des Morgens sein, und sie würden langsam sein; man würde denken, daß der Tag noch zu jung wäre – für Worte, mein Vater würde der Katze zu fressen geben und sie nach draußen setzen, noch bevor Laura und ich zum Frühstück kämen.

Die Tür zum Speicher stand offen, und ich schloß sie nicht, die Katze war längst im Dach; Mutter also, sie mußte zerstreut gewesen sein.

Wieder wandte ich mich der Kiste zu, Fotos lagen auf dem Bett, einige waren heruntergefallen. Ich hob sie auf und sah sie an, sie kamen mir bekannt vor, einige nicht. Schwarzweiß die meisten, einige in Farbe, kaum mehr bunt, die Zeit und die Trockenheit in Onkel Winnies Kiste hatten sie ausbleichen lassen. Es waren Aufnahmen meiner Mutter, ich drehte sie um, wollte sehen, ob ein Datum auf das Fotopapier aufgedruckt worden war; *1960, September* las ich, es war die Schrift meiner Mutter, mit Bleistift in der linken oberen Ecke. Dann ein Satz auf der Rückseite eines Fotos; ich las ihn mehrfach, betrachtete wieder das Bild, las wieder den Satz. Er lautete: *And I love you most of all, my darling, when autumn leaves start to fall.*

Es war nicht die Schrift meiner Mutter, es war eine Männerschrift, sicher nicht die meines Vaters, Tinte. Wieder wendete ich das Bild in meiner Hand und betrachtete es. Ich würde es einstecken, später bei meiner Rückkehr nach Freiburg, Mutter würde es wissen. Ich würde es in mein Tagebuch legen und einen Text dazu schreiben, einen kurzen Text:

Alles wird geschehen, in einem Augenblick.

Das Foto in meiner Hand ist alt. Lange vor meiner Geburt. Es zeigt meine Mutter, vielleicht an einem Nachmittag im Herbst. Sie ist jung und wunderschön, so jung, wie ich heute, jünger noch. Sitzend auf einer Parkbank, umgeben von Bäumen; Lange braune Haare liegen schwer auf ihren Schultern, sie trägt eine Bluse, hell in der Farbe, sie strahlt den Fotografen an. In der Hand hält sie große Ahornblätter, wer hat sie gesammelt, zu welchem Zweck?

Wie sieht sie aus? Begehrt. Unterwegs; wie eine Reisende.

Auf der Rückseite – unmißverständlich eine Botschaft des Fotografen. Ich sehe ihn dort sitzen, an einem schmalen Holztisch, einen Füllfederhalter in der Hand. Ich glaube, er trägt eine Brille auf seinem ruhigen Gesicht, hat dünnes Haar, ist kein Deutscher.

And I love you most of all, my darling, when autumn leaves start to fall.

Später würde ich noch ein Gedicht finden, geschrieben von meiner Mutter, ich würde es aufheben und mir einprägen. Es würde keinen Titel tragen, ich würde ihm einen geben, würde es *Die Reisende* nennen.

Ich ging aus dem Zimmer, das Foto noch in meiner Hand. Meine Mutter war im Keller, sie hatte meine Sachen gewaschen und gebügelt, viel hatte ich nicht mitgebracht, viel hatte ich in Freiburg nicht gebraucht. Sie legte meine Hemden zusammen, stehend am Bügelbrett, und sah dabei fern. Die Katze hob den Kopf, als ich eintrat, nur kurz registrierte ich, daß sie hier war, doch nicht im Dachstuhl; ich hielt das Foto hoch und fragte Mutter, wer das aufgenommen und wer diesen Satz geschrieben hatte. Sie nahm mir das Foto aus der Hand und betrachtete es, drehte es um, sie stand so eindringlich da, wie ich es Minuten zuvor selbst getan hatte. Meine Mutter gab mir das Bild wieder und lachte zum ersten Mal, seit ich am Mittag das Haus betreten hatte. Sie sagte einen Namen, sagte, daß es ein Mann namens Javier gewesen sei, aus Venezuela.

«Da warst du neunzehn», sagte ich, und Mutter hob den Kopf, etwas geneigt, schielte zur Decke, da wußte ich, daß sie nachdachte, und sie bejahte, ja, da sei sie neunzehn, fast zwanzig gewesen. Ich sah sie an, dann den Fernseher, meiner Mutter schien das Gespräch Spaß zu machen, denn sie sagte: «Glaub' bloß nicht, daß deine teure Mutter prüde war.» Ich dachte an Laura, Mutter hatte ihr einmal von ihrer Jugend erzählt und davon, daß sie nur deshalb mit keinem Mann vor unserem Vater *so richtig* geschlafen hätte, weil Verhütung schwierig war und sie nicht schwanger werden durfte. Ich fragte meine Mutter, wo das Foto aufgenommen worden war, zwar wußte ich es, und sie nannte den Namen der Stadt, es war Genf. Ich nahm die Katze vom Sofa, trug sie auf einem Arm nach oben und setzte sie vor die Tür. Wieder ging ich in das Schlafzimmer meiner Eltern, nahm die Kiste vom Bett und stellte sie auf den Boden. Fotos fielen zu Boden, und ich hob sie auf, stapelte sie ordnungslos und legte sie in die Kiste. Zwei Fotos nahm ich noch einmal heraus, meine Mutter auf der Parkbank und das Foto eines Hauses. Ich spürte ein Ziehen im Magen und überlegte, ob ich die Salbe für meine Kopfhaut mitgenommen hatte, glaubte es jedoch nicht und ärgerte mich. Legte das Bild mit dem Haus in die Kiste, es war nun das oberste auf dem Stapel. Das andere behielt ich in der Hand, löschte das Licht und ging zurück in den Keller. Ich fragte Mutter, ob ich das Foto behalten könnte, und sie sagte ja, sah nicht auf, sondern zum Fernseher, wo zwei Männer zu sehen waren, die sich unterhielten.

Am Nachmittag war ich bei der Schule gewesen, hatte ein paar Körbe geworfen. Der Schulhof war leer, das Dach wurde renoviert, Plastikplanen überall. Ein Kran stand herum. Wenn ich schwitzte, juckte die Kopfhaut stärker; morgen früh würde ich zum Wertstoffhof fahren, dann würde ich telefonieren, vielleicht würde ich Fee anrufen, oder Rolf, und vielleicht würde ich ihm sagen, daß ich am Montag nicht zum Präp-Kurs käme, daß ich noch ein paar Tage länger bliebe. Ich ging früh zu Bett, doch ich war nicht müde, und während sich meine Augen langsam an die Dunkelheit gewöhnten und vertraute Dinge wieder Konturen annahmen, hörte ich jemanden sprechen, vielleicht aus dem Fernseher, vielleicht meine Mutter, sie telefonierte, mit wem, mit ihrer Tochter.

Am Morgen war Mutter schwach, mittags legte sie sich wieder hin, und ich fuhr zur Tankstelle und kaufte zwei große Dosen Linseneintopf. Ich aß an ihrem Bett, und als sie ihre Tablette schlucken wollte, ging ich hinunter in die Küche, nahm ein Holzbrett und ein scharfes Messer, kehrte in Mutters Zimmer zurück und zerteilte die Pillen, sie waren länglich und braun, in kleine Stücke. Meine Mutter nahm sie mit einem Stück Pumpernickel und einem Glas Leitungswasser. Dann schlief sie, und als sie am frühen Nachmittag wieder erwachte, trug ich den Fernseher aus dem Keller ins Schlafzimmer, und zusammen sahen wir uns die Übertragung der Leichtathletik-WM an. (Natürlich fiel mir sofort Susis Vater ein, der so gern Leichtathletik ansah und der mit Sicherheit auch vorm Fernseher saß. Ich sagte es meiner Mutter, und sie fragte, was Susis Vater beruflich mache, und ich sagte es ihr, Professor der Physik an der TU. Er war vor einem Jahr ausgezogen, die Scheidung lief, auch Susi wohnte nicht mehr daheim, lange hatten wir nicht telefoniert. Ottl sagte, es ginge ihr gut, nur bräuchte sie endlich einen Freund. Oder eine Freundin, sagte ich, darauf Ottl: Ja, warum nicht.)

In einer Werbepause fragte mich meine Mutter, ob ich wüßte, wo Vater sei. Sie hatte leichtes Fieber, und nach dem 100-Meter-Finale hatte sie kurz geweint. Ich sagte: «Nein, ich weiß es nicht. Aber ich glaube, er ist in Genf.»

Dann besuchte ich Susi, und wir gingen spazieren. Davor hatten wir in der Küche gesessen und Tee getrunken. Sie hatte mich gefragt, ob ich etwas mit diesem Mädchen aus meiner Wohnung hätte, Sophie, und ich verneinte. Was mit mir los gewesen sei, in letzter Zeit, kein Anruf mehr, kein Brief. «Ich war auf der Suche nach meiner Cousine. Ich kenne sie noch nicht lange, dann habe ich sie in Freiburg gesehen, sie spielte Violine an der Kirche.» Dann sagte ich ihr, daß ich sie gesucht hätte, sehr lange, und daß ich sie nicht finden würde. Das reichte Susi nicht, und ich versuchte es zu erklären, wußte aber nicht, wie, und wußte auch nicht, was. Dann gingen wir spazieren, wir setzten uns auf unsere Bank und sahen aufs Feld. Da lagen noch die großen Heuballen, Überbleibsel des frühen Herbstes, als seien sie vergessen worden; lange war es her, daß Susi und ich auf den Ballen gelegen und in den Himmel geschaut hatten, zumindest vordergründig, und in Wahrheit auf die Hand des anderen wartend. Ich hatte ihr gesagt, daß sie begehrenswert sei, und wir hatten uns an den Händen genommen, auf den großen, runden Heuballen, genau wie in dem Film, den wir gesehen hatten. Es war noch früher im Jahr gewesen, zwar auch schon Herbst, doch wärmer noch, und windiger. Die Wolken hatten sich schnell bewegt.

Zu Hause hatte Mutter einen Salat gemacht, ich schickte sie wieder ins Bett und wärmte noch den Rest des Eintopfes auf, dann aßen wir gemeinsam. Mutter aß trockenen Zwieback, dazu ein halbes Bier ohne Alkohol. Wieder fragte ich sie nach Javier, und sie erzählte. Lange saß ich an ihrem Bett und horchte, die Augen meiner Mutter waren wach; sie lag auf dem Rücken, das Kissen unter ihrem Kopf, die Beine angewinkelt. Sie trug ihr Nachthemd, das mir vertraut war, rosa, lang und weich. Nur die Beine waren zugedeckt, auch die Taille, manchmal zog sie blitzartig die Decke bis vor das Gesicht, wenn sie niesen mußte. Die letzten Linsen waren schon am Teller festgetrocknet, als sie einschlief. An einen Satz erinnere ich mich: «Wir sind schon auf unsere Kosten gekommen, auch wenn die Zeit eine andere war.»

Nachts wurde die Gegend von einem Sturm geschüttelt, ich achtete seit langem auf den immer wiederkehrenden Wechsel von Blitz, Donner und Regen. Ich mußte wach geworden sein, schon vor einiger Zeit, ruhig lag ich im Bett, bewegungslos, um mich herum nur Dunkelheit, Schattenspiele auf dem Teppich, vom Blitz erleuchtet. Wie lange lag ich schon hier, offenen Auges, gewillt, wachzubleiben, als gäbe es etwas zu erledigen, etwas, das meine Konzentration erforderte? Kniff die Augen zu, nur kurz, und zählte die Sekunden zwischen Blitz und Donner. Als wir noch woanders wohnten, dort, wo Laura und ich unsere frühe Kindheit verbracht hatten, da hatte es einen Hagelsturm gegeben, der seinesgleichen suchte.

Nachmittags war es gewesen, und der Himmel hatte sich verdunkelt, schnell und plötzlich, dann dauerte es noch fast eine halbe Stunde, bis das erste Korn zu Boden stürzte; und das Licht muß seltsam gewesen sein, gelb und matt, ähnlich dem Licht in amerikanischen Wildwestfilmen. Staunend standen wir am Fenster, an der Glastür, die in den Garten führte. Erst Sorge um die Katze, ob sie sich schützen könnte, dann Lachen, als wir sie entdeckten, auf der Heizung schlafend, desinteressiert und jenseits irdischen Geschehens. Wir würden vieles über diesen Sturm in der Zeitung lesen, an den folgenden Tagen. Man würde sich erzählen, daß die Hagelkörner die Größe von Tennisbällen erreicht hätten, zumindest Eiergröße; jemand würde gar das Wort Fußball in den Mund nehmen, doch eines würden alle wissen: daß es einen Toten gegeben hatte, ein junger Mann aus einem kleinen Ort, der sei erschlagen worden, wahrscheinlich von einem Hagelball, in der Nähe des Flusses. Meine Erinnerung läßt am ehesten den Vergleich des Hagels mit der Größe eines Tischtennisballs zu, riesig schienen sie zu sein. Meine Nase hatte ich an die Scheibe gedrückt; Laura weinte, als unser Vater die Glastür zum Garten öffnete und hinauslief, nur Socken an den Füßen, und zwei oder drei Eisbälle vom Rasen fischte. Schnell war er zurück im Haus, schon war die Tür wieder geschlossen, wir alle in Sicherheit, und wir waren entzückt vor Stolz und Bewunderung, vor der Größe der Natur und dem Mut unseres Vaters. Ein Sturm war das gewesen, sondergleichen; in der Folgezeit sah man Autos mit verbeulten Dächern umherfahren, wehe dem, der keine Garage hatte, auch Mutters Peugeot hatte draußen gestanden und trug die Mulden im Blech, wie Narben aufgekratzter Pocken. Lange würde es dauern, bis die Hagelautos von den Straßen verschwanden, bis sie alle durch eine neue Generation ersetzt waren, und begegnete einem doch noch eines, so freute man sich und dachte an den großen Hagel, und manche dachten an ihre Väter, die hatten zeigen können, wozu sie imstande waren.

Vor einiger Zeit schon mußte ich erwacht sein und hatte augenblicklich den Lichtstreifen am unteren Rand meiner Zimmertür entdeckt, der ja gerade in meinem Blickfeld lag; ich hätte nur die Augen öffnen müssen, um zu sehen, daß dort Licht brannte, im Flur. Mutter war wach. Noch blieb ich liegen (und war dankbar für die Ruhe, die meine Gedanken erfaßt hatte, während sich draußen der Sturm austobte), lauschte den Geräuschen der Natur und versuchte mir Mutter vorzustellen, wie sie durch das Haus schlich, spät in der Nacht, von der Grippe geschwächt. Wie sie durch die Zimmer ging, wahrscheinlich überall Licht machte, vielleicht bügelte sie noch etwas, sah dabei fern. Etwas suchte sie wohl, eine Spur vielleicht, bestimmt war sie unruhig, und das um so mehr, als sich draußen Gewitterwolken festgesetzt hatten und die Katze noch nicht aufgetaucht war. War nicht auch ich auf der Suche, in diesem Augenblick, waren meine Ohren nicht gespitzt und begierig nach vertrauten Lauten, nach Geräuschen, die ich ungezählte Male gehört hatte, im Bett liegend? Der Kühlschrank, der geöffnet und geschlossen wurde, der Fernseher, der nur zu hören war, wenn Vater mit schweren Schritten durch die Eingangshalle zur Toilette ging und die Tür zum Wohnzimmer offen stehen gelassen hatte. Die Haustür, sie gingen noch spazieren, wenn die Luft mild war, die Haustür, wenn sie wiederkamen und die letzten Fetzen des Gesprächs noch mit ins Haus trugen, dann flüsterten, weil Laura und ich schon schliefen und am nächsten Morgen früh aufstehen sollten. Manchmal klopfte Laura an die Wand, vielleicht konnte sie nicht schlafen, vielleicht war sie verliebt und aufgeregt. Wollte, daß ich teilhatte, wollte nicht, daß ich schlief, während sie wachte und klopfte, und ich klopfte zurück, und einige Male waren wir beide aus dem Fenster geklettert und saßen zusammen auf der Fensterbank, dort, wo im Winter die ersten Eisblumen sprossen, unsere Beine lagen auf den Schindeln des Daches, und bestimmt war uns kalt um diese Zeit. Nur kurz dauerte die nächtliche Besprechung; einmal hatte Laura ihre Decke mit nach draußen genommen, einmal wollte sie nicht zurück ins Zimmer und bat mich, bei ihr zu bleiben.

Ich stand auf und schlüpfte in die Schlappen meines Vaters, kalt war der Marmor in der Küche. Ging hinunter und fand Mutter am Küchentisch sitzen, eine Wollweste um die Schultern, sonst in Tageskleidung. Sie hatte eine Tasse vor sich, vielleicht trank sie Tee, bestimmt war es Tee.

Ich fragte, wie es ihr ginge, und sie sagte: «Draußen geht es ja ganz schön zu, mein lieber Mann.» Und sie sagte, daß die Katze noch draußen sei, die Ärmste, aber die wird sich schon zu helfen wissen, wird sich irgendwo untergestellt haben. Natürlich würde sie sich untergestellt haben, die Katze, instinktiv, wenn auch eingeschüchtert von unbekannter Gewalt. Auch Mutter hatte Angst vor Gewitter, wir wußten das, sie hielt sich die Ohren zu, wenn es sein mußte, ging nicht vor die Tür, auch nicht an Silvester, wenn Raketen den Himmel erhellten. Sie mochte den Krach nicht, sie saß in der Küche und trank aus ihrer Tasse. Ich stellte mich an den Herd und setzte Wasser auf. «Es wird schon schwächer, es zieht rüber nach Hausen», sagte ich. Meine Mutter fragte, wie es meiner Kopfhaut ging, und ich sagte, es würde langsam besser, und ärgerte mich wieder darüber, daß ich die Salbe in Freiburg vergessen hatte.

«Manchmal kann ich nicht schlafen», sagte meine Mutter, ich stand mit dem Rücken zu ihr, versuchte den Teebeutel am Henkel festzubinden. Links von mir, jenseits der Glastür, hing ein Bild meiner Mutter als junges Mädchen. Es war ein Portraitgemälde, ein Original, kein Foto. Rechts unten waren deutlich die Initialen des Malers zu lesen. Es waren nicht die Initialen ihres Großvaters, der Maler gewesen war, es waren die Buchstaben O.K.

Ich drehte mich um zu ihr und sagte, daß Laura mich angerufen habe, erzählt habe, daß sie, unsere Mutter, das Haus nicht mehr verließe. «Ich gehe ja zur Schule, natürlich», sagte sie, wieder hatte ich mich abgewandt, goß das Wasser auf. Setzte mich ihr gegenüber, schaufelte Zucker in meine Tasse. Natürlich würde ich sie nach Vater fragen, würde fragen, was geschehen war, bevor er nach Brüssel flog, aber noch nicht jetzt. «Bestimmt schickt er bald Geld», sagte meine Mutter, sie rührte in ihrer Tasse, es roch nach Rum, sie hatte sich einen Grog gemacht. Dann sah sie hoch, den Kopf noch nach vorne geneigt, ihre Augen suchten mich, und sie atmete flach und geräuschlos.

«Und Laura?» fragte ich und fuhr selber fort: «Ich glaube, sie hat eine Rolle bekommen, an ihrem Theater.» Mutter nickte, sie wußte es, sagte, daß sie telefoniert hätten. Und fragte: «Ist sie denn immer noch mit diesem Theatermann zusammen?» «Glaub schon», antwortete ich.

«Sie hat die Medikamente abgesetzt», ich sah auf und Mutter nickte wieder, gab Antwort auf meine ungestellte Frage; sagte, daß die Therapie noch andauere, bestimmt noch ein halbes Jahr, aber die Medikamente habe sie abgesetzt. Die Katze maunzte an der Tür, sicher war sie angelockt worden von dem Licht in der Küche, das durch die Jalousie nach draußen drang und sie aus ihrem Versteck getrieben hatte. Ich stand auf und zog die Jalousie einen halben Meter hoch, die Katze maunzte wieder und hob den Schwanz, als ich die Tür öffnete und sie hereinließ. Ihr Schwanz streifte meine Wade, zielstrebig eilte sie in die Küche, wo Mutter sie begrüßte, sagte: «Na, wer ist denn da? Wer ist denn da so naß geworden?»

Dann saß ich am Küchentisch, die Jalousie hatte ich wieder heruntergelassen, die Katze hatte gefressen und sich nach oben verzogen. Für kurze Zeit war das Schmatzen der Katze das einzige gewesen, was Mutter und ich hörten, draußen war es ruhiger geworden. Ich fragte, was damals gewesen sei, bevor Vater nach Brüssel geflogen war. Mutter antwortete augenblicklich, ohne ihre Haltung zu ändern – als hätte sie seit langem auf die Frage gewartet. Sie sagte, daß sie spazieren gewesen seien, mild sei es gewesen, es war ja Frühling. «Wir waren noch spazieren, wie jeden Abend. Das weißt du doch.» Ich sparte mir die Frage, die als nächstes kommen mußte, denn Mutter fuhr fort. An den Bahngleisen seien sie entlanggelaufen, lange, fast bis in den Ort, dann hätten sie sich auf eine Bank gesetzt, sternenklar sei der Himmel gewesen.

«Wir haben über euch gesprochen.» Ich sah sie fragend an, sie senkte leicht den Kopf und schüttelte ihn. «Nichts besonderes. Wir haben phantasiert, was so werden wird aus euch, ob du einmal eine Praxis aufmachen wirst. Und ob Laura beim Theater bleibt oder doch noch mal studiert.»

«Vielleicht bekommt sie diese Rolle», sagte ich wieder und fügte hinzu, daß wir hinfahren müßten, zur Premiere. «Natürlich fahren wir hin», sagte Mutter, und wir schwiegen für eine kurze Zeit. Dann fragte ich, ob sie Streit gehabt hätten, und meine Mutter verneinte.

«Nein, wir haben nicht gestritten. Alles war gut, am Abend kam er noch zu mir ins Zimmer und hat sich neben mich gelegt.» Sie hätten zusammen gelesen, sie in einem Buch, er die Zeitung. Ich fragte, worüber sie noch gesprochen hätten, und sie sagte: «Darüber, wie es weitergeht, auch über Geld natürlich. Wir haben uns überlegt, wie es wäre, wieder zurück nach Berlin zu gehen.» Das gesparte Geld könnte man in einer Wohnung anlegen, unser Haus vermieten. «Ich könnte mich frühzeitig pensionieren lassen.»

Ich fragte, was sie dann machen würde, ohne Beruf, und sie sagte, sie könne alles machen, sie könne wieder anfangen zu schreiben, und Papi könnte malen. (Später, nach unserem Spaziergang, würde ich sie bitten, mir etwas zu zeigen, das sie geschrieben hatte, und sie würde mir Gedichte zeigen, mehr als drei Dutzend, und eines würde ich mit nach Freiburg nehmen, es würde keinen Titel tragen, aber das Datum würde mir auffallen: 2. Oktober 1960)

«Er hat langsam auch keine Lust mehr auf die ewige Knipserei, glaube ich», sagte meine Mutter noch; dabei zog sie die Mundwinkel nach unten und schüttelte wieder den Kopf. Wir tranken noch Tee, das Unwetter hatte sich beruhigt, unmerklich, und als wir beschlossen, noch eine Runde zu drehen, waren nur noch wenige Donnerschläge in der Ferne zu hören. «Wir packen uns richtig dick ein.» Sie ging nach oben, um sich umzuziehen, ich stellte unsere Tassen in die Spülmaschine, ging ebenfalls die Treppe hoch und zog meine Jeans an, über den Schlafanzug. Ich sah auf meinen Wecker, kurz nach drei, bis wir wieder da sein würden, würde es nach vier sein.

Wir gingen an den Gleisen entlang, Richtung Ortsmitte. Ich kannte die Häuser hier gut, vor Jahren hatte ich mir Geld mit dem Austragen von Anzeigeblättern verdient.

Rechts das Haus des Arztes Kuhnmöller, der schwer zu verstehen war, weil er nuschelte und schnell sprach. Er war Rettungsarzt, vor seinem Haus stand ein Rettungswagen. Manchmal schrieb er sich die Kennzeichen der Autos auf, die an den Gleisen entlang fuhren, um Zeit zu sparen, und deren Besitzer keine Anwohner waren. Im Sommer lauerte er den Autos auf, die diese Strecke unbefugt als Abkürzung benutzten, er und sein Sohn standen dann hinter der Hecke, mit einem Gartenschlauch spritzten sie die Fahrzeuge naß. Bei Kuhnmöllers brannte noch Licht, man konnte sehen, daß jemand vor einem Bildschirm saß. Vielleicht legt er eine Datei an, mit den Nummern der Autos, die an seinem Haus vorbeifahren, dachte ich.

Die Straße war naß, und die Schritte meiner Mutter verursachten laute Klack-Geräusche, in kurzen Abständen. Fast alle Fenster waren dunkel, wie erwartet, nur wenige waren erleuchtet. Niemand begegnete uns auf dem Weg, doch von irgendwoher drangen Stimmen an unsere Ohren, sie mußten aus einem Fernseher kommen. Wie dumm, dachte ich, wie dumm, daß man die schönsten Stunden meistens verschläft. Meine Mutter hatte sich bei mir eingehakt, ich mochte das und fühlte mich gut. Wir hatten schon einige Minuten nicht gesprochen, Mutter hatte tief geatmet, durch die Nase ein, durch den Mund aus. Ich dachte an meinen Vater, überlegte, ob er zurückkommen würde, und fragte: «Glaubst du, er kommt zurück?» Aber ja, sagte meine Mutter in einem Ton, als gälte es, mich zu beruhigen, aus ihrer Stimme sollte Selbstverständnis klingen, aber ja, natürlich. Wann, fragte ich, und meine Mutter schwieg zunächst, stülpte die Unterlippe nach vorne, über die Oberlippe, es war eine Geste des Nachdenkens, des Abschätzens, den ganzen Kopf schob sie etwas nach vorne. Dann sagte sie: «Das weiß keiner. Wahrscheinlich bald. Er hängt viel zu sehr an euch.» Ich würde meiner Mutter nichts von den Fotos erzählen, die Vater mir schickte, auch nichts von der Telefonnummer, und mir war klar, daß ich hiermit die letzte Chance vertan hatte, die Nachricht loszuwerden.

Viel später drehten wir um; noch war der Himmel bedeckt, doch die Wolken schienen sich zu entfernen. Herr Dr. Kuhnmöller, gesetzt der Fall, er war die Person, die vorhin hinter dem Computer gesessen und Autonummern eingetippt hatte, war wohl zu Bett gegangen, das Fenster war dunkel. Auch wir waren müde, als wir auf unser Haus zugingen, beide in Gedanken; zuletzt sagte ich noch, daß ich gegen Mittag zurück nach Freiburg fahren würde. Ich wollte den Präp-Kurs nicht verpassen, auch sonst war einiges zu erledigen, war einiges liegengeblieben, in letzter Zeit. Emma, ich hatte lange nicht an sie gedacht.

Die Katze lag in meinem Bett. Ich zog die Jeans aus, löschte das Licht und kroch unter die Bettdecke. Die Katze fiepte, als ich sie aufscheuchte, sofort begann sie zu schnurren, suchte einen Weg unter die Decke, solange, bis ich diese etwas anhob und die Katze durchschlüpfen ließ, hinein in die Höhle. Ich versuchte, meinen Atem hörbar werden zu lassen, achtete auf ihn. Ich fing mit meinem linken Fuß an, mit den Zehen, erst der kleine, dann die größeren. Versuchte, sie zu spüren, zu streicheln. Regungslos lag ich, nur die Gedanken wanderten. Dann der Fußballen, der Fußrücken, die Ferse, in Gedanken, sah sie vor mir, behaart, und drückte sie, spürte sie. Dann das Knie. Die Katze drehte sich noch zweimal im Kreis, legte sich auf die Seite, ihr Rückenfell an meinem Bauch, und ich kraulte sie am Hals.

Wieder sollte ich mir ein Taxi nehmen, Mutter blieb im Bett liegen, wieder hatte sie Fieber, als ich mich verabschiedete. Sie war müde, lange waren wir in der Nacht spazieren gewesen, sie hatte nicht geschlafen, erst als es hell geworden war, hatte sie sich hingelegt. So stand sie nicht an der Tür und winkte, wie sie es früher immer getan hatte, wenn Laura und ich morgens zum Schulbus gegangen waren, die Haustür war geschlossen, als ich mich noch einmal auf meinem Sitz umdrehte und dem Fahrer des Taxis das Ziel der Fahrt mitteilte, ich selbst hatte sie ja eben zugezogen. Auf der Schnellstraße sah ich in den Außenspiegel, sah die Türme der St. Ulrichkirche immer kleiner werden. Ich behielt sie im Auge, bis wir in die Ausfahrt einlenkten, der Himmel war bedeckt, und ich wünschte mir andere Musik und besseres Licht.

Im Zug war ich unruhig, was mich ärgerte. Meine Lektüre hatte ich beiseitegelegt, die meiste Zeit stand ich im Gang, hatte das Fenster zur Hälfte runtergeschoben und rauchte. Einmal wurde mir schwindlig, auch fuhr ich nicht gerne durch lange Tunnel; ich setzte mich auf einen ausklappbaren Sitz auf dem Gang. Natürlich dachte ich über die Tage nach, die ich zu Hause verbracht hatte, und über die Tage, die nun kommen würden. Vorsichtig rieb ich mit dem Zeigefinger über meinen Kopf, tastete nach den wunden Stellen, dem Pilzgeflecht. Kruste spürte ich, ich hätte nicht kratzen sollen, mußte mich zwingen, nicht zu kratzen. Ein Mädchen, etwas jünger dem Anschein nach, stand neben mir, sah hinaus, konzentriert; eben hatte sie mich um eine Zigarette gebeten, wortlos hatte ich ihr eine gereicht, auch Feuer. Wir fuhren durch ein Tal, Berge zu allen Seiten, nicht mehr ganz saftige Wiesen und dicke weiße Kühe mit dunklen Flecken. Ich hatte mich wieder auf den Klappsitz gesetzt, stand auf und ging den Gang entlang. Das Mädchen, noch immer konzentriert, suchte meinen Blick, so vermutete ich, ich sah weg, in die Abteile. Ich wußte nicht, in welcher Richtung das Bordrestaurant lag, lief einfach zu, ließ das Mädchen mit den roten Haaren hinter mir; hatte keinen Bock, mich zu verlieben.

5. Kapitel

Im September des Jahres 1949 klopfte ein Mann an die Wohnungstür meiner Großmutter und ihrer Kinder. Meine Mutter war neun Jahre alt, ihr Bruder elf, und sie wohnten in Berlin. Das alte Haus in der Kleestraße war im letzten Kriegsjahr zerbombt worden, man errichtete dort ein Krankenhaus. Als meine Großmutter und ihre Kinder nach Berlin zurückkamen, zogen sie in die Wohnung ihrer Eltern, im Pfeigweg, im Berliner Südwesten. Ihr Vater, mein Urgroßvater, war Maler gewesen, auch Kunsterzieher, seine Frau war tagsüber zu Hause. Im Frühling 1945 hatten sie die Bilder im Wohnzimmer abgenommen, auch die im Schlafzimmer, sie steckten sie in große Brotsäcke und versteckten sie auf dem Dachboden. Dann erhängten sie sich, nebeneinander. In die Wohnung des Malers und seiner Frau zog meine Großmutter mit ihrer kleinen Familie. Ihr Mann war verschleppt worden, nach Rußland wohl, und der Mann, der im September 1949 vor der Tür im Pfeigweg stand, behauptete, sein Freund gewesen zu sein, sein Bettnachbar im Lazarett der Kriegsgefangenen, irgendwo in Estland. Ich versuche mir den Tag vorzustellen, es muß ein sonniger Herbsttag gewesen sein, im späten September. Das Thermometer war noch einmal geklettert, schon die Nacht war mild gewesen. Es wurde gehämmert und gegraben damals, den ganzen Tag und die halbe Nacht, Berlin war eine Baustelle. Meine Mutter, ein Mädchen mit langen, noch blonden Zöpfen, zu Affenschaukeln zusammengebunden, öffnete die Tür, es war früher Nachmittag, ihre Mutter war unterwegs, sie brachte wohl die in Heimarbeit ausgeschnittenen, sortierten und aufgeklebten Zeitungsartikel ins Dahlemer Wirtschaftsarchiv. Ein Mann stand vor der Tür, er trug Stiefel, einen Bart und eine Schirmmütze. Er sagte seinen Namen, Kempf, und würde am Abend wiederkommen, hoffte, dann die Mutter anzutreffen. Er sagte noch, es ginge um ihren Mann. Meine Großmutter hatte sich zurechtgemacht am Abend, sie trug ein Herbstkleid, noch immer war sie von stattlicher Statur, groß, von der Hüfte abwärts robust, oberhalb zierlich. Sie hatte sich an den Eßtisch gesetzt, als meine Mutter von einem Herrn Kempf berichtete und daß es um Vati ginge. Sie war auf einen Stuhl gesunken, hatte das Gesicht in den Händen vergraben, eben hatte sie sich einen Schuh ausgezogen, er lag in der Diele, der andere saß noch an ihrem Fuß. Sie hatte aufgesehen, ein Bild ihres Vaters, des Malers, hing an der Wand. Ein Stilleben, ein Obstkorb wohl. Sie hatte meine Mutter an sich gezogen, auf ihren Schoß, und bestimmt hatten sie geweint, doch als Herr Kempf am Abend erneut klopfte, noch war es nicht dunkel draußen, da hatte sie sich zurechtgemacht, eine helle Strickjacke mit weiten Maschen über dem leichten Kleid, das Haar hochgesteckt, die Lippen geschminkt. Sie tranken Tee in der Küche, lange saßen sie an dem kleinen, grünen Holztisch, bis zum späten Abend. Herr Kempf sah gepflegter aus als am Nachmittag; er hatte sich rasiert, an den Füßen trug er Haferlschuhe. Die Kinder waren im Bett, doch meine Mutter lag wach, konnte die Gespräche hören, keine Inhalte zwar, nur ein Nuscheln. Auch nahm sie den Geruch von Tabak wahr, der durch die Wohnung zog, sich von der Küche aus verbreitete. Ihr Bruder schlief neben ihr, er schnarchte, auf dem Rücken liegend, und es dauerte eine Zeit, bis das Flüstern aus der Küche mit den Schlafgeräuschen des Bruders verschmolz.

Herr Kempf, sein Vorname war Oskar, stammte aus Bayern. Er war ein Bäcker gewesen, vor dem Krieg, dann ein einfacher Soldat der Wehrmacht. Man hatte ihn auf den Balkan geschickt, dort hatte er seine linke Hand verloren, war nach Berlin zurückgekehrt, zur Verteidigung der Heimat, und war Ende 1944 den Russen in die Hände gefallen. Auf dem Weg nach Estland, ins Kriegsgefangenenlager, war er nur knapp dem Tod entgangen, seine Hand hatte sich entzündet, sein Blut war vergiftet. Im Lazarett hatte er Erich kennengelernt, meinen Großvater, der dort mit Lungenentzündung lag. Beide waren gesund geworden, zusammen versuchten sie zu fliehen, sie kamen nicht weit, sie hatten sich getrennt und wurden wieder eingefangen, erst Erich, dann er. Es mangelte an allem, Nahrungsmittel und Medikamente waren kaum zu haben. Nur Tabak gab es genug, mein Großvater war starker Raucher. Zigaretten waren wichtig im Lager, als Tauschmittel stellten sie die gängige Währung dar. Zigaretten gegen Brot, Zigaretten gegen Papier, gegen Seife, gegen Penicillin. Mein Großvater Erich starb an Typhus, es war im November 1945, und vielleicht hätte er überlebt, so erzählte es Oskar Kempf, hätte er seine Tabakration gegen Medikamente getauscht, vielleicht hätte er einen Russen bestechen können, anstatt sie zu rauchen, anstatt sie zum Teufel zu jagen, in die eigene Lunge, zum Eigenbedarf. Seine Gesichtsfarbe sei gräßlich gewesen zum Schluß, so muß es Oskar Kempf erzählt haben, doch geraucht habe er bis zum letzten Morgen, als er ihn noch besucht habe, wieder im Lazarett, dort, wo sie sich kennengelernt hatten. Vor dem Morgenappell hatte er ihn besucht, da hatte Erich schon eine Kippe im Mund, sie hatten noch einen Scherz gemacht; am Nachmittag war das Bett bereits leer, am nächsten Morgen wieder frisch belegt. Oskar Kempf erzählte meiner Großmutter von dem Versprechen, das sie sich gegeben hatten, schon ganz am Anfang im Lazarett, daß sie die Familie des anderen aufsuchen würden, falls nur einer von ihnen überlebte. Fast jeder Gefangene war Träger eines solchen Versprechens, man suchte sich einen Gefährten, so schnell wie möglich, und nahm ihm das Versprechen ab. Auch sei er, Oskar, im Besitz von Erichs Sachen gewesen, viel war es nicht, ein Zigarettenetui, eine Uhr, die Geldbörse, vielleicht noch die Silberschnalle seines Gürtels. Er habe sie tauschen müssen, gegen Zigaretten, kurz vor der Freilassung sei es noch einmal hart gewesen, viele hatten es nicht überlebt, und er hatte alles versetzen müssen, er hatte Glück gehabt.

Oskar Kempf kam am nächsten Abend wieder, und diesmal ging er nicht spät in der Nacht, sondern blieb, und das eine ganze Weile.

Viel später, wenige Jahre vor dem Tod ihrer Mutter, sollte meine Mutter sie nach ihm fragen, nach Oskar Kempf, nach der Zeit, die seinem Auftauchen folgte. Ihre Fragen waren nicht frei von Vorwurf, und ihre Mutter antwortete: «Ich war einsam, verstehst du?», und noch einmal, diesmal lauter, denn meine Mutter hatte ihren fragenden Blick nicht abgewandt: «Einsam, verstehst du? Vati war tot, das wußten wir seit langem, nicht wahr? Und als Oskar kam, mit Vatis Tabak und den Geschichten aus der Gefangenschaft, da war es fast, als sei Erich zurückgekehrt, verstehst du, Juli?»

Meine Mutter verstand und schwieg. Und wahrscheinlich ging sie in Gedanken noch einmal zurück in die Zeit, als ein Mann namens Oskar Kempf bei ihnen wohnte, im Pfeigweg in Berlin.

Oskar hatte eine Stelle als Anstreicher gefunden, einhändig war es vorbei mit seinem Beruf als Bäckermeister. Nebenher verdiente er sich etwas Geld mit Portraitmalerei, die Farben preßte er noch selber aus. Es gibt ein Bild meiner Mutter, das Portrait eines kleinen Mädchens mit

Affenschaukeln; Oskar malte es zur Übung, und es gelang so gut, daß meine Großmutter es rahmen ließ (Oskar protestierte, denn es war nicht billig) und im Eßzimmer aufhängte. Bei der Hochzeit meiner Eltern schenkte sie es dem jungen Ehepaar, und von da an hing es bei uns im Wohnzimmer, über dem grünen Stuhl mit den Zeitungen der Woche. Als Junge sah ich dem Portrait wohl sehr ähnlich, zumindest bekam ich das oft zu hören. Was mir nicht sonderlich taugte, welcher Junge sieht schon gerne einem neunjährigen Mädchen mit Affenschaukeln ähnlich?

(Ein Gedanke, der mir schon öfter kam: daß ich früher meiner Mutter ähnlich sah, meine ganze Kindheit über, und nun, als junger Mann, immer mehr zu meinem Vater werde – oder wie mein Vater?)

Meine Mutter und ihr Bruder siezten Oskar, und das änderte sich nicht, er blieb Herr Kempf, bis zum Tag seiner Abfahrt.

Im Frühsommer des folgenden Jahres brachte meine Großmutter ein totes Kind zur Welt, einen Jungen, der Oskar hätte heißen sollen nach seinem Vater. Die Wohnung war klein, nicht geschaffen für eine Familie mit Kindern, meine Mutter und ihr Bruder schliefen in einer kleinen Kammer, meine Großmutter und Oskar teilten sich eine ausziehbare Couch. Sie versuchten, die Bilder ihres Vaters zu verkaufen, doch wenn es etwas gab zu jener Zeit, wofür kein Bedarf bestand, so waren es in Öl gemalte Bilder von Weinhängen oder Obstkörben.

Nicht viel später beschloß Oskar, zu seiner Frau zurückzukehren, sie wohnte in Genf. Sie hatten ein Kind, einen Sohn, den Oskar seit acht Jahren nicht gesehen hatte. Am Morgen seiner Abfahrt aus Berlin brauchte meine Mutter nicht zur Schule zu gehen, sie sollte ihre Mutter zum Bahnhof begleiten, zusammen mit Oskar und seinem Gepäck. Wieder trug er braune Haferlschuhe, einen langen Mantel und einen Hut, sah gut aus, ja, fast wie ein Herr von Welt. Der Zug sollte pünktlich abfahren, sie kamen knapp, jedoch noch rechtzeitig, vielleicht war die Aufregung groß, vielleicht auch die Angst, denn meine Großmutter zitterte und entschuldigte sich, sie müsse die Toilette aufsuchen. Meine Mutter stand allein bei Oskar, der Zug war schon eingefahren, doch Oskar war ruhig, er lächelte wohl und fragte meine Mutter nach der Schule und nach ihren Freunden. Das hatte er sonst kaum getan. Auch lud er sie ein, nach Genf zu kommen, er habe einen Sohn, fast gleich alt, sie könnten Freunde werden. Genf sei wunderschön, viel schöner als Berlin, außerdem verschont geblieben von Fliegerangriffen, der Lac Léman, die Nähe zum Gebirge. Er hob seinen Koffer, sah zum Bahnhofsgebäude. Dann drückte er den Stumpf seiner linken Hand gegen den Nacken meiner Mutter, behutsam, und sie gingen zum Zug, meine Mutter sagte: «Mutti kommt gleich!» Oskar sah auf seine Schuhe, dann wieder zum Bahnhofsgebäude, sagte: «Ja. Schon mal das Gepäck verstauen.» Schweigend gingen sie zum Zug, sein Stumpf an ihrem Rücken. Dann trennten sie sich, meine Mutter blieb vor dem Zug stehen, Oskar stieg ein, betrat das erste Abteil und hievte den Koffer mit einer Hand auf die Gepäckablage. Wieder sah meine Mutter zurück, wahrscheinlich war sie jetzt unruhig, vielleicht hatte sie ein seltsames, unangenehmes Gefühl im Unterleib. Oskar war nicht wieder herausgekommen, er hatte sich gesetzt, ihm gegenüber saß eine ältere Dame mit Federhut, und als der Pfiff über den Bahnsteig flog, stand er noch einmal auf und trat ans Fenster. Wahrscheinlich weinte meine Mutter, wahrscheinlich hüpfte sie von einem Bein auf das andere, sie steckte in kratzenden Strümpfen. Noch immer war Oskar ruhig, er hob seine verbliebene Hand zum Gruß, als der Zug sich in Bewegung setzte, und vielleicht rief er meiner Mutter noch etwas zu, etwas wie «Denk an den Lac Léman und die Berge!», vielleicht schwieg er aber auch, vielleicht waren seine Worte nur in ihrem Kopf, wahrscheinlich lächelte er nur und winkte, den Hut hatte er abgenommen, sein schütteres Haar wehte ihm um die hohe Stirn.

Dann war der Zug verschwunden, und die Hand meiner Großmutter legte sich von hinten auf die Schulter ihrer kleinen Tochter. Wo warst du, fragten mit Sicherheit die Augen des Mädchens, doch die beiden sprachen nicht; die Hand ihrer Mutter auf dem Rücken, knapp unterhalb des Nackens, dort wo noch eben ein verkrüppelter Arm zu spüren gewesen war. Sie gingen nach draußen, der Blick meiner Großmutter ging zum Himmel, dann auf den Boden. Sie setzten sich in ein Café, meine Mutter bekam eine Brause, meine Großmutter trank Kaffee. Wo warst du, wieder vergrub ihre Mutter das Gesicht in den Händen, so wie schon einmal, lange war es her, an dem Nachmittag, als Oskar aus dem verlorenen Krieg heimkehrte. Und natürlich spürte meine Mutter eine Frage in sich, etwas, das sie nicht begriff, etwas, das erst viele Jahre später herauskommen würde, eine Frage rumorte in ihr, auf die ihre Mutter ihr einmal antworten würde, als alte Frau. Und diese Antwort würde sie nicht überraschen, etwas hatte sie schon geahnt seit dem Augenblick in einem Café, an einem sonnigen Herbsttag, als ihre Mutter ihr gegenübersaß, das Gesicht verborgen unter drahtigen Händen, die langen Finger im Haar. Da kannte sie die Antwort, da wußte sie, daß ihr Vater tot war, und mehr noch, daß ihre Mutter ihren Mann verloren hatte, vor wenigen Minuten noch einmal, noch ein zweites Mal.

(Doch noch einmal zurück auf den Bahnsteig, die Mutter ist verschwunden, Oskar hat sich gesetzt, ihm gegenüber eine ältere Dame mit Feder am Hut. Er sieht zu meiner Mutter heraus, lächelt. Dann fährt der Zug, und Oskar winkt. Meine Mutter, die so unruhig war, eben noch, sie winkt zurück, ruhig jetzt. Woran denkt sie? Sie sieht ihren Vater – 1944. Sie sind auf einem Sanitätszug, ihre Mutter, der verletzte Bruder und sie. Der Zug soll sie hinausfahren aus dem Stammlager bei Berlin. Ihr Haus ist längst aufgegeben, sie müssen fliehen. Der Zug voller Kranker, meist Frauen und Kinder. Sie stehen. Draußen der Vater, auf seiner Nase eine zerbrechliche Nickelbrille – Javier würde eines Tages eine ähnliche tragen –, ein Lehrer in Uniform. Er bleibt zurück. Als der Zug anfährt, schreit meine Großmutter auf, sie verliert die Kontrolle, gerade sie. Der Vater, der noch in letzter Minute mit der versehentlich zurückgelassenen Tasche herbeihastete, läuft neben dem Zug. Ruft er? Sie sieht ihn, sieht ihn, und – da bleibt er zurück. Still nun ... und wird zu einem einzigen Punkt.

Meine Mutter steht am Bahnsteig und winkt, im Zug sitzt ein Mann. Sein Name ist Oskar Kempf. Sie hat ein Bild vor Augen. Das letzte Bild ihres Vaters.)

Oskar und meine Großmutter sahen sich nicht wieder. In Genf folgte eine Zeit der Rückschläge; zusammen mit seiner Frau eröffnete Oskar ein Lebensmittelgeschäft, das, gerade als es Profit abzuwerfen begann, bis auf die Mauern niederbrannte. Ein Blitzschlag wohl, auch wenn Erna nicht daran glaubte und Brandstiftung vermutete. Sie waren wieder auf die Beine gekommen, ihr Junge verdiente jetzt das Geld, als Bäcker, und Erna arbeitete wieder als Krankenschwester. In den Jahren nach Oskars Heimkehr verkehrte eine schmale Korrespondenz zwischen Berlin und Genf, Oskar schrieb vor allem den Kindern, meiner Mutter und ihrem Bruder. Regelmäßig lud er sie ein, und nach dem Schulabschluß meiner Mutter, im Jahre 1959, meine Mutter war neunzehn Jahre alt, bestieg sie den Zug Richtung Genf und sah Oskar wieder, als erwachsene Frau. Sie wohnte bei Oskar und seiner Frau, belegte Kurse an der Universität und arbeitete nachts als Wache in einem Kinderkrankenhaus. Niemals sprach sie mit Oskar über ihre Mutter, selten über die gemeinsame Zeit in Berlin, auch wußte sie ihr Verhältnis zu Oskars Frau nicht klar zu definieren. Zwar wurde sie stets mütterlich umsorgt, doch meinte sie die Kälte in Ernas Blick bis zum Schluß nicht völlig verschwinden zu sehen. Das Rauchen wurde Oskar nicht mehr los, und hätte ihn nicht eines Nachts der Schlag getroffen, im Schlaf, mit Sicherheit wäre er, wie sein Kamerad Erich, mit einer Kippe im Mundwinkel gestorben. Er war vierundsechzig Jahre alt, als er starb, seine Frau verschickte die Todesanzeigen. Auch an meine Großmutter, ohne Kommentar; es war der einzige Kontakt zwischen den beiden Frauen, zwischen Oskars beiden Frauen, in all den Jahren.

Ein Spätfrühlingstag im Jahre 1959 also war es, und es war Mittag, als meine Mutter in Genf aus dem Zug stieg, mit Sonnenbrille und langem, braunen Mantel, schwitzend, denn die Tage begannen, warm zu werden. Oskar wartete am Bahnsteig auf sie, seine letzten Haare waren grau geworden. Sie umarmten sich, und Oskar sagte: «Juli ... als ob da die Mutter aus dem Zug steigt.» Und er lachte laut und schob meine Mutter zum Ausgang. Er trug den linken Arm in einer schwarzen Schlaufe, die ihm um den Hals und auf der Brust hing. Zwar hatte er sich vor Jahren eine Prothese anfertigen lassen, doch die war verbrannt. Sie hatten einen längeren Fußmarsch zu bewältigen, vom Bahnhof aus, über die Rue Verdaine, durch die kopfsteingepflasterten Gäßchen der Altstadt. Wahrscheinlich sprachen sie über die neuen Züge, die so schnell und teuer waren, und Oskar sagte, daß man in Genf französisch sprechen müsse, um zu überleben, das sei zwar bitter, aber wahr. Er begann, meiner Mutter alle möglichen Gegenstände, die ihnen auf ihrem Weg nach Hause begegneten, französisch zu benennen, Litfaßsäule, Straßenbahn, Schaufenster, bis meine Mutter ihm sagte, daß sie Französisch in der Schule gehabt hätte, in Berlin gehörte es zu den Pflichtfächern. Während der gesamten Dauer ihres Weges beließ Oskar seine rechte Hand auf der Schulter meiner Mutter, eher noch am Rücken, nahe dem Nacken drückte er sie sanft vorwärts. Trotz des Schauers, der ihr über den Rücken lief, wobei sie nicht sicher war, ob es die Müdigkeit war, die sie zittern ließ trotz der Wärme, oder die Erinnerung an die Berührung auf dem Berliner Bahnhof vor vielen Jahren, nahm sie Oskars Hand in ihrem Nacken für eine Geste des Verbundenseins: Willkommen in Genf. Erna stand in der Küche, im Ofen eine Art Kartoffelkuchen mit dünnen Speckstreifen, und wies meine Mutter an, sich um den Salat zu kümmern. Fortan sollte es bei dieser Arbeitsteilung bleiben. Erna war Chefin der Küche und blieb es auch, sie kümmerte sich um das Abendessen, meiner Mutter blieb die Zubereitung des Salates; sie deckte den Tisch und wartete auf Ernas heisere Aufforderung: «*Juli, tu prépares la salade, n'est-ce pas?*» Erna schwor auf die spät erlernte französische Kochkunst und verbat sich in ihren vier Küchenwänden jedes deutsche Wort. Meine Mutter folgte bereitwillig Ernas Anweisungen und verkündete regelmäßig, am Küchentisch sitzend, den fertig angemachten Salat auf die Teller verteilend: «*La salade est fatiguée!*» Das Kochen verband Erna mit meiner Mutter auf schwesterliche Weise, außerhalb der Küche war ihr Verhältnis distanziert.

Erna verschaffte meiner Mutter den Posten als Nachtwache im Kinderkrankenhaus, drei Nächte in der Woche, in denen Schlaf ausgespart wurde. Nächte, die meine Mutter mit den russischen Dichtern verbrachte, in den ruhigen Nachtstunden, den Pausen zwischen ihren Rundgängen durch die Zimmer, vor allem mit Tolstoi und vor allem mit *Krieg und Frieden.* (Zweimal las sie es: in jenen Jahren in Genf, und später noch einmal, 1976, wiederum in einem Krankenhaus: nach meiner Geburt würde sie es noch einmal lesen, in Tagen der Ruhe, ich würde durch Kaiserschnitt geboren worden sein, sie würde es lesen, während die Wunden verheilten, und wiederum später, viel später, würde ich es aus dem Bücherregal meiner Eltern ziehen, würde den Schutzumschlag aufblättern und zwei Zeilen lesen, geschrieben in der kleinen, geschwungenen Schrift meiner Mutter:
Genf, Juni 1959
München, Oktober 1976)

Wahrscheinlich hatte meine Mutter Ruhe gesucht, hatte sich mit einem Buch (vielleicht einem russischen Dichter) in einen Park zurückgezogen. Dort gab es einen Spielplatz, gut versteckt und wenig genutzt, und sie saß auf einer Bank und las. Vielleicht hatte sie einen freien Tag an der Uni, vielleicht hatte sie sich auch nur freigenommen, um die ersten warmen Frühlingstage zu begrüßen. Mag sein, daß sie sich vorbereitete auf eine Prüfung, ihr Arbeitsmaterial hatte sie dabei, in ihrer großen Umhängetasche. Seit über acht Monaten schon war sie in Genf. Lange hatte sie nicht gebraucht, um sich einzuleben, vieles war geblieben, wie der erste Eindruck es versprochen hatte: Oskar war herzlich und derb, noch immer berührte er sie gern. Auch seinen Sohn, der viel von seinem Vater zu haben schien, konnte sie leiden. Ernas Küche blieb französisch, sonst sprach sie nicht viel. Meine Mutter verbrachte die meiste Zeit in der Universität, oft saß sie bis abends in der Bibliothek, ab und zu ging sie ins Theater, fast nie ins Kino. Sie würde Lehrerin werden, das stand fest, Romanistik und Anglistik, und natürlich war es die Literatur, die sie faszinierte, der Wunsch, die Originale zu lesen, Austen auf der einen, Balzac auf der anderen Seite. (Balzac, der, wie meine Mutter mir eines Tages erzählen würde, täglich fünfzig Tassen Kaffee trank. «Das Lustige ist», sagte meine Mutter, «daß man es merkt. Seine Figuren sind immer etwas aufgeregt.»)

Meine Mutter war eine Einzelgängerin (ähnlich übrigens wie ihre Mutter, die zur selben Zeit in Berlin dabei war, sich immer mehr zu isolieren, sich fast verkroch), die Bekanntschaften zu Mädchen und jungen Frauen an der Uni waren flüchtig. Zwar nahm sie Einladungen oder Anregungen ihrer Kommilitonen an, doch blieb sie unverbindlich in ihrer Art, fast unnahbar, was manche abgeschreckt haben mag. Bewußt achtete sie darauf, ihrer Gastfamilie um Oskar Kempf den größten Teil ihrer Freizeit zu widmen; nur das Studententheater, dessen Winterensemble sie sich im Herbst angeschlossen hatte, war noch wichtig. Schon in der Schule hatte sie an Theateraufführungen mitgewirkt, eine Hauptrolle hatte sie gespielt, stets mit Erfolg. Möglich, daß sie den Wunsch zur Bühne nie artikulierte, möglich auch, daß sie ihn gar nicht als solchen wahrnahm. Der Krieg war noch keine fünfzehn Jahre her, und sie würde ins Lehrfach gehen, so wie ihr Vater, das war klar. Doch wäre es durchaus möglich, daß sie an jenem Frühlingstag im Jahre 1960 die Ruhe der Natur gesucht hatte, weder um über französische oder englische Literatur zu arbeiten, noch um die kranke Welt Dostojewskis zu erfahren. Nehmen wir statt dessen an, daß meine Mutter versuchte, einen Text zu lernen, vielleicht nur eine Nebenrolle für eine Aufführung des deutschsprachigen Studententheaters, aber eben doch eine Rolle. Es war der Nachmittag, an dem sie Javier zum ersten Mal sah; sie war ihm schon des öfteren aufgefallen, schließlich studierten sie seit kurzem zusammen, er war noch nicht lange in Genf, seine Heimat war Venezuela, sein Französisch war mies.

Er saß auf einer Bank auf der anderen Seite des Spielplatzes, hatte die Beine übereinandergeschlagen und las eine spanische Zeitung. Lange saßen sie sich gegenüber, und als es später wurde und die wenigen Kinder, die den Weg zu einem entlegenen Spielplatz gefunden hatten, nach Hause gingen oder abgeholt wurden, da stand er auf und betrat die Sandfläche, stieg über verlassene Burgen und leere Tunnel. In der Mitte des riesigen Sandkastens stand ein Rondell, eine Scheibe auf einem Holzklotz, eine Drehscheibe. Der junge Mann trat auf die Drehscheibe und ergriff mit beiden Händen das metallene Rad, das aus der Mitte der Scheibe gerade emporragte. Er drehte es, und die Scheibe begann sich zu bewegen, synchron zu den Anstrengungen des jungen Mannes, der immer heftiger an dem Metallrad zog, dabei grimassierte er vor Anstrengung, bis die Scheibe eine hohe Drehgeschwindigkeit erreicht hatte, er losließ und sich setzte, vorsichtig, um nicht von der Fliehkraft nach außen getragen zu werden. Er saß im Schneidersitz und hob die Arme, dann lachte er laut und winkte meiner Mutter zu. Die hatte natürlich aufgesehen, war auf der Hut gewesen, von dem Augenblick an, als der junge Mann aufgestanden und geradewegs auf sie zugelaufen war. Jetzt winkte sie zaghaft zurück, gezwungen noch das Lächeln, der junge Mann drehte sich mit fast gleichbleibender Geschwindigkeit, bald war ihr sein Rücken zugewandt, bald sein lachendes Gesicht, die Haare flatterten ihm wirr ins Gesicht, seine Brille war verrutscht. Noch immer winkte er ihr zu und rief im Vorüberfliegen herüber, auf spanisch, dann auf englisch, sie schüttelte den Kopf, jetzt war ihr Lächeln echt. Sie solle aufspringen, rief er, es sei herrlich. Meine Mutter drückte eine Hand auf ihren Bauch, eine Geste, die Übelkeit verdeutlichte, nein, sie könne nicht, ihr würde schlecht werden. Da streckte er einen Fuß über den Rand, in den Sand, bremste und brachte die Scheibe zum Stehen. Er ging auf meine Mutter zu – versuchte es zumindest, aber gleich lag er im Sand, Schwindel hatte ihn übermannt. Meine Mutter lachte laut, und er erhob sich, rückte mit dem Zeigefinger seine Brille zurecht und zog sie mit sanftem Nachdruck auf die Beine und hin – auf die Drehscheibe. Nein, nein wehrte sich meine Mutter, diesmal auf deutsch, doch sie ließ sich ziehen und kauerte sich auf die Scheibe, ängstlich zuerst, dann mit wachsender Freude, und gemeinsam drehten sie sich schwindelig. Bald war es dämmrig und kühler und der Mond heller als die Sonne, noch bevor sie sich einander vorgestellt hatten.

Javier stammte aus Maracay. Mitte des letzten Jahrhunderts waren seine spanischen Vorfahren ausgewandert, erst nach Argentinien, später nach Venezuela. Sein Großvater hatte sich in Maracay niedergelassen und war auf der Suche nach Erdöl zu verhältnismäßig kleinem, aber doch bemerkenswertem Reichtum gekommen. Javiers Vater war Soldat, Offizier bei der Marine. Im November 1948 stürzte das Militär Präsident Bétancourt, unter den Putschisten war er, Javiers Vater. Zehn Jahre später war Bétancourt wieder an der Macht und Javiers Vater auf der Flucht. Die aufständigen Militärs von einst wurden verfolgt und verurteilt, doch einige entkamen, unter ihnen Javiers Vater, der bei entfernten Verwandten in Madrid unterkam. Sein Vater sei mit dem Schiff nach Europa gekommen, erzählte Javier meiner Mutter (zwar nicht bei ihrer ersten Begegnung auf der Drehscheibe, doch nur wenig später), das sei sicher die Hölle gewesen, sagte er und lachte auf, meine Mutter sah ihn fragend an und strich sich die Haare aus der Stirn. Seinem Vater sei in Maracay vor Jahren aus der Hand gelesen worden, von einer Wahrsagerin aus Osteuropa. Er habe sie nach seinem Tod gefragt und sie habe lange seine Hände gehalten und schließlich gesagt, nein, den Zeitpunkt seines Todes könne niemand voraussehen, doch daß er ertrinken würde, das sei deutlich, das sei sein unumstößliches Schicksal. Wieder lachte Javier und schob mit dem Zeigefinger seine Nickelbrille zurecht.

«That's why he became kind of mad», sagte er und erzählte, daß sein Vater fortan alle Gewässer mied, was für den Marineoffizier ein Problem darstellte. Er sei früher ein guter Schwimmer gewesen, doch seit der Prophezeiung der Rumänin habe er das Wasser gemieden wie ein Kater. Es müsse also ein Alptraum für ihn gewesen sein, auf dem Schiff nach Europa.

Javier studierte Mathematik und Physik, die Begabung hatte er von seiner Mutter, sie unterrichtete Mathematik an einer Privatschule nach britischem Vorbild. Sie war es auch, die sich für sein Stipendium stark gemacht hatte, jetzt war er also in Genf, noch gar nicht lange. Auch wolle er nach Madrid reisen und seinen Vater aufsuchen. Seit seiner Flucht aus Venezuela habe man nichts mehr von ihm gehört.

Meine Mutter und Javier saßen lange auf der Drehscheibe und erzählten einander; immer wieder drehten sie abwechselnd an dem kleinen Metallrad, das aus der

Mitte der Scheibe ragte. Nach überwundener Übelkeit konnte es meiner Mutter nicht schnell genug gehen. Wenn ihnen zu schwindelig war, bremsten sie und drehten sich in die andere Richtung.

Javier hatte das spanische Aussehen seiner Vorfahren. Er war klein, nur wenig größer als meine Mutter. Sein Haar war dünn und schwarz, seine Stirn zu hoch, am Hinterkopf lichtete es sich schon. Seine Statur war die eines Matadors, drahtig, mit breiten Schultern und schmalen Hüften.

Dann war es dunkel, schon vor einer Weile hatten sie aufgehört zu sprechen, bequem konnten sie nebeneinander auf der Scheibe liegen, zwischen ihnen der Eisenpfahl mit dem kleinen Rad. Javiers Atem ging so gleichmäßig und ruhig, und wahrscheinlich wäre sich meine Mutter sicher gewesen, daß er eingeschlafen war, wäre nicht seine Hand am Eisenrad gewesen, um mit leisen Bewegungen die Scheibe in Bewegung zu halten, langsam drehte sie sich.

Er hatte sie nach ihrem Bruder gefragt, und sie hatte ihm erzählt: daß er im Krieg verletzt gewesen war, auf der Flucht – am Bein. Daß es verkümmert zurückgeblieben sei; das Schienbein war entzündet gewesen, auch das Knie, zuviel davon war abgestorben. Ihr Bruder, mein Onkel, lebte noch in Berlin, bei ihrer Mutter, im Pfeigweg. Auch Javier hatte einen Bruder gehabt, einen älteren, er war tot. Verdurstet in einer Wüste in Australien. Meine Mutter war sicherlich erschrocken, wahrscheinlich wollte sie nicht weiterfragen. Wahrscheinlich dachte sie, daß es so etwas normalerweise nur im Film gab oder in Büchern, und sie hätte wohl auch gerne gewußt, wie es dazu gekommen war, warum es einen jungen Mann aus Venezuela in die australische Wüste verschlägt. Aber sie fragte nicht, und auch Javier schwieg dazu.

Meine Mutter war ein wenig eingeschlafen, und als sie wieder erwachte, nach kaum zehn Minuten, da stand die Drehscheibe endlich still, und sie sah geradewegs auf das Sternbild des Orion. Javier lag nicht mehr neben ihr. Sie sah sich um, bemerkte ein metallisches Geräusch, gleichmäßig auch, aber heftiger als das Drehgeräusch der Scheibe oder des kleinen Rades. Ihre Augen waren an die Dunkelheit gewöhnt, und sie sah Javier auf einer Kinderschaukel sitzen, die Füße streiften den Boden. Den Kopf hatte er zurückgeworfen, sein Rücken war durchgestreckt und beschrieb einen Rundbogen. Meine Mutter sagte, daß sie schon zu spät sei zum Abendessen, daß ihre Eltern auf sie warteten. (Tatsächlich sagte sie: Eltern.) Sie gingen zügig zurück, und Javier fragte meine Mutter, ob sie ihm nicht etwas Französisch beibringen könnte, er würde ihr einen kleinen Betrag dafür bezahlen. Meine Mutter sagte «Oui, pourquoi pas», und ärgerte sich sofort, das war kindisch gewesen, doch Javier freute sich, und sie schwiegen. Als sich ihre Wege trennten, sagte Javier «Salut», sie hatten keine Adressen ausgetauscht und sich auch sonst nicht mehr viel gesagt, doch in einer Stadt wie Genf konnte man davon ausgehen, sich früher oder später über den Weg zu laufen, zumal als Studenten.

Javier feierte bald seinen siebenundzwanzigsten Geburtstag. Zusammen machten sie lange Spaziergänge durch die Stadt, bald Hand in Hand, und aus der Französischnachhilfe wurde nichts. Javier wohnte im Studentenheim, und es dauerte nicht lange, bis meine Mutter die Nächte häufig bei ihm verbrachte. (Schon in Berlin hatte sie einen Freund gehabt, und eine Episode aus dieser Frühzeit ihrer Gefühle erlangte familieninterne Berühmtheit: wie ihr angehender Freund, Paulchen, sie erstmals zu küssen wagte und meine Mutter, wohl noch unsicher mit Spielregeln, ihm eine Ohrfeige versetzte. Und wie er zurückgab, bestimmt nicht fest, aber mit flacher Hand, was sie ungeheuerlich fand. Paulchens Reaktion war o. k., fand ich immer, konnte ich mir doch vorstellen, wie bockig meine Mutter gewesen war, mit sechzehn, noch dazu in jener Zeit.)

Die Reaktionen ihrer Gasteltern verliefen erwartungsgemäß, als meine Mutter an jenem Abend zu spät zum Essen kam. Auch sollte ihr unterschiedliches Verhalten symptomatisch sein für die folgenden Monate. Oskar roch den Braten sofort, seine Beobachtungsgabe kam ihm hierbei zu Hilfe, Mutters niedergeschlagene Augen und rosige Gesichtsfarbe sprachen eine deutliche Sprache. Er brauchte nicht mehr als zwei oder drei Fragen zu stellen und triumphierte schon, keine Spur von Eifersucht, sagte: «Wenn das nicht mal zu erwarten war, bei unserer Kleinen!» und «Wo hast'n denn gelassen?» Erna ließ sich dagegen partout keinen Kommentar entlocken, sie eilte in die Küche und wärmte für meine Mutter das Abendessen auf. Salat gab es an diesem Abend ohne Vinaigrette, und als meine Mutter anbot, noch schnell ihre Salatsoße zu rühren, winkte Erna wortlos ab. Es war nicht in Ordnung gewesen, ohne Ankündigung vom gemeinsamen Abendessen fernzubleiben, doch als meine Mutter zu Bett ging, war ihr Gewissen rein. Sogar Erna schien sich still und heimlich für sie gefreut zu haben, anders war das Ausbleiben von Schelte nicht zu erklären.

So sollte es auch in Zukunft sein: Oskar war neugierig und forderte fast täglich über alle Entwicklungen der jungen Beziehung in Kenntnis gesetzt zu werden. Dabei schien er immer zu lachen, und auch Erna war auffällig oft zugegen, wenn meine Mutter aus dem Nähkästchen plauderte.

Eines Nachts erwachte meine Mutter von einer plötzlichen Erschütterung des schmalen Bettes und beobachtete, wie Javier im Schlaf die Decke zurückwarf und aus dem Bett stieg. Erschrocken rief sie seinen Namen, und er sagte: «Ja?» Sie fragte ihn, was er vorhabe, mitten in der Nacht, und er antwortete augenblicklich, natürlich auf englisch: «Nichts, wieso?» Dann drehte er sich um, sah meine Mutter verwundert an, schüttelte den Kopf und schlüpfte wieder unter die leichte Decke. Sekunden später schlief er seelenruhig. Am Morgen fehlte Javier jegliche Erinnerung an die Aktivitäten der Nacht, sie lachten gemeinsam, und er behauptete, meine Mutter habe offenbar seltsam geträumt. Bald ereignete sich ähnliches wieder, doch meine Mutter blieb diesmal stumm, beobachtete Javier unbeweglich bei seinem unheimlichen Schlafwandel. Wieder hatte er plötzlich die Decke zurückgeworfen und war aufgestanden und ans Fenster getreten. Seine Augen standen offen, die Hosenbeine seines Pyjamas waren an beiden Beinen bis an die Knie hochgerutscht. Dann verweilte er einige Sekunden unbeweglich, schien in die Nacht hinauszuschauen, bis er beide Arme hob und die Hände in Brusthöhe flach gegen die Fensterscheibe drückte. Seine Körperhaltung veränderte sich, der Oberkörper bewegte sich langsam auf die Scheibe zu, aus der Sicht meiner Mutter glich die Haltung der eines Turners, der sich vergeblich mit sinnlosen, weil vertikalen Liegestützen abmüht. Meine Mutter war wohl besorgt, wenn auch amüsiert über die absurde Szenerie. Noch immer stand Javier bewegungslos am Fenster, die Augen weit geöffnet. Wer träumt hier seltsam, dachte meine Mutter, als sich Javier vom Fenster löste und durch den dunklen Raum ins Nebenzimmer ging. Meine Mutter zögerte, wenn auch nur kurz, und folgte ihm nach, lautlos schlich sie hinter ihm, blieb angewurzelt im Türrahmen stehen. Wieder war Javier ans Fenster getreten, wieder nahm er die Position des verzweifelten Turners ein. Kürzer diesmal, dann drehte er sich um, seine Augen starrten durch den Raum. Er trat an meiner Mutter vorbei. Angst hatte sie gepackt, fast hätte sie laut aufgeschrien angesichts der gespenstischen, leeren Augen ihres Geliebten, die sie nicht sahen. Javier legte sich ins Bett und schlief augenblicklich. Diesmal war es meine Mutter, die neben ihm unter die Decke kroch, mit kalten Füßen und schweißnasser Stirn.

Sie schliefen lange, beschlossen, die erste Vorlesung ausfallen zu lassen, und holten sich den Kaffee ins Bett. Wieder glaubte Javier den Berichten meiner Mutter nicht, was sie wütend machte und dazu brachte, aufzustehen, und an den Fensterscheiben nach flachen Handabdrücken zu suchen. Tatsächlich fand sie welche, die Fenster waren frisch geputzt, Javier zog die Schultern hoch und gab einen friedfertigen Laut von sich, der sich im Hohlraum der Kaffeetasse, die er an den Mund führte, in murrendes Echo verwandelte. Javiers Magen knurrte, und er stand auf, um sich zu waschen. Meine Mutter warf einen Blick auf ihren Vorlesungsplan, Javiers morgendliche Waschung rauschte aus dem Badezimmer, vielmehr der Badenische, an ihr Ohr, und als es an der Tür klingelte, erhob sie sich, um die Tür zu öffnen. Draußen stand der Postbote, ein junger, blonder Mann, und reichte ihr wortlos ein Paket. Meine Mutter las den Namen ihres Freundes und nickte. Sie könne für ihn unterschreiben, sagte der Postbote und reichte ihr einen Stift. Auf dem Kopf trug er eine blaue Schirmmütze, blonde Locken quollen an den Seiten hervor. Meine Mutter kritzelte ihren Namen auf die Quittung und reichte sie dem Briefträger zurück. Dann schloß sie die Tür und hörte noch, wie der junge Mann sich höflich verabschiedete. Eben kam Javier vom Waschbecken, den Oberkörper nackt, ein Handtuch um den Hals. Er nahm meiner Mutter das Päckchen ab, es war von seiner Mutter und hatte einen langen Weg hinter sich. Er sagte, darauf warte er schon seit zwei Wochen, und warf es auf das aufgewühlte Bett. Meine Mutter schaute in den Spiegel über dem Waschbecken und sah sich in die Augen. Morgens war sie oft gedankenverloren, vielleicht ging sie noch einmal ihren Text durch, bald würde die Aufführung sein, vielleicht dachte sie auch an Berlin, das schon eher, doch mit Sicherheit dachte sie nicht an den Postboten, warum auch, sie ahnte ja nicht, daß er ihr Mann werden würde, der blondgelockte Briefträger mit der blauen Schirmmütze, und der Vater ihrer Kinder.

Im Mai fuhr Javier nach Madrid, um seinen Vater zu suchen. Er würde bei einer entfernten Tante beginnen, die noch ihr altes Familienhaus bewohnte, dasselbe Haus, das Javiers Vorfahren vor Urzeiten gebaut hatten.

Sie waren noch zusammen frühstücken gewesen, meine Mutter und Javier, in M. Reufs Caféhaus, dem einzigen durch und durch echten Franzosen im Kern der Stadt, er stammte aus dem Süden Frankreichs, nicht weit entfernt, aus Clermont L'Hérault. Croissants waren seine Spezialität, vielmehr war es eigentlich ausgeschlossen, zumindest in Studentenkreisen, Croissants woanders als bei Café Reuf zu essen. Der Zug hatte Verspätung, und Javier nutzte die Zeit, um sich mit dicken Zeitungen auszurüsten. Er trug eine Sonnenbrille, mit geschliffenen Gläsern, und bevor er einstieg, nahm meine Mutter sie ihm ab, um seine Augen zu sehen. Sie sagten einander «Salut», und da war er schon weg, meine Mutter machte sich auf den Rückweg und überlegte, ob sie zur Uni oder einfach nach Hause gehen sollte. Wie fühlte sie sich, angesichts einer Trennung, für kurz zwar nur, aber eben doch einer Trennung? Sie fühlte eine kleine Kugel in ihrem Bauch, vielleicht nur eine Murmel, und blieb stehen. Zur Uni oder nach Hause? Dann stemmte sie ihre Hände in die Hüften und sah zu Boden. Seltsam, dachte sie überrascht, es ist mir wirklich völlig gleich.

Bald darauf sah sie meinen Vater wieder. Viele, zu viele Studenten saßen im Vorlesungssaal, es sprach ein Professor, der jeden zu interessieren schien, ein Österreicher mit sensationellem Ruf. Es war eine kunstgeschichtliche Vorlesung, und der österreichische Professor sprach (zwar in erster Linie über seine eigenen Verdienste im Land der Künste – Österreich –, aber doch immerhin in zweiter Linie, wie das Vorlesungsverzeichnis versprach) über romanische Architektur. Der Spannungsgehalt seines Vortrages entsprach den Erwartungen wohl in keiner Weise, so zumindest wäre das Verhalten meiner Mutter zu rechtfertigen gewesen, die, zumal sowieso schon zu spät gekommen, tagträumend durch die Bänke sah (vielleicht in Gedanken bei ihrem Rollentext), bis ihr Blick bei einem Gesicht haften blieb, das ihr bekannt vorkam, sie wußte jedoch nicht, woher, und das sie vor allem mit einer Selbstverständlichkeit angrinste, die ihren Blick automatisch sich abwenden und weiterschweifen ließ. Der grinsende junge Mann war natürlich mein Vater, der sie schon beim Hereinkommen erkannt und seitdem nicht aus den Augen gelassen hatte. Ihr Blick war bei ihm hängengeblieben, das war klar, und klar war auch, daß sie nun versuchte, so zu tun, als habe sie nichts bemerkt. Sie sah an ihm vorbei und zurück zum Professor, scheinbar interessiert. Mein Vater wurde das Grinsen nicht mehr los, und früher oder später, doch vor dem Ende der Vorlesung, blickte sie ihn noch einmal an. Das war's, das war seine Chance, und er nutzte sie auf spitzbübische Art. Nicht noch einmal wollte er sie irritiert entlassen, nicht noch mehr verwundern oder gar erschrecken. Also hat mein Vater in seine Tasche gegriffen und seine Dienstmütze herausgeholt – blau in der Farbe –, und als sie ihm ihren zweiten Blick schenkte, trug er sie auf dem Kopf, postdienstmäßig. Dazu zog er eine Grimasse, hielt den Mützenschirm zwischen Daumen und Zeigefinger, die Stirn in Falten gelegt. Er zeigte meiner Mutter sein Profil, schien konzentriert durch den Raum zu blicken, man mußte glauben, ein armer Postbote habe sich in einen Hörsaal verirrt, auf der Suche nach dem Empfänger eines Einschreibens. Dann sah er prüfend zu meiner Mutter, es lagen vielleicht zwanzig Meter Luftlinie zwischen ihnen, immerhin, und natürlich lachte sie, nicht nur aus Verlegenheit, das war nicht ihre Natur, nein, aus vollem Hals, die Hand vor den Mund haltend. Längst hatte sie ihn erkannt, bald war die Vorlesung beendet, und schon stand er neben ihr, die Mütze wieder in der Tasche. Von mittlerer Größe, ein wenig größer als Javier, und athletisch (wenn auch nicht weniger geschmeidig) in der Bewegung. Ich kann nicht, anwortete meine Mutter auf das Angebot meines Vaters, sie zu einem Kaffee bei M. Reuf einzuladen. Wieder sagte sie, daß sie erwartet würde, zwar sprach sie diesmal wahrheitsgemäß von ihren Gasteltern. Es hatte zu regnen begonnen, dabei war es am Mittag regelrecht heiß gewesen, entsprechend leicht war man gekleidet. Mein Vater ließ sich nicht davon abbringen, sie nach Hause zu fahren, mit seinem gelben Roller. Dafür also trägst du Päckchen aus, sagte meine Mutter und setzte sich auf den hinteren Teil des Sitzes. Ja genau, dafür, antwortete mein Vater. Sie fuhren ohne Helm, auch nicht schnell, eilig hatten sie es nicht. Der Regen war nicht unangenehm, und mein Vater sagte, er kenne ja den Weg. Nein, sagte meine Mutter, nicht dorthin, meine Gasteltern wohnen in der Rue du Lac. Und wer war das, für den das Päckchen war, fragte mein Vater. Gut, daß er sich auf die Straße konzentrieren mußte, so sah sie nicht den Jungen in seinen Augen, die Aufregung bei all seinen Fragen. (Und vielleicht dachte meine Mutter schon: Frech ist er ja schon.) Der, antwortete meine Mutter und dachte an Javier, wie sie ihm die Brille abnahm, das war mein Freund. Als er sie vor Oskars Tür abgesetzt hatte (Erna schien sie gesehen zu haben, denn beim Essen würde sie fragen, tatsächlich würde *sie* fragen, nicht Oskar, wer denn der fesche Junge gewesen sei, und meine Mutter würde denken und schmunzeln: frech vielleicht, nicht fesch.), da fragte sie ihn noch nach seinem Namen, und er, wieder ein Spiel daraus machend, sagte: Mit B geht's los. Nur ein Versuch. Und meine Mutter dachte, wenn er Bernd heißt, dann war das unser letztes Gespräch, sagte: «Wenn du Bernd heißt, dann gute Nacht.» Mein Vater lachte etwas zu laut und sagte, nein, er heiße Benedikt, ob das genehmigt sei. Beim Essen sagte meine Mutter zu Erna, er heißt Benedikt, und wunderte sich über Tante Erna, deren Neugier noch immer unerwartet war. Kurzes Schweigen, dann sagte Oskar: «Zum Glück nicht Balduin!», und alle drei warfen ihre Köpfe zurück vor Lachen.

Erstaunlich, wie ernst meine Mutter das Theater nahm, so ernst, daß sie ihm bisweilen mehr Zeit und Konzentration widmete als ihrem Studium. Als Gymnasiastin hatte sie bei mehreren Schulaufführungen mitgewirkt; sie spielte ein Hausmädchen, mit Rüschenschürze und einer weißen Haube, unter der sie ihre langen Haare verbarg. Die Rolle hatte nicht viel Text, meist trat sie stumm auf die Bühne, bediente schweigend Herren bei Tisch, wobei sie das Tablett auf dem Unterarm balancierte. Doch die Rolle war nicht so undankbar, wie man glauben könnte, eine besondere Aufmerksamkeit war ihr schon dadurch sicher, daß sie neben sechs «Männern» die einzige weibliche Darstellerin auf der Bühne war. (Eben diese sechs hatten auf der Bühne, die das Studierzimmer des Gastgebers darstellte, einen politischen Mord zu planen – einen Mord, der von Anfang an zum Scheitern verurteilt war, was zwar für jedermann schnell ersichtlich schien, jedoch niemals ausgesprochen wurde.) Sie servierte etwas Gebäck zum Kaffee (oder trank man Grog? War es nicht Winter in der Erzählung?), was einen der Gäste animierte, ihr grinsend über den Unterarm zu streichen. Die anderen «Männer» lachten, und selbst der Gastgeber, der schon vorher im Flüsterton erklärt hatte, die Kleine sei unter passenden Umständen nicht so zurückhaltend, wie es beim Servieren schien, war überrascht, als sie empört den Arm zurückriß und sich mit tiefer Stimme lauthals beschwerte: «Na hören Sie mal, ich bin eine Dame!» Daraufhin verließ sie schnellen Schrittes und aufrechten Ganges die Bühne (das Studierzimmmer) und erntete neben schallendem Gelächter aus dem Publikum auch den einzigen Szenenapplaus des an sich tiefgründig gemeinten Theaterstücks. Genaugenommen war die lautstarke Verteidigung ihrer weiblichen Ehre das einzige, was meine Mutter im Verlaufe des Stücks zu sagen hatte. Dennoch schienen ihr die Sympathien des Publikums sicher, denn der Schlußbeifall war beachtlich, und das um so mehr, als man ihr nicht einmal einen eigenen Vorhang gewährte. Ihre Mutter hatte am Abend der Premiere nicht freibekommen, sie konnte also nicht im Publikum sein, als das Lampenfieber hinter der Bühne am größten war. Zwar waren die Zahnschmerzen, die meine Mutter den ganzen Nachmittag geplagt hatten, wie weggeblasen, und, so überlegte sie, eigentlich war sie ganz froh, daß keiner ihrer engsten Vertrauten im Publikum saß (ihr Bruder schon, na gut, aber nur er), dies hätte ihre Aufregung nur noch gesteigert. Erst nach ihrem Auftritt («Na hören Sie mal, ich bin eine Dame!») war sie ruhiger geworden, und als sie auf der Bühne standen, sie und sechs ihrer Klassenkameraden – mit aufgemalten Bärten –, da bedauerte sie, daß ihre Mutter sie nicht sehen konnte, daß sie an diesem Abend arbeiten mußte, jetzt, da die Eltern und Lehrer aufgestanden waren und ihnen zujubelten, da der lauteste Beifall ihr galt, zwar hatte sie keinen eigenen Vorhang, doch er galt ihr, das wußten alle.

Ihr Einstieg beim Genfer Studententheater war mühsam, man erklärte ihr, daß sie spät dran sei, daß das Semesterstück bereits ausgewählt sei und der Probenbeginn kurz bevorstehe. Der Regisseur, ein älterer Student der Zahnmedizin und herablassend in seiner Art, hatte ihr gesagt, daß alle weiblichen Rollen schon vergeben seien, und als meine Mutter fragte, wie es um die männlichen Rollen stünde, sah er sie verwundert an, hielt es wohl für einen Scherz. Meine Mutter sah allerdings nicht so aus, als sei sie zu Scherzen aufgelegt, schon war ihre Laune mies, sie konnte ihn nicht leiden, und der junge Regisseur, der wieder ernst geworden war, sagte, es gebe nur noch eine freie Rolle, die des Butlers, aber eben eine männliche, so stünde es nun einmal im Buch. Später erzählte meine Mutter meinem Vater, da waren sie schon verheiratet und fanden es beide seltsam, daß sie nie über das Theaterstück, den eigentlichen Beginn ihrer Beziehung, gesprochen hatten, daß sie in jenem Augenblick, als der junge Regisseur ihr von der Rolle des Butlers erzählte, gewußt habe, daß sie ihn spielen würde, den männlichen Butler, daß sie nicht an einen solchen Zufall habe glauben können – erst ein Dienstmädchen in einer Männerrunde, nun einen männlichen Butler – und daß sie bei sich gedacht habe, wenn das so weiterginge, würde das Rollenrepertoire ihrer Karriere nicht sehr breit sein. Der junge Regisseur also sah sie ernst und fragend an, und meine Mutter sagte: «Dann wird er ein männlicher Butler sein, denn Butler sind ja bekanntlich meistens männlich und sollen es auch bleiben.»

Meine Mutter besuchte also kurz darauf die erste Probe, wobei es sich hierbei weniger um eine regelrechte Textprobe als vielmehr um ein Abbauen von Hemmungen und Ängsten handelte. Sie waren eine Gruppe von ungefähr zwölf Personen, männlich und weiblich, und sie waren in der Aula eines Gymnasiums untergebracht. Die Miete war gering, und die Bühne, auf der normalerweise Schulaufführungen und Abiturzeugnisvergaben stattfanden, hatte einen alten, orangeverblichenen Vorhang. Auf der Mitte der Bühne stand ein Stuhl, sie hatten sich rundherum aufgestellt, zunächst ahnungslos, führten kurze Gespräche, lernten sich kennen. Man wartete auf die Textseiten, noch immer wußte meine Mutter nicht, welches Stück gespielt würde, etwas modernes, hieß es. Dann klatschte der Regisseur, er hieß Eric, zweimal in die Hände, so wie man es sich von einem Mann in dieser Position vorstellt. Er sagte, nun würden sie einige Lockerungsübungen machen, auch zwei, drei Tests, noch stünden ja einige Rollen zur Debatte. Er rief meine Mutter auf, vielmehr zeigte er auf sie, schien nach ihrem Namen zu suchen. Dabei fuchtelte er mit der rechten Hand, die einige aufgerollte Papierbögen umfaßte, in der Luft herum und wartete darauf, daß ihm jemand zu Hilfe käme. Was niemand tat. Meine Mutter trat vor, bestimmt war sie angespannt, zwar waren sie alle Laien, da war sie sicher. Eric sagte: «Geh zum Stuhl und beiß in die

Lehne!» Natürlich wurde gelacht, und vielleicht nahm es meine Mutter auch etwas zu ernst – wie auch immer, sie wollte die Rolle –, denn sie blieb noch eine Sekunde stehen, schloß die Augen, konzentrierte sich. Dann schritt sie – sie ging nicht, sie schritt auf den Stuhl zu, sie glich einer Schlafwandlerin, den Oberkörper hielt sie aufrecht und fast unbewegt, der Kopf war leicht nach vorn gebeugt, die Beine streckte sie bei jedem Schritt ganz durch. Man sah ihr zu, aufmerksam nun, wie sie mit beiden Händen die Lehne berührte und ihre Knie auf die Sitzfläche stützte. Sie kniete jetzt auf dem Stuhl, die Lehne vor ihrer Brust. Langsam beugte sie sich vor, das Kinn über der Lehne, die Brüste jenseits des Schwerpunkts. Dann weiter nach vorn über die niedrige Lehne, den Bauch gegen die Oberkante gepreßt. Jetzt würde der Stuhl kippen, der Wendepunkt stand bevor. Da hob meine Mutter sachte die Knie, stemmte sich ein letztes Stück vor und bekam die Sitzfläche jenseits der Lehne zu beißen, nur eine Sekunde. Dann kippte der Stuhl und stürzte zu Boden, mit ihm meine Mutter. Eric war hilfreich, und als sie aufstand, klatschten einige und belachten den seltsamen Auftritt.

Letztlich regelte Oskar das Wesentliche; sein Sohn kannte den jungen Regisseur aus dem Boxverein, und als feststand, daß meine Mutter den Butler spielen würde, verstanden sie sich besser, wurden fast Freunde, meine Mutter und der junge Regisseur des Studententheaters, Eric, ein Student der Zahnmedizin.

Javier traf seinen Vater im Gefängnis an. Noch stand nicht fest, ob er an die Behörden Venezuelas ausgeliefert würde, auch kam es nur zweimal zu einem direkten Gespräch zwischen Vater und Sohn. Es hatte in Madrid einiges zu regeln gegeben für Javier, und es dauerte fast drei Wochen, ehe er nach Genf zurückkehrte. In dieser Zeit schrieb er nicht an meine Mutter, auch gab es keinen Telefonkontakt. Um so größer war die Freude des Wiedersehens, auch wenn sich ein Gefühl der Fremdheit einstellte auf ihrem ersten Streifzug durch die Stadt, es war ein früher, heißer Sommer.

Beiden fehlte das Geld, um ans Meer zu fahren, auch standen zum Ende der vorlesungsfreien Zeit Prüfungen ins Haus, es galt, sich vorzubereiten. Außerdem war meine Mutter an die Termine der Theaterproben gebunden, die vor allem am Wochenende und in den frühen Abendstunden stattfanden. Gemeinsam verbrachten sie die warmen Tage am See. Sie fuhren mit den Rädern und nahmen ihre Arbeitsunterlagen mit. Javier war handwerklich nicht ungeschickt, sie hatten die Fahrräder günstig bei einem Händler erstanden, und er hatte sie hergerichtet. In der Sonne machte Javier seinen Vorfahren alle Ehre und war schon Ende Juli braungebrannt, die Nickelbrille hinterließ weiße Ränder auf der Haut um die Augen.

Dann fuhr Javier wieder nach Madrid, doch schon nach wenigen Tagen kehrte er zurück, bedrückt, sein Vater werde ausgeliefert, mit dem Schiff, er werde ihn begleiten, ja, er müsse ihn begleiten. Anfang Oktober.

Wieder gingen sie spazieren, was gab es zu besprechen, lange hatten sie geschwiegen, was noch nicht häufig vorgekommen war. Es blieb ihnen also der September.

Es war ein Tag im September, und es wahr wohl auf einem Spaziergang, als Javier Fotos machte, sagte, daß er sie fotografieren wolle, daß seine Eltern Bilder von ihr würden sehen wollen. Die Haare meiner Mutter waren lang geworden.

Einige Fotos entstanden, meine Mutter stützt sich auf den Gepäckträger ihres Rades, ein Reif in ihrem Haar, ihre Hände unterm Kinn. Sie gingen durch den Wald, an einem Spielplatz vorbei, ja, es war ihr Spielplatz, und das würde er bleiben. Ein Kind saß auf der Drehscheibe. Ein anderes schob die Scheibe an, von außen, nicht mit dem Metallrad, es drehte die Scheibe mit großem Eifer, schnell drehte sie sich. Das Kind auf der Scheibe saß im Schneidersitz, fast unbeweglich, teilnahmslos, schien unempfindlich gegen Fliehkraft und bohrte in der Nase. Meine Mutter sammelte Blätter, nicht für sich, für Erna, die sie preßte. In diesem Jahr war der Herbst früh gekommen, schon verfärbten sich die Blätter, ein Altweibersommer mit hohen Temperaturen. Wind war aufgekommen, der frisch war, die Jacke meiner Mutter hing über ihrem Gepäckträger. Sie wollte sie holen, kalt war ihr in ihrer blauen, leichten Bluse, als Javier sie bat, sich auf die Bank zu setzen. Für eine Fotografie. Die Sonne blendete meine Mutter, und sie hielt sich eine Hand über die Augen. Javier kam nah an sie heran und maß das Licht. Hinten sahen sie die Kinder spielen, auf dem Spielplatz, noch immer drehte sich die Scheibe, doch die Kinder waren fort, waren zu den Schaukeln gerannt oder zu anderen Kindern. Meine Mutter hatte sich auf die Bank gesetzt, Blätter lagen darauf, es waren Ahornblätter. Einige nahm sie auf und sagte zu Javier, der sich schon hinter der Kamera versteckte, daß Oskar manchmal Ahornsirup mache. Aus den Blättern, fragte Javier, mit Konzentration in seiner Stimme, nein, sagte meine Mutter, aus der Rinde, aus dem Stammwasser, dem Harz. Da hielt Javier inne und sein Gesicht erschien neben der Kamera, er schnitt eine Grimasse. Meine Mutter lachte, und Javier drückte auf den Auslöser. Viele Blätter brachte meine Mutter nach Hause, und Erna legte sie in die große Lexikonausgabe, in der sie gepreßt wurden und trockneten. Dort liegen sie länger, als man denken mag, die Blätter, und so lagen sie noch dort, unberührt, lange nachdem meine Mutter nach Berlin zurückgekehrt war.

Sie fragte ihn, was sie sich sagen würden, am nächsten Morgen. Es war der Abend vor Javiers Abreise nach Madrid. Er würde mit dem Zug fahren, in Madrid erwartete man ihn, dann ging es mit dem Schiff nach Venezuela. Auf dem Schiff würde er Gelegenheit haben, mit seinem Vater zu sprechen.

Sie fragte ihn, was sie sich sagen würden, und er antwortete, daß sie ‹Bis dann› sagen würden. Bis wann, fragte meine Mutter, und Javier schob die Unterlippe nach vorn und kniff wie so oft die Augen zusammen. Er hatte Fältchen in den Augenwinkeln.

Bei Reuf tranken sie nur Kaffee, und Javier verabschiedete sich von Monsieur. Ein paar Croissants hatte er noch mitgenommen, für die Zugfahrt, und vorher hatten sie gewettet, ob M. Reuf sie ihm schenken würde, als Geste zum Abschied, vielleicht sogar der Verbundenheit. Zwar kannte er sie bei Vornamen, doch die Croissants ließ er sich bezahlen, sie hatten den Eindruck, als habe er nichts anderes in Betracht gezogen. Du wirst die Premiere verpassen, sagte meine Mutter, und Javier zog sie an sich und gab ihr einen Kuß auf die Schläfe. Dann liefen sie über den Bahnsteig, sie waren knapp in der Zeit, dafür hatte meine Mutter gesorgt. Es waren viele Menschen dort, es war voll. Am Abend zuvor hatte er sich von seinen Freunden verabschiedet, gemeinsam waren sie durch die Stadt gelaufen, in einer großen Gruppe. Er hatte einiges an Gepäck, seine Instrumente, Oskar hatte ihm einen Seesack geschenkt, einen alten, zerschlissenen. Erna hatte Lachs à la meunière gemacht, Javier und Oskar waren gemeinsam in den Keller gegangen, um einen besonderen Weißwein auszusuchen.

Et alors? hatte Erna gefragt, meine Mutter saß am Küchentisch, schweigend zupfte sie am Salat. Dann sah sie auf, über der Stirn eine Falte. Erna wollte ihr etwas sagen, das war deutlich, und meine Mutter forderte sie heraus, schwieg. Was Erna sagte, war: *Partir, ma chère, c'est toujours* ... da fiel ihr meine Mutter ins Wort, hier in Ernas Küche, da wurde meine Mutter schroff, sie zischte: *Oui, un peu mourir, n'est-ce pas, oui, je sais.* Und da war sie schon aufgesprungen, trug die Salatschüssel auf dem linken Arm, preßte sie fest gegen die Hüfte und verließ die Küche, sagte, nachdem sie die Türschwelle genommen hatte: Ja, Erna, ich weiß. Oskar und Javier sahen sich irritiert an, sie standen auf der obersten Treppenstufe, waren eben hochgekommen. Sie hatten meine Mutter gehört, und Oskar fragte, was hast du gesagt, Juli, und meine Mutter antwortete: Ich sagte, ich weiß.

Natürlich wollte Javier sich noch eine Zeitung kaufen, oder zwei, wollte vorher sein Gepäck verstauen, die Hände frei kriegen, da stieg er ein, und meine Mutter fragte einen Schaffner, ob dies der Teil des Zuges sei, der bis Spanien fährt. Javier mußte wieder aussteigen, mitsamt Gepäck, meine Mutter trug eine Tasche, und sie drängten nach vorn, Richtung Lok. *Wait,* sagte Javier, er war schon seit einigen Tagen angespannt gewesen, nachts hatte er mit den Zähnen geknirscht, meine Mutter hatte ihn wecken müssen. Er konnte nicht alles Gepäck auf einmal nehmen, die Tasche, die einmal eine Arzttasche gewesen war, blieb bei meiner Mutter, er würde sie gleich holen. Die Gänge waren überfüllt, Javier konnte grob sein, wenn er unter Streß stand. Eine Frau sagte ihm, der Platz sei reserviert, doch das kümmerte ihn nicht, er tat freundlich und grüßte sie auf spanisch, als habe er ihre Auskunft als Willkommensgruß verstanden. Verstaute seinen Koffer und Oskars Seesack. Dann drängte er nach draußen, gegen den Menschenstrom ankämpfend, und sprang auf den Bahnsteig, mit einem Lachen jetzt – und meine Mutter war nicht mehr da. Vielleicht, dachte er, war es die falsche Zugtür, doch natürlich stand da seine Tasche, die kleine, braune Arzttasche. Vielleicht sah er sich um, vielleicht nicht einmal das, sah zu den Waschräumen, ließ die Tasche stehen, wo sie stand. Javier ging in den Wartesaal, er kaufte sich eine Zeitung und Zigaretten und ging zurück zum Zug. Vor der Tasche blieb er stehen, noch einmal stemmte er die Hände in die Hüften und sah den Bahnsteig entlang. Vielleicht würde er später nach einem Brief suchen, nach einer Erklärung, vielleicht würde er im Zug verzweifeln und die Blicke der Dame auf sich ziehen, die ihm gegenüber saß, im Augenblick jedoch stand er nur dort vor seiner Tasche, als sei sie des Rätsels Ursprung, nahm die Hände von seinen Hüften, nahm seine Brille ab und fuhr sich über das Gesicht. Erschöpft plötzlich, noch war es nicht Zeit einzusteigen, noch nicht, doch er bückte sich, packte die Tasche am abgegriffenen Lederhenkel und stieg in den Zug.

Woran er dachte und was er sah, als sich der Zug in Bewegung setzte und Genf hinter sich ließ, bleibt unbekannt, doch am Abend saß meine Mutter an ihrem Schreibtisch und brachte etwas zu Papier, das viel, viel später von Bedeutung sein würde, für mich. Nach dem Abendessen war sie mit Oskar spazierengegangen, und natürlich hatte sie ihn an den Spielplatz im Park geführt. Vielleicht hatte sie ihn gebeten mitzukommen, weil die Dunkelheit zu dicht war, die Furcht zu groß. Sie hatte sich auf die Drehscheibe gesetzt, im Schneidersitz, wie das Kind, das sie einmal beobachtet hatte. Oskar hatte die Scheibe gedreht, er war nicht mitgelaufen, wie das andere Kind, er stand auf einer Stelle und griff immer wieder nach, bekam die rotierende Scheibe zu greifen und fügte die Bewegung seines Armes in den Drehfluß ein. Dann war er gegangen, und meine Mutter war geblieben, ohne Angst jetzt. Irgendwann war sie zurückgegangen, Oskar saß noch in der Küche und rauchte, er studierte die Zeitung. Sie war hinaufgegangen und hatte sich an den Schreibtisch gesetzt. Als das Gedicht fertig war, ließ sie etwas heißes Wasser in eine Schüssel laufen und streckte ihre Füße hinein.

Eines Tages sollte das Gedicht für mich Bedeutung haben, meine Mutter würde es mir nach einem Spaziergang zeigen, ich würde sie danach gefragt haben. Sie würde mir noch mehr zeigen, doch ein Gedicht würde ich mit nach Freiburg nehmen. Es würde keinen Titel tragen, ich würde ihm einen geben, ich nannte es:

Die Reisende

Der Mond steht zur Stirn und am Halse;
inmitten von schwarzdunklem Blau,
umgeben vom nächtlichen Zaun –
ein Ausflug nur, eine Mitternachtsreise.

Eine Gestalt, im Vorübergehen entdeckt;
des Bruders Geste, eine Totengebärde,
fort erneut in des Vaters Erde –
hörst du mich noch, von Schweigen bedeckt.

Ich komme zur Ruhe, mein Gang verweilt;
meine Liebe sieht nichts,
in Leere –
verkeilt.

Es dauerte lange, bis der erste Brief kam; er war in Buenos Aires abgestempelt, das wunderte meine Mutter, auch fand sie in seinen Zeilen keine Erklärung dafür. Javier schrieb nichts über seinen Vater, nichts über seine Pläne. Im Umschlag waren Fotos, natürlich die Herbstbilder von der Bank, vom Spielplatz – da las sie einen Satz auf der Rückseite eine Bildes, fast hätte sie es übersehen, es war das Bild mit den Ahornblättern.

Sie wollte nicht mehr lange in Genf bleiben, sie würde zurück nach Berlin gehen. Das Theaterstück noch, das war ein letzter Höhepunkt, es drängte sie zurück, auch zu ihrer Mutter, aber vor allem zu ihrem Bruder.

Sie beantwortete Javiers Brief nicht, und auch er schrieb nicht wieder. Er akzeptierte ihre Entscheidung, so sah sie es und wollte es so sehen, er war bereit, zu warten.

Sie klammerte sich nicht an das Gewesene, das hatte sie schon vor langer Zeit beschlossen. Doch etwas muß man sich bewahren, dachte sie und behielt etwas von Javier, es war sein Brillenetui, das er im Bad liegengelassen hatte. Das öffnete sie manchmal, immer seltener, aber noch lange, nachdem sie ihre Kinder großgezogen hatte, und strich über den grünen Samt auf der Innenseite des Deckels; dann dachte sie: sei nicht kindisch, schloß es und freute sich.

Mehr als fünf Jahre später gab meine Mutter doch noch einen Umschlag auf, Richtung Venezuela. Sie schickte ihn an die Adresse seiner Mutter, sie hatte Erna anrufen müssen. Erna hatte die Unterlagen aus dem Schreibtisch meiner Mutter aufgehoben, darunter war auch Javiers Adresse. Sie verschickten Hochzeitskarten, meine Mutter und mein Vater, bald würden sie heiraten, sie schickte auch eine an Javier, das zumindest sei sie ihm schuldig, dachte sie. Keinen Brief, keinen Kommentar legte sie dazu, lediglich die aufklappbare Karte, außen ein Motiv, gemalt von meinem Vater (eine Hochzeitsgesellschaft, die ein Bad in einem Fluß nimmt, nach einem Bild von Kirchner), innen ein kurzer Text, gedruckt, die Zeit und der Ort der Hochzeit. An wen, fragte mein Vater. An Javier, sagte meine Mutter, doch mein Vater runzelte die Stirn. Sie erzählte ihm von Javier, auch daß es seine Wohnung gewesen war, damals, als sie sich das erste Mal gesehen hatten, an der Tür, mein Vater mußte ein Paket übergeben, es sei Javiers Wohnung gewesen. Zumindest das, sagte meine Mutter und deutete auf die Hochzeitskarte, bin ich ihm schuldig. Mein Vater sagte: Ja. Am Ende wartet der immer noch.

Die Premiere des Theaterstücks sollte noch einmal ein Höhepunkt der Genfer Zeit werden, so hoffte meine Mutter, so plante sie es, und es wurde einer. Meine Mutter sah der Zukunft stets mit dem Blick auf die Vergangenheit entgegen. Sie versuchte, sich vorzustellen, wie es sein würde, auf ein Ereignis, das vor ihr lag und das für sie von Bedeutung war, zurückzublicken. Würde sie enttäuscht oder beglückt sein, welche Details würden ihr besonders im Gedächtnis bleiben, was würde sie vergessen?

Mein Vater saß im Publikum, das würde später von Wichtigkeit sein in ihrer Erinnerung, in ihren Erzählungen. Nicht nur einmal dachte sie an das Schultheater zurück und an die Enttäuschung, die sie empfunden hatte, als ihnen der Applaus entgegenschlug und sie niemanden im Publikum wußte, der einzig und allein ihretwegen gekommen war.

Wichtig waren die Kostüme, Kostüme lassen eine Inszenierung größer aussehen, als sie ist, vorausgesetzt, sie sind richtig gewählt. Sie hatten keinen Requisiteur, auch keinen Kostümschneider, jeder Schauspieler war für sein Aussehen selbst verantwortlich. Natürlich hatte Oskar die Leihgebühren übernommen, gemeinsam hatten sie etwas aussuchen wollen, meine Mutter, mein Vater und Oskar. Oskars Sympathien hatte mein Vater rasch gewonnen, sie lachten über dieselben Dinge. Javier wurde von Oskar nie wieder erwähnt.

Oskar war der Ansicht, Butler tragen stets dunkle Kombinationen mit weißer Hemdbrust. Sie trage lieber hell, sagte meine Mutter und bat den Geschäftsführer des Verleihgeschäftes, etwas herauszusuchen. Mein Vater hielt sich mit Sicherheit aus der Diskussion raus, vielleicht hatte er Spaß daran, selbst etwas anzuprobieren, bestimmt bereitete es ihm Vergnügen, sich als stolzer Spanier zu verkleiden oder als Sherlock Holmes. Er hörte, wie die beiden wegen des Kostüms stritten, hörte, wie Oskar insistierte, und wunderte sich. Butler tragen schwarz, Juli, drängte Oskar. Aber ich werde in weiß bedienen, ich bin kein normaler Butler, erwiderte meine Mutter, sie klang sehr, sehr gereizt und sagte: Es ist doch Theater, Oskar!

Oskar war gekränkt, das war klar, mit übertriebener Geste bezahlte er, sein Haar war zerwühlt; auch wollte er nichts weiter von den Scherzen meines Vaters wissen.

Doch am Abend der Premiere war er natürlich da, im Publikum, mit Erna, und als meine Mutter den Applaus mit gespielter Lässigkeit entgegennahm – sie hatte einen eigenen Vorhang –, da war es ihm ziemlich egal, welche Farbe sie am Körper trug, da war er so stolz, wie nur ein Vater sein kann.

Da stand sie. Eric hatte sie umarmt, hinter der Bühne, alle hatten einander umarmt. Die Spannung war von ihnen gewichen, nur Eric schien fast unberührt, und als es daran ging, sich noch einmal dem Publikum zu zeigen und seinen Lohn für die Anstrengung entgegenzunehmen, stieß er meine Mutter an und sagte, sie sei jetzt dran.

Da stand sie, fast blind von den Scheinwerfern. Die Menschen waren aufgestanden, das nahm sie wohl wahr. Sie verbeugte sich, so wie sie es geübt hatten, am Vorabend, nach der Generalprobe. Der Puls schlug stark in ihrem Hals, auch schluckte sie mehrmals und blieb noch einen Augenblick stehen. Sekunden, für die sie dankbar war, in denen sie nichts wahrnahm als eine tiefe Gewißheit: Nichts würde dies jemals übertreffen können.

Den ganzen Tag, eigentlich die ganze vorhergehende Woche hatte sie sich zurechtgelegt, hatte sie überlegt, wie es sein würde, auf diesen Abend zurückzublicken. Wie immer, hatte sie sich ausgedacht, an welche Gedanken sie sich erinnern würde, und als alles vorbei war, versuchte sie noch einmal, diese Sekunden zu durchleben; auf der Bühne, der Vorhang hinter ihr geschlossen, wahrscheinlich drängten schon die nächsten Darsteller auf ihren Applaus, vor ihr Menschen, die einem hellgekleideten Butler Tribut zollten, Menschen, die sie kannte oder nicht, eine Quelle, in der sie versinken wollte. Und: Niemand, der sie an diesem Abend nicht gesehen hatte, der *nicht bei ihr gewesen war,* würde sie jemals ganz verstehen können. Oder lieben. Und natürlich dachte sie dabei an die beiden Männer, die ihr in diesen letzten Monaten in einer fremden Stadt ein Gefühl von Leben gegeben hatten.

Es war nicht die Zeit, um Schauspieler zu werden, und Genf war nicht der Ort, um entdeckt zu werden. Sie würde Lehrerin werden, das wußte sie, und sie würde in den mehr als dreißig Jahren ihrer Lehrtätigkeit stets von einer Berufung sprechen und auch so fühlen.

Noch einmal würde sie auf einer Bühne stehen, viel später: Es würde der Abschlußabend eines Abiturjahrganges sein, bei dem die Lehrer aufs Podium gerufen wurden und sich durch eine besondere Leistung oder einen Sprung durch einen Wasserreifen freikaufen mußten. Dabei gab es viel zu lachen: die meisten wählten die nasse, aber schnelle Lösung, eine Sportlehrerin führte einen Flickflack vor – auf Stöckelschuhen eine durchaus beachtliche Leistung, ein bärtiger Lateinlehrer jonglierte mit fünf Bällen.

Meine Mutter trat ans Mikrofon und rezitierte «I wandered lonely as a cloud...», und das mit solcher Präsenz, daß Ovationen losbrachen, kaum daß sie geendet hatte. Vielleicht war es zu jener Zeit, vielleicht war es derselbe Abend, als sich meine Mutter selbst ins Verhör nahm und für sich alleine zurückdachte an die Träume ihrer Jugend, an Genf und an Javier. Und an einen Satz, den sie mir einmal gesagt hatte und den sie sich vornahm, noch einmal auf seine Richtigkeit zu prüfen. War sie auf ihre Kosten gekommen in ihrem Leben, das fragte sie sich. Ja, das war sie wohl.

6. Kapitel

Im Zug hatte ich viel gekratzt. Hatte die wunden Stellen auf der Kopfhaut aufgekratzt, hatte roten Schorf unter den Fingernägeln. Bald, das nahm ich mir vor, würde ich mir die Haare abrasieren. Kurz darauf stand ich in meiner Wohnung vor dem Badezimmerspiegel, mit dem Langhaarschneider (ohne Aufsatz) in der Hand. Das Hemd hatte ich ausgezogen, auch das T-Shirt. Eigentlich mochte ich meine Haare, und eine Stelle aus einem Film fiel mir ein. Es war ein Film, den ich mit meinen Eltern gesehen hatte; danach, im Auto, hatte Mutter uns aus dem Krieg erzählt. Ein Mann steht vor dem Spiegel, sein Oberkörper ist nackt. In der Hand hält er eine Bohrmaschine, lange sieht er sich an, seine Gedanken sind zu hören. Zuletzt denkt er, jetzt ist es nur noch in meinem Kopf, und hebt den Bohrer an die Schläfe und bohrt sich in den Kopf.

Da verging mir die Lust, mir den Kopf zu rasieren, stattdessen schmierte ich Unmengen der Salbe auf die wunden Stellen. Vorerst wollte ich meine Haare behalten.

Ich hörte nicht auf, nach Emma zu suchen, doch versuchte ich, meinem Freiburger Leben wieder etwas von dem zu geben, was es vor jenem Abend gewesen war, als Fee und ich am Münster Mozart hörten. In der Uni hatte ich einiges verpaßt, ich wollte nun fleißig sein, Rolf freute sich, mich wiederzusehen. Ich besuchte wieder die Treffen im Irish Pub und war überrascht und erleichtert, daß jedermann bereit zu sein schien, mich wieder aufzunehmen, ohne große Fragen und ohne Argwohn. Max hatte unseren alten Fernseher in meiner Abwesenheit gegen einen Videoprojektor eingetauscht, oft sahen wir zusammen fern, meistens Fußball oder Boxen. Der Projektor surrte zu laut, das gab Max zu, aber er warf ein Riesenbild, also sahen wir Sport im Großformat.

Mit Fee ging ich viel ins Kino und selten ins Theater. Auf unseren Spaziergängen vermied ich es, am Münster vorbeizugehen, doch alleine war ich oft dort, am liebsten am frühen Abend, wenn die Straßen sich leerten. Dann zählte ich die letzten Passanten und beobachtete, wie die Abendsonne die rote Turmspitze in gelbes Licht tauchte; ich saß auf den Stufen des Reiterdenkmals, leicht erhöht. Ich glaubte nicht mehr, daß Emma noch kommen würde, fast könnte man sagen, ich hatte die Suche aufgegeben, doch zumindest hielt ich noch Ausschau, zumindest lief ich mit wachen Augen durch die Stadt.

Der Präp-Kurs fand jetzt mittwochs statt, und am Abend ging ich noch mit zu Rolf. Zusammen kifften wir und spielten Schach. Die meisten Partien brachen wir ab, Rolf war zu ungeduldig, wie beim Sezieren, er wollte nicht warten. Während ich oft lange überlegte, zog er fast augenblicklich, natürlich regte es ihn auf, daß ich so lange brauchte. Auch schien ihn das Schweigen zu stören, er konzentrierte sich nicht, er erzählte viel. Wir spielten kaum eine Partie zu Ende, obwohl es mir Spaß machte und ich glaubte, daß Rolf nicht wenig Begabung hatte. Wahrscheinlich wäre er ein wirklich guter Spieler gewesen, hätte er nur etwas mehr Geduld gehabt.

Nicht viel später kam Laura zu Besuch, sie kam mit dem Nachtzug, es war ein Freitag. Ich stand unter der Dusche an diesem Morgen, die Nacht war mies gewesen, und die Musik des Wassers sollte mich reinwaschen von den Monstern der Nacht. Es dauerte nicht lang, da setzte ich mich hin, im Schneidersitz saß ich in der Dusche. Irgendwann hörte ich Max, der an die Badezimmertür (dort, wo Max herkam, sagte man: Badestube!) klopfte und rief, daß es Zeit sei, meine Schwester abzuholen. Ich merkte, daß das Wasser nicht die gewohnte und erhoffte Wirkung auf mich hatte, denn ich dachte, halt die Klappe, Max, und misch dich da nicht ein.

Sie hatte mich angerufen, was nicht oft vorkam, sie müsse weg aus Frankfurt, sagte sie, also eher eine Flucht als ein Besuch, nur für ein paar Tage, sagte sie. Ich ging zum Bahnhof, ließ eine Vorlesung sausen, das fiel nicht schwer, und kaufte noch eine Packung von den gefüllten Bonbons, die Laura seit ihrem Jahr in Amerika am liebsten mochte.

Lauras Haare waren gewachsen, sie trug sie offen, am Scheitel verlief ein heller Streifen. Geh mal wieder zum Friseur und färb dir die Haare nach, sagte ich, da lachte sie, nahm die Herausforderung an und fragte, wie geht's eigentlich deinen Geschwüren auf dem Kopf?

Auf dem Heimweg war ich die Spielchen leid und fragte, was gewesen sei in Frankfurt, wollte den Grund für ihre Flucht wissen, doch sie winkte ab. Ich entschloß mich zu nerven und fragte nach ihrem Theatermann, ob mit dem alles in Ordnung sei. Nein, antwortete sie und fragte, wo sie schlafen könne. In Fees Zimmer, sagte ich, Fee war übers Wochenende zu ihren Eltern gefahren.

Max und Laura verstanden sich, soviel stand fest, es war nicht zu übersehen. Sie küßten sich auf die Wangen, als ich sie einander vorstellte, und als ich später sauer war und zu Laura sagte, daß es so was von peinlich sei, diese ewige Küsserei, da sagte sie «Eifersüchtig, wie?» Ich verzog mich in die Uni und marterte mich mit der Frage, wer hier eigentlich wem einen Gefallen tat.

Am Nachmittag gingen wir auf den Schloßberg, es nieselte wieder. Laura war guter Laune. Ich fragte sie nach ihrem Job im Behindertenheim und nach dem Zivi, mit dem sie dort die Nächte verbrachte. Der ist weg, sagte sie, es schien ihr nicht viel auszumachen, das Schmunzeln auf ihrem Gesicht verzog sich nicht. Studiert Maschinenbau in Aachen, das Würstchen. Jetzt gibt's einen neuen Zivi. Mehr wollte ich gar nicht wissen, fragte nicht weiter, und auch Laura schien die Unterhaltung als abgeschlossen zu betrachten, denn sie kramte eine Mark aus der Tasche und warf sie in einen Ferngucker. Wir waren auf dem Aussichtsplateau, einige Touristen standen herum. Alles sah anders aus als im Sommer und im Herbst. Oft war ich hier gewesen, ich erinnerte mich: das Plateau lag in der dritten Zone. Vom Schloßberg aus sah man den Fluß, der weit hinten in einen Berg mündete. Aber nicht heute, Nebel stahl die Sicht, grauer, dichter Dunst. Auch konnte der Hochstand nicht weit sein, mein Hochstand, den ich durch Zufall entdeckt hatte, doch ich wehrte mich gegen die Erinnerung. (Wo war er gewesen? Ich wollte es nicht wissen.) Laura rief mich, winkte mich zu sich herüber, als hätte ich meine Gedanken laut ausgerufen; sie stand erhöht und klammerte sich an den Ferngucker. Da ist sie, rief Laura und konnte ihr Lachen nicht verbergen, ich sehe sie, es ist Emma, da unten am Münster. Sehr witzig, sagte ich, komm jetzt. Laura lachte, fast hysterisch, es ist Emma, sie hat rote Haare, sie spielt Geige! Da riß ich sie herunter von dem Podest und schrie sie an, sie wisse doch gar nicht, wie Emma aussehe, sie habe sie doch noch nie gesehen, nicht wahr, sie solle jetzt ihr Maul halten und kommen. Entspann dich, sagte Laura, sie lachte nicht mehr, wir sprachen auch nichts mehr auf dem Weg in die Stadt.

Da Laura mich nicht danach fragte, begann ich irgendwann selbst, ihr von Zuhause zu erzählen. Ich sagte, daß es unserer Mutter nicht so schlecht ging, wie ich es befürchtet hatte. Ich erwähnte die Fotos, auch Javier, nur das Gedicht ließ ich weg in meiner Ausführung. Sie hat wieder einen Leistungskurs, sagte ich und fügte hinzu, daß ich Caros Namen auf der Klassenliste gesehen hatte. Da sah Laura auf und sagte: Mit der hattest du mal was, oder?

Laura wollte tanzen gehen, ich schleppte sie ins *Jazz Haus*. Noch war es leer, es war früh am Abend. Zu leer, sagte Laura, und wir ließen uns einen Stempel geben und gingen in eine Kneipe. Dann kamen wir wieder, und die Tanzfläche war gut gefüllt. Weiter hinten sah ich einen Tisch, der noch frei zu sein schien, und ich schlug vor hinüberzugehen, doch Laura runzelte die Stirn und schüttelte den Kopf. Sie wollte stehenbleiben, sie lehnte sich an eine Säule, die Finger in den Hosentaschen. Sie wollte sich die tanzenden Leute ansehen, das hatte sie mir schon vorher in der Kneipe gesagt. Ich stellte mich an der Bar an, wollte Bier kaufen und Wodka-Orange für Laura. Das Mädchen hinter der Theke kannte ich, sie hieß Natalie, wir hatten im ersten Semester denselben Präp-Kurs besucht. Zur Begrüßung nannte sie mich Rolf, was mich nicht wunderte, auch verbesserte ich sie nicht. Wir unterhielten uns kurz, wie lange arbeitest du schon hier – hast du alles bestanden – bin in Histologie durchgefallen – wann treffen sich die Klausurvorbereitungsgruppen – mit wem bist du da – ein Alt, ein Wodka-Orange – bis später. Im Januar würden wir uns wiedersehen, bei der Präp-Klausur. Das wird ein blutiger Winter, hatte Rolf gesagt, es gibt viel, viel zu lernen.

Laura stand noch an der Säule, als ich mit den Getränken kam. Jetzt waren ihre Augen groß und wach, sie nahm mir den Wodka-Orange aus der Hand und stellte ihn, ohne einen Schluck zu nehmen, auf ein schmales

Brett über ihrem Kopf. Das ist ein schöner Laden, sagte Laura und grinste mich an. Eine Zeit lang ließ sie mich nicht mehr los, sie hatte ihre Hand auf meine Schulter gelegt, ihr Arm lag diagonal auf meinem Rücken, ihr Kopf lehnte gegen meinen Oberarm. Wir beobachteten die Tanzenden, ich trank mein Alt und fühlte mich stolz. Manche sahen zu uns her, und ich dachte: Das ist meine Schwester, ihr Wichser!

Ich ertappte mich dabei, daß ich anfing, die Leute auf der Tanzfläche zu zählen, und zwang mich, mich umzudrehen und nach einem freien Tisch Ausschau zu halten. Der Blick eines Mannes traf mich, ich verharrte in der Bewegung, kniff die Augen zusammen. Er saß auf der anderen Seite der Tanzfläche, vielleicht zehn Meter entfernt, er trug einen Mantel. Sie hatten Rauch auf die Tanzfläche geblasen, so konnte ich das Gesicht des Mannes nicht deutlich erkennen, der Rauch verschleierte es, wie eine Milchglasscheibe. Er saß aufrecht, er schien groß zu sein, seine Hände lagen ruhig auf den Knien, ich hatte das Gefühl, daß er mich ansah. Kurz fiel mir Emma ein, als wir in Salzburg im Kunstmuseum waren, es war gerade eröffnet worden. Emma wollte mir ein Bild zeigen, sie hatte es im Katalog gesehen, ein Bild von El Greco, ein Selbstportrait. Es ist ein unheimliches Bild, hatte Emma gesagt, zumal für jene Zeit, die Proportionen stimmen nicht, die Finger sind zu lang, das Gesicht ist zu schmal, der Körper zu dünn, die Gesichtsfarbe ist grün, eigentlich ist alles grün. Wir fanden das Bild nicht, Emma fragte schließlich nach, von irgendwem erfuhren wir, daß es noch nicht da war, es sei an eine Sonderausstellung in Speyer ausgeliehen. Wo liegt Speyer, hatte ich Emma gefragt, sie war genervt gewesen, hatte mich angeraunt, was fragst du soviel, woher soll ich das wissen, du bist Deutscher, nicht ich.

Ich trank viel, sieben oder acht Alt, und beobachtete Laura, die nicht aufhörte zu tanzen. Männer fanden Gefallen an Laura, das war nichts Neues, doch wie magnetisch ihre Wirkung wirklich war, kam hier so deutlich zum Vorschein, daß es mich überraschte. Die Tanzfläche war nicht zu voll, man hatte etwas Platz zur Entfaltung, und den nutzte Laura. Bald hatten sich Männer um sie geschart, sie wurde der Mittelpunkt eines Kreises mit kleinem Radius und tanzte ihren Stil, die Männer gaben ihr einen Rahmen. Keiner kam ihr näher, sie tanzte mit geschlossenen Augen. Du bist eben doch die Tochter deiner Mutter, dachte ich, und ein paar Bilder sprangen mich an: Oskar, Javier, mein Vater. Lange tanzten sie, Laura in der Mitte, die Männer um sie herum.

Der Platz auf den Stufen war kein schlechter, ich lehnte mich gegen einen Tisch und war betrunken. Dann löste sich meine Schwester, sie mußte erschöpft sein. Sie kam zu mir und sagte, sie müsse telefonieren, ich solle mitkommen. Wir gingen raus, fanden eine Zelle, und ich wartete, während Laura telefonierte. Ich hörte, wie sie sprach, erst ruhig, aber das nur kurz, dann laut. Sie heulte und schrie in den Hörer. Ich sah, daß bei Öz Fatan, meiner Dönerbude, noch offen war, und schlenderte hinüber. Ich ging zurück zur Telefonzelle, Laura wartete auf mich, sie sah besser aus, weniger blaß. War das der Theatermann, fragte ich und gab ihr eine Reiskugel. Wir gingen wieder Richtung *Jazz Haus,* und Laura antwortete, klar, wer sonst.

Auf dem Heimweg war ich wieder einigermaßen Herr meiner Sinne, in den letzten zwei Stunden hatte ich literweise Cola in mich hineingeschüttet. Laura hatte nicht mehr tanzen wollen, auch wollte sie nicht nach Hause gehen, zusammen saßen wir auf der Stufe, ich hatte mich gegen den Tisch gelehnt, Lauras Kopf auf meinem

Schoß. Ich mußte an einen Abend denken, Laura und ich hatten zusammen am Strand gesessen, lange war das her. Ich erinnerte mich daran, daß ich Laura etwas gefragt hatte. Das Meer war schwarz gewesen, und ich hatte Laura gefragt, in welcher Richtung Deutschland lag. Ich wollte Laura darauf ansprechen, natürlich würde sie sich daran erinnern, sie, die nie etwas vergaß. Laura zündete sich eine Zigarette an und fragte, ob ich den Kerl dort drüben kannte, der würde dauernd herschauen. Das ist El Greco, dachte ich erst, dann sagte ich es.

Laura wollte nicht in Fees Bett schlafen, sie legte sich auf die Fernsehcouch in den Flur. Ich brachte ihr ein paar Decken, da war sie schon eingeschlafen, trotzdem ließ ich meine Tür einen Spalt offen und schaltete die Sparlampe in der Küche an. Erst schlief ich nicht, dann lang und tief, ich hörte nicht, als Laura aufstand. Erst später würde ich erfahren, daß sie zu Max gegangen war, zu Max ins Bett.

Später frühstückten wir gemeinsam, Laura, Max und ich. Laura wollte schwimmen gehen, also gingen wir zu dritt.

Lange stand ich unter der Dusche. Ich hob den Kopf in den Strahl und öffnete die Augen, wollte den Tropfen entgegensehen. Neben mir duschte Max und sagte, daß Laura zu ihm gekommen sei letzte Nacht. Sie schläft nicht gern allein, sagte ich und schloß die Augen.

Am Abend ging ich allein ins Kino, Laura blieb bei Max, sie wollten zu Hause bleiben. Laura und ich hatten uns angeschrien, sie war unzufrieden mit dem Tag.

Natürlich ging ich zum Münster, setzte mich auf die Stufen des Reiterdenkmals. Wieder war da Wut in mir, die ich spürte und nicht verstand. Und wieder war da der Mann, der zu mir herübersah, der am Eingang stand und unbeweglich zu sein schien vor den Menschen, die hinter ihm aus dem Münster kamen oder hineingingen. Die Krempe seines Hutes legte das Gesicht in Schatten, wieder blieb es mir verborgen. Ich hob die Hand zum Gruß und sah, wie er sich umdrehte und hinter einer Familie mit kleinen Kindern durch das mächtige Eingangstor ins Innere des Münsters schlüpfte. Noch hatte ich Zeit, bis der Film losging, und ich stand auf und folgte ihm.

Es war dunkel, und ich setzte mich in die letzte Reihe. Ich entdeckte den Mann im grauen Mantel, er saß ganz vorn, jenseits des Ganges. Den Hut hatte er abgenommen, und ich dachte an die grauen Männer aus Momo, die den Menschen die Zeit stahlen. Bald würde ich aufbrechen müssen, wenn ich nichts von der Werbung verpassen wollte und von den Hinweisen auf die kommenden Filme.

Das wird ein blutiger Winter, hatte Rolf gesagt und tatsächlich setzten wir uns Anfang Dezember gemeinsam vor den Anatomieatlas und hörten vor Ende Januar mit dem Pauken nicht mehr auf. Ich zog vorübergehend bei ihm ein, so wechselten wir uns ab, vormittags wälzte ich den Atlas, verglich ihn mit unseren Skripten und schrieb das Wichtigste auf einen Stichwortblock. Wir kauften Karteikarten, die wir vorne mit den Stichworten, hinten mit der ausführlichen Beschreibung beschrifteten. So konnten wir uns selbst abfragen, Rolf vormittags, ich nachmittags, während der andere versuchte, im Stoff weiterzukommen. Wir lernten ohne Unterlaß, fünf Tage die Woche Anatomie, einen Tag Chemie, einen Tag Histologie. Dienstags spielten wir Fußball im Park, viele Türken waren dabei, bei jedem Wetter. Es schneite und taute abwechselnd. Abends waren wir platt, tranken Bier und sahen fern. Kein Kiffen, hatten wir ausgemacht für diese Zeit, was Rolf nicht leicht fiel. Auch spielten wir kein Schach, das war seine Bedingung gewesen, das betrachtete er als ausgleichende Gerechtigkeit.

An Weihnachten fuhr ich nach Hause, für eine Nacht, Laura blieb in Frankfurt. Sie sagte, sie würden nun schon jeden Abend proben. Mutter und ich pfiffen auf Weihnachten. Wir machten in der Küche Glühwein, füllten drei Thermoskannen und gingen den ganzen Abend spazieren. Um Mitternacht versammelten sich alle vor dem Rathaus und lauschten den Turmbläsern. Es wurde frischer Glühwein ausgeschenkt, was meine Mutter freute, die es irgendwie schaffte, sich eine der drei leeren Thermoskannen nachfüllen zu lassen. Wir standen im Kreis und rauchten, Ottl, Wolfgang, Susi und die anderen.

(Und dann, wenn nichts mehr zu sagen blieb, reichte ein Lachen – zum Bedecken des Schweigens, und vielleicht sagte dann jemand: «... der Basti ...», und mehr war nicht nötig, denn wir standen beisammen, und wir kannten uns lange, und es reichte ein Name, um mitzuteilen: auch nächstes Jahr werden wir hier sein, zumindest diejenigen, die übrig sind – und das werden hoffentlich alle sein, dachte ich, denn noch sind wir jung, und auch dann wird nicht viel mehr nötig sein, als:

«... der Wolfgang ...» oder

«... der Ottl ...» oder

«... der Peter ...», und jeder würde wissen, was gemeint war, denn darum ging es: daß dann jeder von uns wußte, wer gemeint war, und nicht nur wer, sondern auch was.)

Am Schluß wünschten sie mir Glück in den Prüfungen, und als ich nach Hause kam, lag meine Mutter vor dem Fernseher und schlief.

Fast wäre Silvester ausgefallen. Rolf und ich waren uns am Nachmittag gegenseitig auf die Nerven gegangen, das kam jetzt schon öfter vor. Mild war es geworden, keine Spur von Winter. Rolf wohnte in der obersten Etage eines vierstöckigen Altbaus, das Treppengeländer und der Balkon standen unter Denkmalschutz. Ganz unten war ein Geschäft, in dem man Hüte kaufen konnte, darüber stand in großen, blassen Buchstaben: KLINGENFUSS. Rolf hatte mir erzählt, daß dieser Klingenfuß ein Jude gewesen sei. Von Beruf sei er Schuster gewesen, vor dem Krieg hatte er im Erdgeschoß eine Schusterei betrieben. Die hat man ihm natürlich weggenommen, sagte Rolf, oder er ist weggekommen. Die großen Messingbuchstaben seien wohl irgendwann abgemacht worden, oder sie sind abgefallen. Aber sie hatten im Laufe der Zeit einen Abdruck in der Hauswand hinterlassen. Noch heute kann man den Namen von weitem lesen, wenn man aus der Tram steigt, vielleicht bei der Kaiser-Joseph-Straße, und über den Schulhof des Goethe-Gymnasiums blickt. Ich hatte Rolf gefragt, woher er das alles wisse, und er sagte, die Nachbarn hätten es ihm erzählt. Alles alte Leute, die gerne tratschten. Du tratschst aber auch ganz gerne, erwiderte ich, und Rolf grinste und fühlte sich ermutigt weiterzuplaudern. Auch erzählte man sich, daß unten, im Fahrradhof des Hauses, die SS ... und daß der Hitler selbst einst auf dem Balkon des dritten Stockwerks ... der ganze Schulhof sei voller Menschen gewesen, hunderte, tausende.

Von Rolfs Flur aus gelangte man in den Speicher. Stauraum, *Staubraum,* sagte Rolf, der eigentlich allen Bewohnern zur Benutzung zustand, doch die Alten hatten das vergessen, oder sie hatten schon alles verstaut in ihrem Leben. Noch nie hatte jemand bei Rolf geklingelt, um in den Speicher zu gehen. Da stehen ein paar Kisten mit Gerümpel, auch ein altes Tandem, sagte Rolf, vielleicht sogar noch was vom alten Klingenfuß, wer weiß. Natürlich hatte Rolf das gesagt, um mich zu ködern, und natürlich horchte ich auf, fragte, ob Rolf die Kisten schon einmal durchsucht habe. Nein, antwortete er, warum sollte ich.

(Noch etwas erzählte Rolf. Etwas, an das ich mich später erinnern würde, in Frankfurt, auf dem Turm einer Kirche: Einmal habe ein Mann bei ihm geklingelt, er habe gesagt, er hätte früher in diesem Haus gewohnt. Rolf bat ihn herein, und der Mann schlich vorsichtig durch die Wohnung, ja, sagte er, alles sei wie früher, natürlich nicht die Einrichtung, aber die Räume, die Wände, die Fensterrahmen und sogar die Tür ... Der Mann sei nicht lange geblieben, was Rolf nur recht war, er hatte nicht einmal die Jacke abgelegt. Doch bevor er ging, habe er noch etwas gesucht, im Treppenhaus. Er sagte, damals habe er seine Initialen in einen Pfosten des Treppengeländers geritzt, er sei jung gewesen ... Lange sei der Mann im Treppenhaus herumgeschlichen, habe fast alle Pfosten untersucht, ohne fündig zu werden. In den unteren Wohnungen wohnten Zivis, die ein wildes Leben führten und im Überschwang einige Pfosten weggetreten hatten. Daß sie unter Denkmalschutz standen, interessierte sie nicht. Wahrscheinlich auch den, in den der Mann vor langer Zeit seine Initialen geritzt hatte. Er gab die Suche auf, dankte Rolf und ging.

Natürlich hatte ich eine Idee: «Vielleicht war das der alte Klingenfuß», sagte ich, doch Rolf erwiderte, das sei nicht möglich, dafür sei er zu jung gewesen.

Vielleicht ein Nachkomme, dachte ich und fragte Rolf, ob der Mann gesagt habe, in welchem Jahr er hier gelebt habe.

Nein, sagte Rolf, sonst nichts. Sonst hat er nichts mehr gesagt. Nur, daß es schöne Zeiten gewesen seien.)

Einmal war der Schornsteinfeger dagewesen, seitdem wußte Rolf, wie man das Dachschloß knackte. Vom Speicher stieg man eine niedrige Holzleiter hinauf und gelangte durch eine Luke aufs Dach. Ein altes Flachdach von fünfzehn Quadratmeter Fläche. Von dort sah man weit, man sah den Fluß und die Berge, das Münster, und bei Föhn sah man noch weiter, viel weiter.

Es war Silvester, und über Freiburg hing eine tiefe, graue Soße. Rolf und ich gingen uns an diesem Tag aus dem Weg; er bemühte sich, in Anatomie weiterzukommen, während ich den Versuch, noch mehr Stoff in meinen Schädel zu bekommen, rasch aufgab. Ich stieg hinauf in den Speicher, betrachtete aus einiger Entfernung die Kisten, es waren weniger, als ich mir vorgestellt hatte. Heute nicht, dachte ich, wir haben Silvester. Ich stieg aufs Dach, schloß hinter mir die Luke und steckte meine Hände in die Jackentaschen. Stehend sah ich mich um, zählte rasch die Kinder unten auf dem Schulhof. Sie spielten Tischtennis, allerdings mit einem Tennisball und mit den Händen als Schläger. Auf der anderen Seite des Hofes stand ein Basketballkorb. Im Sommer hatte ich dort ein paar Mal gespielt, das war am Anfang gewesen. Wahrscheinlich hatte mich Rolf dabei gesehen, damals kannten wir uns noch nicht. Sollte ihn mal fragen. Ich setzte mich, hatte mich zu dick angezogen und schwitzte. Silvester also.

In meiner Tasche fand ich eine Packung Bonbons, die hatte ich für Laura gekauft. Ich riß sie auf und schob mir einen davon in den Mund. Später am Abend würde Rolf die Packung praktisch alleine aufessen. Ich holte meinen Kalender aus der Tasche und ließ die Seiten an meinem

Daumen vorbeirattern, nicht zu schnell. Meinen ersten Taschenkalender hatte meine Mutter mir geschenkt, als ich fünfzehn oder sechzehn war. Damals begann ich, alles aufzuschreiben, Stichworte nur. Mit dem Pathos des Sechzehnjährigen hatte ich auf die erste Seite geschrieben: Jeder Tag hat sein Gesicht. Dabei war es dann geblieben, auch bei der Angewohnheit, an Silvester noch einmal zurückzublättern, noch einmal durch das Jahr zu stolpern. Ein paar Tage waren leer geblieben in diesem Jahr. Das war im Sommer und im Frühherbst gewesen, Emma natürlich, die Suche nach Emma. Ich sah auf, unwillkürlich, sah erst auf den Schulhof, dann nach rechts zum Münster.

11. Februar: Frühdienst – superstressig, noch zwei Stunden geschlafen, mittags mit Jaglo gekocht, dann am Augustinerplatz gelesen, Spätschicht, abends ins O'Dwyers, früh ins Bett.

Ich blätterte weiter, sah wieder auf. Irgend etwas lenkte mich ab. Ich erinnerte mich an diesen Tag, an dem beim Frühdienst alles schief gelaufen war, meinte mich zu erinnern. Dank der Aufzeichnungen konnte ich mir jeden Tag der letzten Jahre zurückholen, das war doch schon was. Dann hörte ich Rolf auf der Treppe, kurz darauf schob er seinen Kopf durch die Luke und fragte, was ich da oben mache. Eine Antwort schien er nicht zu erwarten, schon saß er neben mir und stützte seinen Kopf auf die Hände. Schon fertig, fragte ich, und Rolf antwortete mit einer abfälligen Kopfbewegung. Lies mal vor, sagte er. Welchen Tag, fragte ich, und Rolf sagte, es sei ihm egal, ein Tag im Januar, der achte. Ich blätterte und überflog die Notizen. Sofort erschien ein Bild der Erinnerung, dann las ich vor.

8. Januar: Ottl geht einkaufen und ruft ADAC an, fettes Frühstück, ganzen Tag auf der Loipe, dann fix und fertig. Abends bei Wagners zum Essen und Kartenspielen.

Da waren Ottl und ich zum Langlaufen im Allgäu gewesen. Seinen Großeltern gehört dort ein altes Bauernhaus, das eigentlich ihr Alterswohnsitz werden sollte. Die Wagners sind Bauern, die ab und zu nach dem Haus sehen, wenn es zu lange leer steht. Eine Woche lang waren Ottl und ich dort gewesen, der alte Benz war eines Morgens liegengeblieben. Der 21. April, sagte Rolf, und wieder blätterte ich.

21. April: 13 Std.-Tag, bin noch recht platt, fahren am Nachmittag mit der Gruppe in den Zoo, abends mit Marco im Atlantik zum Fußballgucken.

Die Leute, die du da betreut hast, wie behindert waren die, fragte Rolf. Unglaublich behindert, sagte ich und erzählte ihm, wie gerne Moritz mit seiner Scheiße spielte.

30. Mai: nur Spätdienst, telefoniere mit Mutti wegen der Hochzeit, gehe mit Jaglo einkaufen (Hose, Hemd, Schuhe), Essen in der Markthalle, nehme Spätzug nach München.

Das war zwei Tage vor Tante Inges Hochzeit gewesen. Ich erzählte Rolf von der Hochzeit, und es dauerte eine Zeit, bis ich weiterblätterte. Bald wurde uns kalt und ich holte zwei Wolldecken aus Rolfs Zimmer. Lange saßen wir auf dem Dach. Längst war es dunkel geworden, die ersten Böller waren schon zu hören. Die Wolken hatten sich verzogen, der Himmel war klar, und es wurde richtig kalt. Rolf hatte sich zurückgelegt, hatte noch mehr Decken geholt und eine Taschenlampe, die ich als Leselicht benutzte. Über uns strahlten die Sterne, und um uns herum waren fast alle Fenster erleuchtet, die Menschen waren in ihren Wohnzimmern, sie waren wach. Ich wunderte mich über Rolfs Ausdauer, über die

Ruhe, die er plötzlich hatte. Ich las meine Aufzeichnungen vor und erzählte, was immer mir dazu einfiel. Er drängelte nicht, wurde nicht ungeduldig, bestand jedoch darauf, die Tage anzusagen, die er hören wollte. Nie durfte ich zwei aufeinanderfolgende Tage vorlesen, scheinbar willkürlich sprang er im Jahr umher. Manchmal gab er kurze Kommentare ab: da war doch die Fußball-WM, das war an diesem völlig verregneten Ostersonntag ...

Dann war es kurz vor zwölf, und ich hatte aufgehört zu lesen. Wieder war Rolf hinabgestiegen, und als er wiederkam, hielt er eine Rakete in der Hand, eine leere Flasche hatte er unter den Arm geklemmt. Er wollte sie nicht pünktlich zünden, er sagte, die besten Raketen kämen am Schluß. Als es richtig losging, dachte ich natürlich an Mutter, der das Krachen der Raketen zu schaffen machte und die jetzt sicher zu Hause am Fenster stand. Rolf und ich waren aufgestanden, mit verschränkten Armen sahen wir uns das Feuerwerk an. Eine Rakete schoß nur knapp an unserem Dach vorbei, und als gelte es, das Feuer zu erwidern, sagte Rolf, na denn, und steckte den Holzstil der Rakete in den Flaschenhals. Keine wird höher kommen als unsere, sagte Rolf, da brannte die Zündschnur schon. Wir sahen ihr noch nach, als sie schon erloschen war, aber nicht mehr lange, denn Rolf schien seine alte Ungeduld wiedererlangt und sicher in das neue Jahr gerettet zu haben. Wir hatten seit Stunden nichts außer Bonbons gegessen, und ich schlug vor, zwei Döner zu holen. Rolf würde inzwischen das Dach aufräumen.

Das neue Jahr war noch keine zwanzig Minuten alt, und ich war auf der Straße und dachte an die gute Fleischfondue meiner Großmutter. Die gab es natürlich nicht bei Öz Fatan, aber immerhin hatte er offen und verkaufte einen guten Döner. Frohes neues Jahr, sagte ich, als ich eintrat (und tatsächlich sollte dieser kleine Türke mit dem Sektglas in der Hand der einzige in dieser Silvesternacht bleiben, der diese Worte von mir zu hören bekam); Dönerbudengeruch stieg mir in die Nase, und ich fühlte mich richtig gut.

Im neuen Jahr wurden wir albern, Rolf und ich, die überheizte Wohnung und der Mangel an Sauerstoff machten uns high. (Rolf weigerte sich, die Zimmer zu lüften, aus Angst vor einer Erkältung; auch prüfte er alle halbe Stunde die Temperatur seiner Stirn mit den Worten: Es ist so weit, Pitchen, eine Fieberattacke!)

Wir begannen damit, die Aufzeichnungen des anderen in der Wohnung zu verstecken. Rolf tobte, ihm fehlte die Geduld beim Suchen, nur das Verstecken bereitete ihm Freude. Er erweiterte das Spiel, versteckte meine Bücher, auch die Hitler-Biographie, die ich abends las. Du bist besessen, sagte er oft und versuchte seiner These dadurch Nachdruck zu verleihen, daß er das Buch an Orten versteckte, wo ich es am wenigsten erwartete, wo mich Hitlers Fratze erschrecken mußte – dabei wurde er kreativ: in einer Packung Tiefkühlbaguette, im WC-Spülkasten. Manchmal dachten wir, jetzt fehlt nicht mehr viel und wir knallen durch. Na schön, sagte Rolf, zumindest haben wir unseren Spaß dabei.

Dann wollte er, daß ich ihn Kato nannte, nach dem Chinesen aus *Inspektor Clouseau*. Im Kino brachten sie am Tag der Heiligen Drei Könige alle Clouseau-Filme, und Rolf und ich entschlossen uns zu einer Ausnahme und rauchten uns dermaßen ein, daß es kein Halten mehr gab, als Kato aus dem Kühlschrank sprang. Alles tat weh vor Lachen, und als ich Rolf noch ins Ohr flüsterte, daß in einer Woche die Prüfungen begannen, brüllte er so los, daß von hinten jemand rief, wir sollten die Schnauze halten. Da war viel in uns, was raus mußte, das sich seinen Weg suchte und sich löste, doch hätte ich gewußt, daß alles umsonst gewesen sein würde, ich hätte nicht lauter lachen können.

Zwar brachten wir die Prüfungen hinter uns und bestanden beide mit Ach und Krach, doch noch wollte ich nicht ruhiger werden, etwas ließ mich wachsam bleiben. Ich war wieder umgezogen, endlich konnten Fee und ich gemeinsam frühstücken, die Stundenpläne erlaubten es dreimal die Woche. Du bist unruhig, sagte Fee, und es stimmte wohl, auch ich vermißte die bekannte Ruhe nach verrichteter Arbeit. Anatomie hatte an den Nerven gezerrt, und jetzt, da es vorüber war, wollte sich Entspannung nicht recht einstellen. Unentwegt tanzten meine Finger, trommelten auf dem Bein, auf der Tischplatte. Ein Gefühl zwischen Wut und Vorfreude, nicht unangenehm, voller Energie. Als stünde etwas bevor. Ende Januar sollte der neue Präp-Kurs beginnen, Rolf und ich hatten uns darauf gefreut.

Es war der Tag vor meiner Abreise nach Frankfurt. Laura hatte eine Postkarte geschickt, es war also soweit – die Premiere.

Ich muß mich wundern, daß ich nicht empfänglicher war an diesem Morgen für die Zeichen, die Unheil verkündeten. Hatte ich nicht gelernt, mißtrauisch zu sein gegenüber dem Frieden, wachsam zu sein, zumal an einem Morgen, der verräterischer nicht hätte sein können? Es war wohl jene Kraft, die mich blendete, eine Kraft, die ich seit Tagen in mir trug und die mir das Gefühl gab, ein Läufer zu sein, in den Startblöcken zu stehen, in höchster Konzentration, und auf den Schuß zu warten und darauf, daß alles, was in mir brodelte, überging auf die Strecke vor mir, sich auflöste in Geschwindigkeit.

Fee war nicht wie gewohnt im Bad, als ich erwachte; wie sich herausstellte, war die Wohnung leer. Auf dem Küchentisch lag ein Zettel, der wenig Aufschluß gab, «Bin schon los, Fee» stand da, kein gemeinsames Frühstück also. Mir gefiel, daß sie mit Fee unterschrieben hatte, dem Namen, den ich ihr gegeben hatte.

Ich duschte, und wieder waren da Teile der Nacht, die gegenwärtig wurden, Fetzen eines Traums, doch keine Bilder, sondern nur Worte, die ich kannte.

Und laß uns die Gespräche rascher treiben,
Denn wir vergaßen ganz, daß du vergehst.
Und es verschlug Begierde mir die Stimme.

Ich sprach laut, und Wasser stürzte auf mein Gesicht. Was hatte ich da geträumt, woher kamen diese Worte, und was verkündeten sie?

Als ich aus der Dusche stieg, war es schon spät, und ich mußte mich beeilen. Ich rannte und erwischte eine Straßenbahn. Eine Frau schimpfte mit einem Jungen. Er war Türke oder Italiener, offenbar hatte er der Frau ein Bein gestellt. Jetzt schwieg er, sah zu Boden, und die Frau schimpfte. Neben mir saß eine ältere Dame mit grünem Parka und hatte etwas zu mir gesagt. Wie bitte, fragte ich und ließ meinen Blick nicht von der Szene mit dem italienischen Jungen. Die Sau soll doch daheim bleiben, gefälligst, wennse so gratzig ist, wiederholte die Frau neben mir. Jetzt sah ich sie an und noch einmal betonte sie: Wennse so gratzig ist, die Sau!

Dann stand ich vor der Uniklinik und wartete auf Rolf. Rolf kam nicht, er würde heute nicht auftauchen und plötzlich fühlte ich mich verlassen, ich war allein. Viele neue Studenten standen herum, für sie begann heute der erste Präp-Kurs. Sie waren nervös, hatten große Augen und rauchten Zigaretten. Sie standen zusammen, häufig kicherten sie. Wie das sein würde, mit echten Leichen, einigen wurde immer schlecht, ein paar würden rausgehen müssen. Ich fühlte mich steinalt. Nur wenige Gesichter waren mir bekannt, Natalie lief grußlos vorbei, sie sprach mit einem Typ im Kapuzensweatshirt.

Rolf kam nicht, und da wußte ich, daß ich da nicht hinein wollte, in das Haus der Leichen. Die Kippen qualmten noch am Boden, man hatte sich aufgerafft, bald stand ich alleine auf dem Hof, nicht ganz alleine, da war noch einer, der las Zeitung.

Ich ging zu Fuß in die Innenstadt, die Jacke hatte ich ausgezogen und trug sie an einem Finger über der Schulter. Meine Ledertasche hielt ich unterm Arm. Ich sah mir die Schaufenster an, überlegte, ob ich mir eine CD leisten könne. Wo war Rolf nur gewesen, und Fee? Neben mir wimmerte ein alter Mann. Irgendwo kam Musik her, hatte ich nicht einen Jungen gesehen, der auf einer Tröte spielte, und sein Vater, der dazu die Geige zupfte? Wann war das gewesen, sie hatten Mützen getragen, sie mußten Russen gewesen sein, ihre Musik hatte sich russisch angehört. Hatte ich ihnen Geld gegeben? Noch hörte ich ihre Musik, auch hörte ich neben mir das Wimmern eines alten Mannes. Ich hätte gern gewußt, wie spät es war, und schaute zu ihm hinüber. Er war alt und klein und wurde bedrängt. Ein Mann, der fies aussah und ein grünes, kariertes Sakko trug, stand dicht bei ihm und flüsterte auf ihn ein. Ich weiß nicht, welche Sprache das war, ich verstand kein Wort. Der Alte wollte weitergehen, wollte vorbei, doch der Mann im grünen Sakko versperrte ihm den Weg, trieb wieder und wieder seine Schulter gegen die des Alten und flüsterte in einem fort. Und der Alte, der immer wieder versuchte vorbeizukommen, wimmerte leise und krächzte unverständlich.

Die Szene war nicht auffällig, dennoch nahmen einige Passanten davon Notiz. Sie sahen sich um, zu den beiden und dann zu mir, der ich dort am Schaufenster stand. Auch der Alte sah mich kurz an, da hatte ich mich schon in Bewegung gesetzt, weiter die Fußgängerzone entlang. Später überlegte ich dann zurückzugehen, zu dem Alten, der Hilfe brauchte, und zu dem Mann, der fies aussah. Wieder wollte ich wissen, wie spät es war, und da hatte ich die Idee, den Alten zu fragen. Das würde ihm helfen. Schnell ging ich zurück, dann rannte ich, versuchte, mich an das Schaufenster zu erinnern. Was hatte ich mir angesehen? Ich hatte eine CD kaufen wollen, und war da nicht Musik gewesen? Die Jacke schlug beim Laufen auf meinen Rücken, also preßte ich sie zwischen Arm und Bauch und rannte weiter. Dabei dachte ich an den Morgen. Wie hatte das hier angefangen, hatte ich beim Duschen nicht gesprochen, was war das gewesen, drei Verszeilen, nicht wahr?

Ich blieb stehen, stützte die Hände auf die Knie, beugte mich nach vorn. War es hier gewesen? Da war keine Musik mehr, auch kein alter Mann, da war niemand mehr.

Wieder vor der Klinik, vor dem Haus der Leichen. Wußte ich, wie spät es war? Es war spät, aber noch blieb Zeit. Ich ging hinein.

Einige sahen zu mir hoch, als ich eintrat. Der Raum war abschüssig, sie hatten ihn neu gebaut. Es gab Ränge mit Klappsitzen, dort saßen die Studenten. Ganz unten, ganz hinten stand ein kleines Pult und eine kleine Tafel, da sah ich den Professor stehen, er sprach. Zwischen ihm und den Rängen standen zehn bis fünfzehn Rolltische, auf jedem Tisch lag eine Leiche. Der Professor sah kurz zu mir hoch und hielt in seinem Vortrag inne. Ich hob eine Hand, ein Gruß oder eine Entschuldigung, und setzte mich in die letzte Reihe. Der Professor fuhr fort. Jemand schob mir ein Blatt zu, darauf standen Zahlen und Namen. Tisch 1, Tisch 2, ... elf Leichen also, acht Namen pro Tisch. Da las ich Rolfs Namen, sofort hob ich den Blick, vielleicht war er doch noch gekommen, doch ich sah ihn nicht. Ich wollte jemanden fragen, was ich verpaßt hatte, doch ich kam nicht dazu, schon wurde es laut, der Professor war am Ende seines Vortrags, alle standen auf, strömten nach vorne. Noch immer hatte ich das Blatt mit den Namen in der Hand. Ich fand meinen Namen, ich fand meinen Tisch.

Wir standen um den Tisch herum, vier Mädchen, zwei Jungs und ich, und hatten uns durchsichtige Schürzen umgehängt und grüne Gummihandschuhe angezogen. So ähnliche hatte ich als Zivi oft getragen, die waren leicht gerissen. Dann wollte jemand meinen Namen wissen, und ich sagte: Ich heiße Rolf. Wir schüttelten uns die Hände, Namen wurden gesagt, die ich mir nicht merken konnte. Ich dachte: Wir hätten uns die Hände geben sollen, bevor wir die Handschuhe anzogen; so fühlte es sich komisch an.

Wir sollten uns aufteilen. Der Präp-Assistent hatte schon vorgearbeitet, der Kopf war angesägt. Die Mädchen waren blaß und blätterten in ihren Unterlagen, suchten Halt. Ich hatte das Skalpell in der Hand, ich fühlte Vertrautheit, wurde ruhiger. Der Professor rief etwas. Die Anfänger sollten warten und beobachten. «Die Fortgeschrittenen können anfangen. Bearbeiten Sie zunächst die Aufgaben 1–3 und beachten Sie die Hinweise der Assistenten.» Ich wußte nichts von den Aufgaben, dennoch trieb ich das Skalpell durch die Haut. Ich trennte die Bauchdecke auf. Rolf sollte hier sein, dachte ich, der Kopf gehört Rolf. Ich arbeitete konzentriert und langsam. Zwei Mädchen waren eben nach draußen gegangen, frische Luft schnappen. «Muten Sie sich nicht zuviel zu», hatte der Professor noch gerufen, «gewöhnen Sie sich langsam daran.» Der Geruch war mir vertraut, er biß in der Nase, doch nur am Anfang, dann war es vorbei. Die Arterien wurden mit Alkohol durchgespült, das war das Geheimnis. Trotzdem rochen sie innen anders als außen. Ein Junge sah mir zu, er fragte etwas, und ich antwortete.

Dann kam ein Assistent und deutete auf den Kopf. Er wollte wissen, ob ich schon einmal am Kopf gearbeitet hätte. Ich sagte, ja, aber ich bevorzuge die Organe. Der Assistent sah mich fragend an, und ich fügte hinzu: Rolf macht den Kopf, normalerweise.

Machen Sie Aufgabe drei, sagte er und ging. Der Junge, der mir eben noch zugesehen hatte, machte sich jetzt am Bein zu schaffen. Ein Mädchen bearbeitete den Arm. Aufgabe drei also. Ich sah mir den Kopf an, das Gesicht. Ich fühlte mich sonderbar. Sah in das Gesicht. Ich erschrak nicht sofort, eine Zeitlang muß es schon gedauert haben, bis ich verstand, daß ich diesen Menschen kannte.

(Und reiste ich nicht zurück in dieser Sekunde, zurück zu dem Tag, als wir meine Großmutter beerdigten, als mein Vater und ich anschließend schweigend im Auto saßen, lange schwiegen, bis mein Vater sagte: Das wars, Pitchen. Die nächste Generation, die geht, das sind wir.)

Etwas geschah mit meinen Augen. Noch immer schaute ich hinab auf das Gesicht eines Mannes, den ich kannte. Es verschwamm, wurde unscharf.

Bist du das, alter Mann, warum wimmerst du nicht, brauchst du meine Hilfe nicht mehr? Wo ist dein grauer Mantel, bist du es, der die Zeit stiehlt? Bist du das, Vater?

Etwas fiel zu Boden, ich hörte es. Jemand hob es auf, es war ein Skalpell, es gehörte mir. Ich hörte mich danke sagen, sah kurz auf, sah den Assistenten, weit, weit hinten.

Ich muß Rolf holen, dachte ich, Rolf macht immer den Kopf. Mir wurde schwindlig, ich hatte das Skalpell nicht mehr in der Hand, hatte es irgendwo hingelegt. Hatte ich nicht mal von einem Mann gehört, der elf Jahre mit einer Schere im Bauch gelebt hatte? Eine Schere, die man bei einer Operation in seinem Bauch vergessen hatte? Jemand sprach zu mir. Von irgendwoher kam Musik. Dann muß ich zurückgesprungen sein, hatte ich etwas gerufen? Einige sahen mich an, jemand sagte auch etwas, da lief ich schon die Treppe empor. Ich wollte ihnen etwas zurufen, wollte ihnen sagen, daß er nicht tot war. Ich hatte meinen Vater aufgeschnitten, doch er war nicht tot, er würde wieder aufwachen. Doch sie verstanden mich nicht, sie starrten mich an mit ihren Fratzen, ich riß die Tür auf und war schon draußen. Doch immer noch hörte ich das Lechzen und Fauchen von innen, die unstillbare Gier ihrer Ungesichter.

Dann saß ich auf einer Bank im Hof. Den Kittel mußte ich ausgezogen haben, er war weg. Niemand war mir gefolgt. Ich sah zum Himmel und überlegte, wie spät es war. Was war geschehen? Ich hatte meinen Vater gesehen, er war tot. Er lag da drinnen, und ich hatte seinen Bauch aufgeschnitten. Mein Gesicht war naß, vielleicht heulte ich, ich mußte geheult haben. Ich mußte nach Hause, das wußte ich. Ich würde aufstehen und nach Hause gehen. Dann würde ich telefonieren. Die Menschen sahen mich an auf meinem Weg. Die Fratzen waren fort, sie hatten wieder Gesichter. Ich würde schlafen müssen. Ging schneller und begann zu rennen. Ich würde auf keinen Fall die Abkürzung über den Friedhof nehmen, doch schneller konnte ich noch werden. Ich dachte an den Morgen und dachte: dafür habe ich die Kraft gesammelt, all die Tage, jetzt bin ich der Läufer, nicht mehr in den Startblöcken, jetzt muß es raus, alles in mir, vor mir liegt eine Strecke und alles, was war, muß in sie übergehen, muß zu Geschwindigkeit werden.

Atemlos stand ich auf der Türschwelle meines Zimmers und stemmte die Hände auf die Knie. Nicht noch einmal wollte ich überlegen, was zu tun sei, und so stieg ich aufs Bett und nahm, nicht ohne Gewalt, die Fotografien meines Vaters herunter. Viele waren es, doch irgendwo würde sie stehen, die Nummer, und als ich sie gefunden hatte, gab ich der Hast nicht nach und nahm auch noch den Rest der Bilder von der Wand und legte sie auf meinen Schreibtisch.

Es war eine Handynummer, es läutete zweimal, dann hörte ich die Stimme meines Vaters.

(Ja, hallo ... Ich bin dran, Papi ... Ach, Pitchen! Von wo ... Aus Freiburg – wo bist du ... in Genf ... warum schickst du keine Bilder mehr ... wurde die Kamera geklaut, keine neue gekauft ... warum sind die Gesichter immer unscharf ... Auf den Fotos? Ich weiß es nicht, Pit ... wie damals ... ja, wie bei der Ausstellung ... Morgen tritt Laura auf ... Ich weiß, ich werde kommen ... wir auch.)

Bald wurde es Abend, und als Fee nach Hause kam, hatte ich schon keine Haare mehr auf dem Kopf. Natürlich hatte ich wieder an diesen Film denken müssen. Ein Mann bohrt sich in den Kopf. Es dauerte lange, länger als erwartet, bis ich kahl war. Lange hatte ich mich im Spiegel betrachtet, vorher und dann nachher wieder. Ich blutete leicht, zwei Pusteln waren verletzt worden. Mein Kopf war fleckig und juckte mörderisch.

7. Kapitel

Manchmal muß man kalt sein, dachte ich, ein paar Mal in seinem Leben, wenn es drauf ankommt, muß man kalt sein. Natürlich hörte ich Ottl spotten («Melo-Quatsch») und wußte, daß er recht hatte, doch in der Tat, es war kalt an diesem Morgen. Ich zog beim Laufen den Kopf zwischen die Schultern, verspannte mich, bis der Rücken weh tat. Ich hatte meine Mütze vergessen, was nicht leicht zu verschmerzen war mit kahlem Schädel. Noch blieb Zeit, und ich betrat Karstadt beim Bahnhof, wo es warm war und ich eine Mütze kaufte. Offenbar hatte ich noch nicht genug von dem melodramatischen Quatsch, denn ich nahm eine rote aus der Wühltruhe und kaufte sie, ohne sie anprobiert zu haben. Rot, dachte ich, das paßt zum letzten Jahr, so oder so.

In Frankfurt mußte ich auf meine Mutter warten, ich kaufte Zigaretten und ließ mich auf einer Bank nieder. Ich würde damit aufhören, mit dem Rauchen. Ich wartete also, wußte, daß ich aufstehen sollte und zu dem Fahrplan hinübergehen, um zu sehen, wann der Zug meiner Mutter ankommen würde. Doch noch blieb ich und rauchte und beschloß, mir diese Minuten zu geben; vielleicht gab es da noch ein paar Gedanken, die gedacht werden wollten, jetzt und hier. Mein Vater hatte gesagt, daß er kommen würde, gestern war das gewesen. Und hier würden die Fäden zusammenlaufen, so war es gedacht; wessen Werk war das? Und natürlich dachte ich an Laura. Es war ihr Spiel, nicht wahr, sie hatte uns hergeführt; sie hatte beschlossen, daß es hier sein sollte, wo wir uns wiederträfen.

Langsam fror ich, eine Melodie kam mir in den Sinn und der Text eines Liedes, das ich von früher kannte.

Natürlich von den *Doors: The Chrystal ship.* Ich erinnerte mich an eine Zeit, da wir das oft gehört hatten, meistens morgens, es war im Frühsommer gewesen.

The days are bright and filled with pain
Enclose me in your gentle rain
The time you ran was too insame
We'll meet again,
We'll meet again.

Und dann das Klaviersolo, das so einfach war, daß selbst ich es nachspielen konnte, mit einer Hand, zu Hause, auf dem Klavier meiner Mutter. Damals war es Basti gewesen, der die Kassette aufgenommen und gesagt hatte, das seien Lieder für die Ewigkeit. Basti war der erste von uns, der den Führerschein machte, und noch vor dem Tag seiner Fahrprüfung stand ein roter Golf – sehr, sehr alt – vor seiner Tür. Bald würde er ihn umgespritzt haben, dann würde er gelb sein, knallgelb, und jeden Morgen holte er uns ab und fuhr uns zur Schule. Auf dem kleinen Waldweg – dort, wo meine Mutter und ich Jahre später spazieren gehen sollten, mitten in der Nacht, den Sturm noch in der Ferne hörend – versuchte er, den Wagen auf 100 km/h zu beschleunigen, und sobald es Winter wurde, fuhren wir nachts auf den Schulparkplatz und rutschten auf den Eisplatten herum, bis uns schlecht wurde. Doch vorher, im Sommer, da hatten wir uns jeden Morgen im Auto gequetscht (mein Glück war, daß ich nahe wohnte und meistens der erste war, der abgeholt wurde, folglich vorn saß, bis Ottl das Routieren einführte) und hatten eben diese Kassette gehört, die Basti aufgenommen hatte und die er *Check your outface* genannt hatte. Morgens waren wir müde und redeten nicht viel, schon gar nicht bei dieser Musik, die einen leicht wegführen konnte in die Traumwelt der Nacht, sogar wenn die Welt an einem vorbeiraste, mit 100 km/h. Das sind Lieder für die Ewigkeit, hatte Basti uns einmal gesagt und mit den Fingern aufs Lenkrad getrommelt, und es war klar, daß Ottl das nicht durchgehen lassen würde – das war Meloquatsch, eindeutig –, und er fragte nach, was denn daran für die Ewigkeit sein sollte.

Ich dachte daran, als ich in Frankfurt auf meine Mutter wartete, auf dem Bahnsteig, der noch nicht der richtige war, als ich meine Füße vor Kälte kaum noch spürte und die Melodie eines alten Klassikers summte.

Ich tippte mit dem Fuß den Takt, hoffte, wieder Leben in die erfrorenen Zehen zu bekommen, und schließlich stand ich auf und fand mich auf dem richtigen Bahnsteig wieder, jetzt würde es nicht mehr lange dauern, bis der Zug meiner Mutter einträfe.

Tatsächlich dauerte es noch sehr lang, doch interessanter als die Stunden des Wartens war die Reaktion meiner Mutter bezüglich meiner Glatze. Gleichgültigkeit ist kein Ausdruck dafür. Man muß wissen, daß meine Mutter während der Zeit meiner späten Kindheit keinen Besuch von Bekannten oder Verwandten verstreichen ließ, ohne das Gespräch auf meine Frisur zu lenken (zugegeben: als Kind hatte ich Locken, direkt aus dem Paradies, und sie waren nicht nur blond, sondern golden). Ich war auf das Schlimmste gefaßt, nur allzu gut hatte ich noch die Tragödie im Gedächtnis, als Wolfgang und ich uns die Haare gefärbt hatten – es hätte weinrot sein sollen, doch irgend etwas mußten wir falsch gemacht haben, es war eher ein dunkles Orange geworden, außerdem zu flüssig, die Farbe lief unsere Nacken hinunter, und unsere Hälse sahen aus wie nach einem fehlgeschlagenen Suizid. Meine Mutter hatte einen Heulkrampf bekommen, aber das war ja noch harmlos. Wirklich schlimm muß es bei Wolfgang gewesen sein, der kam am nächsten Tag nicht in die Schule, aber das war auch zu einer Zeit, als es seinem Vater nicht besonders ging, ich glaube, da war die Mutter schon nicht mehr da. Kurzum, alles, was meine Mutter nach unserer Umarmung sagte, ich hatte die Mütze abgenommen, war: Ach, Pitchen, auch das noch.

Sie muß aufgeregt gewesen sein an diesem Tag, auch verwunderte mich die Fülle ihres Gepäcks. Meine Mutter hatte ein Hotelzimmer gebucht, und wir wollten uns ein Taxi nehmen. Ich trug den Koffer (am Nachmittag würde ich erfahren, warum der Koffer so schwer war. Warum wohl: sie hatte sich nicht entscheiden können, hatte die Entscheidung vertagt und so ziemlich alles eingepackt), unser Taxifahrer war schwarz und hörte die Musik aus dem Radio in ziemlicher Lautstärke. Mit den Fingern schlug er den Takt an das Lenkrad. Ja, ja, so wie Basti, verflixt, jetzt mußte aber Schluß sein mit den Erinnerungen, dachte ich. Irgendwie war ich gut gelaunt, vielleicht lag es daran, daß meine Füße auftauten.

Dann war ich wohl eingeschlafen, auf dem Doppelbett, und wieder aufgewacht von meinem eigenen Gemurmel oder von meiner Mutter, die nervös das Zimmer durchstreifte und mit sich selber sprach. Sie hatte geduscht, sie hatte abgenommen, das sah man jetzt. Nachmittags soll man nicht schlafen, da schleichen sich unheimliche Gedanken ein. Also wartete ich wieder, schaltete durch die Programme, suchte einen Sportkanal. Wenn alles glatt lief, würde mein Vater heute hier schlafen, ich würde bei Laura unterkommen – da fiel mir ein: ich wußte nicht einmal, ob Laura allein wohnte oder in einer WG. Ich dachte an Vater, als ich die Minibar in Augenschein nahm, überlegte, was morgen fehlen würde: das Bier sicher nicht, der Wein schon eher, vielleicht würden sie auch den Sekt trinken. Dann die Schokoriegel; die würde Vater einstecken, für die Zugfahrt, bezahlen würde er sie nicht, würde sie nicht ankreuzen auf der Liste, die man morgens mit zum Portier brachte. Zwar hatten sie seine Adresse, aber wegen der drei Schokoladenriegel, das war lächerlich, die hatten sich noch nie beschwert – lohnte nicht.

Endlich war meine Mutter im Bad fertig, der Spiegel war beschlagen, die Klobrille angewärmt. Auf dem Rand der Badewanne lagen zwei kleine Rechtecke, Hotelseife, daneben eine Probeflasche Haarshampoo. Beides würde morgen früh fehlen, auch ein Handtuch vielleicht. Mein Vater war ein Schnäppchenjäger erster Güte, da war nichts dran zu rütteln, das war angeborene Obsession.

Meine Mutter hatte eines ihrer Kostüme angezogen und stand vor dem Spiegel, der über dem Fernseher hing. Sie hielt sich leicht geduckt, ihr Hals schien schmaler und länger zu sein als sonst, und mit ihren Lippen formte sie eine Schnute. Das hatte ich schon öfter beobachtet, auch bei Laura: wenn sie sich im Spiegel ansehen, verformen sie Gesicht und Körper auf sonderbare Weise. Ob bewußt oder unbewußt, vielleicht sehen sie sich so am liebsten, vielleicht halten sie eben jene Haltung und jenes Minenspiel für am apartesten, doch auf paradoxe Art bleiben sie ihnen in Gesellschaft versagt, nirgendwo sonst als vor dem heimischen Schlafzimmerspiegel (möglicherweise auch noch vor einem Hotelspiegel) mag ihnen gelingen, was sie an sich am meisten mögen. Meine Mutter verlangte nach meinem Urteil, und ich sagte nichts. Schon war sie wieder umgezogen, sie ignorierte meine Bitte, doch den Blick auf den Fernseher freizugeben, und fragte: «Und das?» Und schließlich: «Das entscheiden wir später. Jetzt gehen wir Kaffee trinken, und ich lasse mir meine Haare richten.» Auf der Straße entschied sie sich doch noch anders, drückte mir Geld in die Hand und bat mich, sie in zwei Stunden vom Friseur abzuholen. Ich sollte Kaffee trinken gehen, sie würde ihren beim Friseur bekommen.

Auf der Suche nach einem Café freute ich mich, als ich auf die Münchener Straße stieß, also bog ich ein und folgte der Straße. Ich mußte aus diesem Bahnhofsviertel raus, Mutter hatte uns doch tatsächlich in einer Art Rotlichtmilieu einquartiert. Ich mußte ins Zentrum, dort hatte ich ein Ziel: die Paulskirche. Die Idee war mir im Bad gekommen, vielleicht durfte man den Turm besteigen. Mein Wissen bezüglich der historischen Bedeutung der Paulskirche war dürftig zu nennen, einige Erinnerungsfetzen aus dem Geschichtsunterricht drängten sich auf: Revolution 1848, Nationalversammlung, Rechte und Linke... Aber mein Interesse lag woanders, ich wollte auf den Turm, wollte den Main von oben sehen und den Marktplatz mit dem Kriegerdenkmal. Von dem Geld kaufte ich bei McDonald's Eis mit Karamel und zwei Apfeltaschen.

Die Paulskirche enttäuschte mich. Sie war klein, sogar winzig, sie war schlicht gehalten, kaum herausstechend aus dem Bild der Straße, außerdem kein Turm, kein Marktplatz, kein Denkmal. Ich ging nicht einmal hinein, sondern fragte einen Mann, der vor der großen Eisentür den Boden fegte, wo ich eine Kirche mit hohem Turm finden könnte. Er schickte mich wieder die Münchener Straße zurück, Richtung Römerberg, dort sei eine gotische Kirche mit Turm, der Bartholomäus-Dom. Ich kam an einem jüdischen Museum vorbei, blieb stehen und überlegte hineinzugehen, da dachte ich an Rolf («Du bist besessen, Peter Pan!»). Im Gegensatz zu unserem Freiburger Münster war das eher ein Türmchen als ein Turm, trotzdem mußte ich da hoch, bezahlte den Eintritt vom restlichen Kaffeegeld und begann, die Treppe emporzusteigen. Die steinernen Stufen schlängelten sich im Turm um ein säulenartiges Gemäuer, das die Achse des Treppenturms bildete. Mehrmals mußte ich stehenbleiben, um zu verschnaufen, auch war eben eine ganze Horde mit Schulranzen bepackter Kinder an mir vorbeigestürmt, mit lautem Getöse hatten sie mich gezwungen, mich flach wie ein Falter gegen die Wand zu pressen und ihnen die schmal zulaufende Innenhälfte der Stufen zum Passieren freizumachen. Ich hielt einen Augenblick inne, atmete tief, da lasen meine Augen einen Schriftzug, dicht an meinem Ohr: *Ray & Linda, Ormstown, Oh 13. 5. 82* stand da, die Schrift war ausgeblichen, den Namen des Staates konnte man nur noch erraten, denn ein Stück der Mauer war herausgebrochen. Mai 1982, da war ich gerade sieben geworden und befand mich in meinem ersten Schuljahr. Das erste Schuljahr war grausam gewesen, ich hatte ständig bloß geheult – wegen Nichtigkeiten: wenn ich mein Hausaufgabenheft vergessen hatte oder mit dem Abschreiben des Tafelbildes nicht mitkam, hatte ich regelmäßig dieses seltsame Gefühl im Unterleib gehabt, das mir verriet, daß ich gleich heulen würde, und so geschah es dann auch meistens. Später hat sich das gelegt, aller Anfang ist ja bekanntlich schwer.

Die Menschen haben die Angewohnheit, überall, vor allem auf Reisen, ihre Namen zu hinterlassen. Ständig wollen sie sich verewigen, in Kirchen (obwohl das schon recht dreist ist; das machen wohl nur Kinder und Amerikaner), auf dem Eiffelturm, auf der Golden Gate Bridge, usw. Sie hinterlassen kurze Nachrichten, wie *I was here* oder etwas in der Art, oder auch nur ihren Namen. Vielleicht tun sie es, weil sie daran denken, eines Tages zurückzukehren, dann würden sie ihre eigene verblichene Handschrift wiederfinden und einen melancholischen Blick zurück auf die Vergangenheit werfen, auf die unbeschwerte Zeit, in der man, von jugendlichem Leichtsinn ergriffen, die Mauern von Notre Dame beschmierte. Sie schreiben es also für sich, nicht für einen Dritten. Vielleicht hoffen sie noch, daß ein Bekannter durch Zufall ihren Namen entdeckt, doch das mag nicht wahrscheinlich erscheinen, und sie hoffen es auch nicht wirklich, sie gehen nicht davon aus, daß es Bedeutung für irgend jemanden haben könnte, ausgenommen für sie selbst. (Und doch will ich ihnen manchmal zurufen: Seht her, ich habe eure Namen gelesen und auch die Daten, und ich habe mich darüber gefreut, einen Verbündeten gefunden zu haben, einen Verbündeten gegen die Zeit.)

Oder sie wollen dem Gefühl der Unwirklichkeit entgehen, das einen ergreift, wenn man plötzlich vor einem Gebäude steht oder auf einer Brücke oder vor einem berühmten Grab, das man bis dahin nur aus dem Fernsehen kannte oder aus den Geschichtsbüchern der Kollegstufe. Dann ergreift einen für gewöhnlich ein Gefühl, das einen fragt: Ist das wirklich? Bin ich wirklich hier? Das muß nicht unangenehm sein, vielleicht merkt es der eine überhaupt nicht, doch der andere hört die Fragen und will sie beantworten, will sichergehen. Also nimmt er einen schwarzen Filzstift und verschafft sich Gewißheit: *I was here.*

Ich selber hatte dergleichen noch nie gewagt, aus purer Angst, erwischt zu werden. Aber ich mochte es, die Daten zu vergleichen, immer war ich auf der Suche nach dem ältesten und dem jüngsten. Auch überlegte ich immer, wie bei Ray und Linda, wie alt ich zu diesem oder jenem Datum gewesen war, wo ich gelebt hatte, was ich getan hatte, zu dieser Zeit, womöglich an diesem Tag, da irgend jemand sich irgendwo seiner Existenz versichern wollte und sich verewigte.

Ich untersuchte ungefähr zwei Quadratmeter der Wand und entdeckte noch eine Vielzahl von Namen und Daten. Die meisten waren mit schwarzem oder rotem Filzstift geschrieben, einige mußten auch versucht haben, in das Gemäuer zu ritzen. (Und somit unsterblich zu werden, zumindest in diesem Gebäude, an dieser Wand, oder geht das zu weit?) Wahrscheinlich mit einem Messer oder einem Schlüssel, und wahrscheinlich war auch bei einem dieser Versuche der Heimatstaat von Ray und Linda zu Bruch gegangen. Manche Eintragungen waren älter als ich selber, wenn auch nicht viele, und ich überlegte, was wohl aus diesen Menschen geworden war. Sie, die meine Verbündeten geworden waren, diesmal nicht durch die Zeit, die wir teilten, denn vielleicht waren sie schon tot, sondern durch die Gebäude, die die Zeit überdauerten.

All das hatte mich abgelenkt, und ich hatte wieder genug Luft geholt, stieg also weiter den Turm hinauf. Doch ein paar meiner Gedanken verweilten noch, und als ich endlich die Aussichtsebene erreicht hatte und, erneut keuchend, aus der Tür ins Freie trat, freute sich ein Teil von mir, auch über die Sonne, die noch einmal grüßen ließ, doch ein anderer Teil war noch unterwegs, streifte durch meine Kindheit und fand schließlich sein Ziel: doch, einmal hatte ich mich verewigt, nicht in einem Turm, auch nicht auf einer Brücke oder an einem berühmten Grab. Es war in meinem Kinderzimmer gewesen, in unserem alten Haus, kurz vor unserem Umzug.

Der Dunst hatte sich verzogen, zwar würde es schon bald wieder dämmern, doch noch war die Aussicht prächtig, und natürlich war er da, der Main, ich konnte ihn sehen. Windig war es, und ich setzte meine rote Mütze auf.

Dann setzte ich mich und ruhte aus, an einer Stelle, von der aus ich das Wasser sehen konnte.

Wir lebten in einer Reihenhaussiedlung, damals, und als ich zehn war, beschlossen meine Eltern, daß es an der Zeit wäre, umzuziehen, *sich zu vergrößern*, wie sie es nannten. Sie hatten Geld gespart und sahen sich nach einem größeren Haus um. Es gibt Fotos aus dieser Zeit, und sie verschmelzen mit meinen eigenen Erinnerungen. Ich weiß, daß es mir nicht viel ausmachte, die Siedlung zu verlassen. Nicht, weil ich dort ungern wohnte, im Gegenteil, ich hatte einen großen Freundeskreis, sondern weil ich unseren Umzug nicht als Verlust empfand. Ich war sicher, daß sich nichts wirklich ändern würde, außer daß ich von nun an etwas weiter von meinen Freunden entfernt wohnen würde. Als sich dann doch alles änderte, neue Freunde ersetzten die alten, bekam ich es nicht einmal richtig mit, oder es war mir – denn ich war noch ein Kind – egal. Anders ging es Laura. Sie weinte nächtelang (viel später würde ich einmal heimlich ihr Tagebuch aus dieser Zeit durchblättern und hier und dort lesen, was aber in Ordnung ist – bei Laura und mir. Kurzum, bei der Lektüre der kindlichen Aufzeichnungen wurde eines deutlich: Laura wollte wirklich nicht weg.), aber sie war auch älter, verstand mehr als ich, was wir verlieren würden, zudem war sie schon auf der höheren Schule, war fest verankert im Klassenverband, und natürlich war sie damals schon verliebt. Doch von alledem bekam ich nichts mit, was wohl gut für mich war, denn allzu leicht hätte ich mich anstecken lassen von Lauras Trauer.

Was für eine Woche: mein Vater hatte sich in den Kopf gesetzt, den Umzug selbst zu machen, mit Freunden, um Geld zu sparen. Fast eine ganze Woche pendelten fünf Autos und ein Kleintransporter zwischen der Siedlung und unserem neuen Haus hin und her, während meine Mutter, Laura und ich die Kartons füllten. Wirklich brenzlig wurde es, als sie zu viert das Klavier die Kellertreppe emporhievten, da war er wieder, unser Vater, der Held, aber Angst hatten wir natürlich trotzdem um ihn, und unsere Mutter um das Klavier.

Es muß eine der letzten Nächte gewesen sein, vielleicht sogar die letzte und damit die Nacht, in der Laura mich weckte und sagte, wir müßten unsere Namen irgendwo hinterlassen, schließlich sei das unser Haus und müsse es auch bleiben. Ich glaube, wir hatten tatsächlich die Vorstellung, daß das Haus, sobald eine geheime Stelle unsere Namen trüge, für immer uns gehören würde, zumindest zu einem gewissen Teil. Ich war wohl verschlafen und wenig einfallsreich, und trotz der blassen Erinnerung an diese Zeit bin ich sicher, daß es ein lilafarbener Filzstift war, mit dem ich meinen Namen auf die Teppichleiste kritzelte. (Ich hatte mein Bett etwas zur Seite geschoben, um auf die Leiste dahinter schreiben zu können, das schien mir ein angemessenes Versteck zu sein. Offenbar ging an meiner Überlegung vorbei, daß das Bett am folgenden Tag abgeholt und somit der Blick auf die Signatur freigegeben sein würde. Aber es war auch spät, und ich war erst zehn.) Laura hat mir nie erzählt, wo sie sich verewigte, aber ich habe so meine Vermutungen.

Die letzten Sonnenstrahlen kitzelten mein Gesicht, ohne es zu wärmen. Die Bande von Kindern, die mich vorhin auf der Treppe überholt hatte, war wieder auf dem Weg nach unten. Plötzlich war es ruhig geworden, ich glaube, ich war allein auf dem Turm. Wieder hatte ich das Gefühl, auf etwas zu warten. Natürlich hatte ich auch an Rolf gedacht, vorhin, und an den Mann, der einmal bei ihm geklingelt hatte und der wahrscheinlich einiges dafür gegeben hätte, diesen alten Holzpfosten im Treppengeländer wiederzufinden, der seine Initialen trug, seit so langer Zeit. Ray und Linda hatten mich an ihn erinnert. Manche Kreise schließen sich eben, andere nicht. Was wollte er also mit diesem Holzpfosten, diesem kleinen Stück hölzerner Treppe? Wollte er schlummernde

Erinnerungen wachrufen, oder brauchte er einen Beweis für ein Stück Zeit, für ein Stück Leben?

Lebenszeit, das war auch eines dieser modernen Wörter, die momentan jedermann gebrauchte. Alle sprachen von ihrer Lebenszeit. Jemand brach sein Studium ab und sagte, ihm sei klar geworden, daß er seine Zeit nicht weiterhin mit dem Auswendiglernen von lateinischen Fachbegriffen vertun wolle, schließlich sei das seine Lebenszeit. Ein anderer warf seinen Fernseher weg, natürlich mit der Begründung, er raube ihm zuviel von seiner Lebenszeit.

Ich schlug meine Augen wieder auf. Hatte gar nicht gemerkt, daß ich sie geschlossen hatte. Ich überlegte, wie spät es sei, ich hatte keine Uhr, auch war da niemand mehr, den ich hätte fragen können. Gleich muß ich los, dachte ich, ich will nicht zu spät kommen. Aber noch nicht gleich, noch blieb ich sitzen, schloß wieder die Augen. Da sitze ich also, dachte ich, hoch über Frankfurts Dächern, ganz allein, in der Abenddämmerung. Ich trage eine rote Mütze und verbringe meine Lebenszeit damit, zu warten.

(Aber einen Platz an der Sonne hatte ich gefunden, und das war nicht einfach gewesen.)

Ehrensache, daß ich auf dem Weg nach unten bei Ray und Linda innehielt und mich für alle Ewigkeit (das vielleicht nicht, aber doch hoffentlich für eine lange, lange Zeit) zu ihnen gesellte. Die Angst, erwischt zu werden, wich angenehmer Euphorie mit einem Schuß Melancholie. So magst du es also, du Null, dachte ich auf dem Weg nach unten. Den Kuli würde ich wegwerfen können, die Schreibspitze war abgeschabt und ausgefranst. Hatte gerade noch gereicht für meine Initialen – soviel Spaß mit einem Zwei-Mark-Kugelschreiber, das war doch was.

Ich war zu spät dran, doch schon aus der Ferne sah ich meine Mutter durch die Scheibe. Sie saß noch immer auf dem Frisierstuhl und hatte eine hellblaue Schürze um den Hals. Ich zögerte hineinzugehen, entschloß mich, hier draußen zu warten. Meine Mutter hatte mich noch nicht entdeckt. Ich beobachtete sie, legte meine Hände flach auf die Scheibe, streckte die Arme durch und beugte mich bequem nach vorn. Wie sah sie aus? Konzentriert. Gefaßt. Sie blätterte in einer Zeitschrift, ohne zu lesen. Dann sah sie auf und in den Spiegel. Lange blickte sie sich an, doch ich glaube nicht, daß sie sich sah. Zu gern hätte ich gewußt, wo sie in diesem Augenblick war.

Irgendwann traf mich der Blick einer Friseuse. Ein Blick, der fragte: was starrst du da so rein, Junge. Also drehte ich mich um, setzte mich auf den Fenstersims und wartete.

Etwas hatte ich als seltsam empfunden. Meine Mutter hatte die letzten zwei Stunden in diesem Friseursessel verbracht, ich war auf einen Kirchturm gestiegen. Hatte uns diese Lebenszeit etwas gebracht, hatte sich etwas verändert? Ich blickte mich noch einmal um, vergewisserte mich, daß diese Frau dort auch wirklich meine Mutter war. Dann wunderte ich mich über meine eigenen Gedanken. Ich hatte tatsächlich das Gefühl, in diesen zwei Stunden uralt geworden zu sein.

Der Gesichtsausdruck meiner Mutter blieb ernst in den nächsten zwei Stunden. Sie war konzentriert und blieb es, bis wir uns im Theater von unseren Plätzen erhoben und, die Hände hinter dem Rücken aneinander reibend, meinem Vater entgegensahen, der den langen Mittelgang durchschritt – ohne Eile – und das Gesicht abwechselnd bald dem vor ihm liegenden Parkettboden, bald uns zuwendete. Da wich der Ernst aus ihrem Gesicht, und sie strahlte. Auch Vater, der uns sofort gesehen haben muß, als er hereinkam, der uns gesehen haben muß, bevor wir (genau genommen: ich) ihn entdeckten, obwohl das fast unmöglich war, denn wir hatten den Eingang kaum eine Sekunde aus den Augen gelassen (auch hatten wir, seit wir Platz genommen hatten, darauf verzichtet, miteinander zu sprechen), auch er lächelte, mußte lachen und senkte den Kopf, vielleicht aus Scham, doch das glaube ich nicht, vielleicht um die Freude zu zähmen oder weil er es immer so getan hatte, schon sah er wieder auf, schon war die Hälfte des Weges zurückgelegt, und lachte erneut. So wie wir ihn kannten: der schlaksige Gang (obwohl er nicht groß ist, aber seine Beine sind lang – was lustig ist, denn bei Tisch wirkt er aufgrund seines kurzen Oberkörpers stets sehr klein, kleiner als Mutter oder Laura zum Beispiel), die Arme, die heftiger neben dem Körper pendelten als bei anderen, und der Kopf, der sich hob und senkte.

Und ich selbst? Wahrscheinlich lachte auch ich während dieser Sekunden des Beobachtens, wahrscheinlich mußte ich lachen, weil es eben diese Sekunden waren (von dem Augenblick an, als ich ihn durch die Tür in den Saal kommen sah und «er ist da» zu meiner Mutter sagte, die nichts erwiderte und aufstand, wobei die gespannte Konzentration von ihrem Gesicht abfiel), die mir vorher so bedeutsam vorgekommen waren, während der letzten Monate, in meiner Phantasie. Vielleicht lachte ich zum Schutz, so wie Laura es tat, man denke nur an Omas Beerdigung, doch wahrscheinlich lachte ich (vorausgesetzt ich tat es, was ich nicht beschwören möchte, auch konnten mir später Vater und Mutter darüber keinen Aufschluß geben, sahen sie denn überhaupt, daß ich da war, direkt neben ihnen?) eben aus diesem Grund, weil diese Sekunden, die schwer von Bedeutung hätten sein sollen – denn hatten wir nicht nur auf sie zugelebt, *für sie gelebt,* in der letzten Zeit, hatten wir nicht alles für sie getan? –, jetzt hier verrannen, vor meinen Augen, und nichts waren als schön (vielleicht waren sie noch mehr, bedeuteten noch mehr).

Noch etwas überlegte ich, während nur noch wenige Schritte unseren Vater, Mutters Mann von uns trennten: etwas stimmte nicht an der Art, wie er auf uns zukam, nein, vielmehr an der Tatsache, daß *er* auf *uns* zukam. Waren nicht immer wir es gewesen, Laura und ich natürlich, die dem Vater entgegengerannt waren, ihm in die Arme geflogen waren, wann war das gewesen? An einem Flughafen bestimmt, aber wo und vor allem warum?

Früher (und damit ist offenbar stets eine Zeit gemeint, in der Laura und ich noch klein waren, Kinder also), als unser Vater oft lange auf Reisen war, sein Beruf brachte ihn damals noch in aller Herren Länder, bekannt und gefragt war er allerdings vor allem wegen seiner Afrikabilder, da konnten wir seine Rückkehr oft nicht erwarten, auch unsere Mutter nicht, und war es endlich soweit, so fuhren wir schon zeitig zum Flughafen, in Mutters vom Jahrhunderthagel arg verbeulten Renault; aufgeregt mit Sicherheit, denn wir wußten, daß wir noch etwas zu tun hatten. Unser Vater reiste, obwohl er, wie übrigens auch alle seine Brüder, ein Meister des Packens ist, mit viel Gepäck – zwangsweise allerdings, nicht daß er viel für sich gebraucht hätte, doch für diese langen (und, aber dies nur am Rande: auch hochbezahlten) Fotoreportagereisen reichte sein handlicher magischer Koffer nicht aus, da bedurfte es eines zusätzlichen Lichtkoffers, der Spezialobjektive, des großen Stativs . . .

So schwer bepackt erwarteten wir ihn zurück, so schwer bepackt würde er durch die Schiebetür kommen, vorbei an den Zollbeamten, die stets mißtrauisch waren gegenüber braungebrannten, schwer bepackten Afrikareisenden. Oft schon hatten sie ihn herausgezogen, hatten ihn in ihr Kämmerchen gebeten, hatten ihn alles öffnen und vorführen lassen. Das mußte nerven, doch nicht nur das, auch ließ sich unser Vater von diesen Durchsuchungen nicht davon abbringen, aus allen Ländern Andenken mitzubringen, teure Geschenke für unsere Mutter mitunter, und natürlich fremde, kulinarische Genüsse und Getränke aller Art. Daß diese wertmäßig praktisch immer über der Grenze lagen, die Zollfreiheit versprach, war die eine Sache, die andere, daß sein Betrügerinstinkt (der sich in mutierter Form auf mich vererbt hat) ihm verbot, die entsprechenden und, zugegeben, überzogenen Zollforderungen auch tatsächlich zu bezahlen. Kurz und gut, hier traten also Laura und ich auf den Plan. Wir warteten nicht weit von der Schiebetür entfernt, zusammen mit Mutter, die sich bestimmt schön gemacht hatte und noch beim Friseur gewesen war. Wir warteten darauf, daß sich die Schiebetür öffnete und unser Vater erschien, neben ihm ein oder zwei Zollbeamte, die sich schon auf sein Gepäck gestürzt hatten und aufsahen, erst irritiert, dann gerührt, wenn Laura und ich mit Gebrüll («Papi, Papi!») die Absperrung durchbrachen und, einer rechts, einer links, unserem Vater in die Arme sprangen. Unserem Vater, der überrascht getan hatte und (scheinbar) spontan in die Knie gegangen war, die Anweisungen der Zollbeamten mißachtend, dabei war es ja sein Plan gewesen, natürlich. («Dann knie ich mich hin, und ihr lauft mir in die Arme ...»)

Wir spielten unsere Rolle gut, mehrere Jahre lang, was nicht schwer war, denn die Freude war ja echt, doch obendrein fühlten wir uns wichtig, spürten Verantwortung. Denn das Ergebnis sprach für sich und die Menschheit: Kein Zollbeamter war frei von Rührung angesichts dieser reizenden Kinder, die ihrem Vater, der ein Abenteurer war und immer sein würde, um den Hals fielen, als sei er, totgeglaubt, zurückgekehrt. Und so lächelten sie sich gegenseitig zu und zwinkerten und winkten uns und unseren Vater durch, mitsamt dem Gepäck. Sie nahmen (vielleicht) ihre Mützen ab und kratzten sich am Kopf und sahen uns noch zu: Laura, die nicht vom Arm des Vaters wollte, die ihre Arme für immer um seinen Hals geschlungen zu haben schien, und ich, der ich mich mit der Ledertasche abmühte, den Griff mit beiden Händen umklammerte und aus der Absperrung trug, in Richtung der Mutter, die ihrerseits lachte und mit dem Gepäckwagen auf uns wartete.

Selten bekamen wir zu Gesicht, wenn sie sich küßten, fast nie, doch am Flughafen, wenn unser Vater von einer langen Reise wiederkam und unsere Mutter mit dem Gepäckwagen auf uns wartete, da umarmten sie sich fester als sonst und küßten sich auf den Mund, noch bevor ein Wort der Begrüßung gefallen war. Auch verzichteten sie anschließend auf übliche Begrüßungsformeln und nannten sich nur beim Namen, wobei sie diese seltsam betonten, wie Frage und Antwort. (Mein Vater fragte: «Juli?» – meine Mutter antwortete: «Benedikt.» Oder hieß das: – «Bist du es, Juli?» ... «Ja, ich bin es, Bene.»)

Auch Laura fiel das auf, wie uns überhaupt immer dasselbe auffiel, fast unheimlich, und wir sprachen darüber und ich sagte ihr, daß mir unsere Eltern dann (bei der Begrüßung – am Flughafen) wie ein Gangsterpaar vorkamen, wie Bonnie und Clyde vielleicht, Clyde, der aus dem Knast geflohen war, und Bonnie, die bei der verabredeten Stelle mit den Pferden auf ihn wartete, bereit, das nächste Ding zu drehen.

(«Juli?» fragte mein Vater, «Benedikt», antwortete meine Mutter.

Oder etwa: «Ist alles vorbereitet, Bonnie?» – «Natürlich, Clyde.»)

Was war es also, was mir unrichtig erschien, nun, da mein Vater/ihr Ehemann zwölf, fünfzehn, achtzehn Jahre später in einem Theater auf uns zukam? War es die Bewegungslosigkeit, mit der wir dastanden und auf ihn warteten, mit der wir seine Hand zum Gruß ergriffen, anstatt, wie am Flughafen, unsererseits in seine Arme zu fliegen?

Laura sollte hier sein, dachte ich. Am Nachmittag, nachdem ich Mutter vom Friseur abgeholt hatte, telefonierte ich noch vom Hotelzimmer aus mit ihr, während Mutter ihre Kostüme durchprobierte (und sich erstaunlich flott entschied, ohne meine Meinung hören zu wollen). Laura sagte, wir würden uns erst nach der Vorstellung sehen können, vorher sei sie überall und nirgends, vorher ginge es wirklich nicht.

Trotzdem dachte ich, noch bevor mein Vater und ich uns die Hand gaben, daß Laura hier sein sollte. Sie hätte sehen sollen, wie unsere Eltern sich begrüßten, hätte sehen sollen, wie wenig sich verändert hatte. («Juli?» fragte mein Vater, «Bene», antwortete meine Mutter.) Sie küssen sich nicht, dachte ich, aber das ist o. k., nicht wahr, Laura? Da hatten wir uns schon die Hand gegeben, mein Vater und ich, und ein paar Worte zueinander gesagt. Mehr war nicht nötig gewesen.

Die Bühne stellte also ein Zimmer dar, das hatte ich schnell begriffen. Da war ein Mann, der erzählte, er habe einen Termin, er sei hierher gebeten worden, in dieses Zimmer, unter dieser Adresse. Eine Dame habe ihn hereingelassen, jetzt war er allein und überlegte, ob er seinen Mantel ablegen sollte. Dann kamen zwei weitere Männer herein, die sich nicht vorstellen wollten. Sie trugen einen

Schrank ins Zimmer, stellten ihn in die Ecke und verabschiedeten sich wieder. Der Herr, der auf seinen Termin wartete, wurde langsam ungeduldig. Er nahm seinen Hut vom Haken und setzte ihn sich wieder auf den Kopf. Er schien durcheinander zu sein. Sah auf die Uhr. Fragte eine Zuschauerin in der ersten Reihe, was zu tun sei. Ihre Antwort war nicht zu verstehen, dann sagte er: «Wieder gehen? Sie sind lustig!» Tatsächlich entschloß er sich, das Zimmer zu verlassen, wollte sich erkundigen gehen, doch, welch Überraschung, die Tür war verschlossen.

Na prima, dachte ich, da bleibt wohl nur noch der Sprung aus dem Fenster.

Weitere Schränke wurden auf die Bühne getragen. Das Zimmer war groß und leer gewesen, schon füllte es sich, in jeder Ecke stand jetzt ein Schrank. Die beiden Möbelpacker betraten nun in regelmäßigen Abständen die Bühne/das Zimmer. Die kleineren Schränke, eher größere Kommoden, konnten als Ganzes hereingebracht und abgestellt werden, die großen Kleiderschränke wurden noch schnell zusammengebaut. Der Herr, der auf seinen Termin wartete, hatte begonnen zu toben. (Gleichzeitig fing er an, mir auf die Nerven zu gehen, und ich hatte nicht üble Lust, ihm zuzurufen, er solle aus dem Fenster springen.) «Beerengut ist mein Name, hören Sie doch, Beerengut! Ich wurde herbestellt!» schrie er herum, der Verzweiflung nahe, da die Möbelpacker nicht mit ihm sprechen mochten und nicht damit aufhörten, einen Schrank nach dem anderen hereinzutragen.

Bis zur Pause war von Laura nichts zu sehen. Vater holte Sekt mit Orangensaft und verzog sich recht schnell auf die Toilette. Ich fragte Mutter, wie es ihr gehe und was sie nun von allem hier halte. Sie antwortete, es gehe ihr gut. Dann sagte sie: «Wußtest du, daß Laura und Bene die ganze Zeit über Kontakt hatten?» Das hatte ich nicht gewußt. Mutter sagte, daß Laura es ihr am Vorabend gesagt hatte, am Telefon. «Er hat sogar ein paarmal bei ihr übernachtet.» Nein, das hatte ich wirklich nicht gewußt.

Ich fragte: «Wohnt sie eigentlich allein?» worauf Mutter die Achseln hoch- und die Mundwinkel nach unten zog. Wir lachten beide, da kam Vater wieder und fragte, was so lustig sei.

Ich sagte: «Wir haben gerade überlegt, ob dieser Beerengut vielleicht Lauras Theatermann ist.»

Darauf meine Mutter: «Das fehlte noch.»

Und Vater: «Ja, das fehlte noch.»

Unsere ‹Kinderzimmer› (man hört nicht auf, sie so zu nennen, selbst wenn man schon ausgezogen ist und alleine wohnt ... *Zuhause* bleibt da, wo die Eltern wohnen, und die alten Zimmer der Kinder bleiben die ‹Kinderzimmer› ... aber *was* ist Zuhause, Ottl? ... *Zuhause ist, wo es einen immer wieder hinzieht, wo man es aber beim besten Willen nicht lange aushält)* lagen nebeneinander und tun es noch immer. Die Wände waren nicht dick, abends konnte ich hören, wenn Laura noch Musik hörte, besonders in den Wochen nach unserem Fuerteventura-Urlaub sang sie immer dasselbe Lied mit (das ‹Fabrice-Lied› oder, besser, das ‹Lied der *beiden* Fabrice›), und ich lag in meinem Bett und ärgerte mich, weil ich nicht schlafen konnte, und stellte mir vor, wie sie sich nebenan durch ihre Briefsammlung las und mit rotem Edding Jungennamen auf ihre Plastikstuhlsitzfläche schmierte. Irgendwann hämmerte ich gegen die Wand, obwohl ich wußte, was kommen würde: Laura würde rüberkommen, wutschnaubend (wobei es ihr egal war, wer alles von ihrem Getrampel und Türenschmeißen aufwachte), und wissen wollen, was zum Geier denn mit mir los sei.

Der gute Beerengut hatte auch weiterhin alle Hände voll zu tun. Mittlerweile stand ein knappes Dutzend Schränke auf der Bühne, und Beerengut gab nacheinander den Tobsüchtigen, den Heulenden bis hin zum vollkommen erschöpften Bewegungslosen. Da saß er nun, hatte sein Gesicht in den Händen vergraben, dann kamen die Möbelpacker (seit der Pause waren es vier) auch schon mit dem nächsten Schrank. Mein Vater hatte sich zu mir herübergebeugt und etwas gefragt. Er hatte wissen wollen, ob wir auch im richtigen Theater seien, und ich hatte genickt und überlegt, ob das ein Scherz war und ich lachen sollte. Er hatte mich kalt erwischt, ich war nicht bei der Sache, seit dem Sekt (eher: seit den drei Gläsern Sekt) in der Pause hatte ich zunehmende Schwierigkeiten mit der Konzentration. Ich hatte an etwas ganz anderes gedacht. An Emma.

Nicht immer war die Wand zwischen unseren Zimmern Überbringer von Ärger, manchmal bildete sie auch ein Band zwischen uns, dann überbrachte sie Nachrichten, mitunter Warnungen. Unser Versuch eines Klopfalphabets scheiterte schließlich, weil es zu mühsam war. Doch natürlich hatten wir ein Klopfzeichen, kein besonderes zwar, aber eins, das seinen Dienst erfüllte, es brachte uns zusammen, besonders in warmen Sommernächten: Dann kletterten wir auf unsere Schreibtische und aus dem Fenster und unterhielten uns flüsternd über dem Vordach aus Blech. In dem Sommer nach unserem Umzug saßen wir oft in unseren offenen Fenstern (wenn einer nicht schlafen konnte, *durfte* der andere auch nicht: das war Gesetz, selbst wenn Laura davon weitaus öfter Gebrauch machte, auch war sie es natürlich gewesen, die die Regel zum Gesetz erhoben hatte), und ein paarmal nahmen wir unsere Decken mit und kletterten ganz hinauf aufs Dach, lehnten uns an den Schornstein ...

Wenn das die Eltern geahnt hätten, daß wir da über ihnen saßen, nur wenige Meter über ihrem Ehebett und fünfzehn Meter über dem Erdboden ... aber da schliefen sie schon lange nicht mehr zusammen in einem Zimmer.

Warum dachte ich also an Emma, als Vater mich kalt erwischte? Weil ich mich dort frei gefühlt hatte, weil die Geister dort frei gewesen waren, wenn auch nur kurz (dabei dachte ich an Nietzsches Begriff der *Freien Geister*, den ich nie begriffen hatte, den ich aber trotzdem im Geheimen verwendete, um Augenblicke zu beschreiben, die besonders waren). In Salzburg war das gewesen, Emma hatte neben mir geschlafen, und noch hatte das Telefon nicht geklingelt, das mich wieder zurückbefördern würde auf den Planeten Erde. Ich hatte überlegt, ob mein Leben drauf und dran war, kompliziert zu werden.

Wann noch: an Silvester in Freiburg, auf dem Dach, mit Hunger im Bauch. Kurz bevor Rolf wieder durch die Dachlucke gestiegen kam, mit einer (einzigen) Rakete in der Hand.

(Und hatte ich dieses Klopfen nicht noch einmal gehört, zu einer Zeit, die nicht mehr geschaffen zu sein schien für solche Kindereien? War es nicht in der Woche gewesen, in der Laura aus dem Krankenhaus kam und ich abends noch Stimmen bei ihr hörte, keine Musik diesmal, Stimmen aus dem Fernseher, den Vater ihr ins Zimmer getragen hatte? Hatte sie da nicht einmal gegen die Wand geklopft, im altbekannten Rhythmus, der mich augenblicklich ans Fenster trieb und hinaus auf das Blechsims? Ja, damals nahmen wir unsere Decken mit hinaus und hinauf zum Schornstein, obwohl es schon nicht mehr richtig Sommer war. Und weiß Gott, Eltern sind leicht zu erschrecken, mit leeren Zimmern und offenen Fenstern, zumal zu jener Zeit.)

Daß es kein Zufall war, daß ich mich an unser Klopfzeichen erinnerte, war die Schuld meiner Schwester Laura, die jetzt endlich zu ihrem Auftritt kommen sollte.

Der alte Beerengut hatte also mittlerweile den Höhepunkt seiner Krise erreicht. Beinahe hatte er aufgehört, mich zu nerven, fast war er drauf und dran, mir ans Herz zu wachsen, mit seiner nicht enden wollenden Verzweiflung. Dabei konnte ich ihn gut verstehen: sein Bewegungsfreiraum war auf wenige Quadratmeter geschrumpft, nur noch ein schmaler Gang zwischen den Fronten der Bauern- und IKEA-Schränke gab den Weg frei – wohin, na klar, zum Fenster. (Nun spring schon, du Tropf, dachte ich und wunderte mich, wie schnell meine Laune sich änderte, der Mann neben mir war eingeschlafen und schmatzte im Schlaf.)

Und dann war ein Klopfen zu hören, *das* Klopfen, in einem auf geheimnisvolle Art bekannten, das heißt, *mir* bekannten Rhythmus. *Ein Gruß also, für die, die ihn hören, ein Gruß nur für mich, der ich nun merkte, daß meine Hand auf meinem kahlen Kopf lag, daß die Fingerspitzen die wunden Stellen suchten und streichelten; und wieder klopfte Laura, und ich klopfte mit ihr, mein Zeigefinger klopfte leise auf der geröteten Kopfhaut, im Takt, und ich dachte: Scheiße, tut das gut, danke Laura, danke.*

Zum ersten Mal an diesem Abend beugte ich mich zu meinem Vater hinüber und sagte: Das ist Laura. Ich sah, daß Vater verwirrt war, so wie die meisten, auch Beerengut, der auf der Bühne aufgesprungen war und die wenigen Meter, die ihm geblieben waren, hinauf- und hinunterlief und rief («Wer ist da ... hallo ... hören Sie mich, mein Name ist Beerengut ... ich habe ... einen ... Termin ...!»), so laut, daß Lauras Klopfen darin unterging. Der arme Mann war wirklich gänzlich desorientiert und brauchte erneut die Hilfe aus der ersten Reihe, um zu verstehen, daß das Klopfen aus einem der Schränke kam.

Lauras Auftritt war kurz, das kann man nicht anders sagen. Mutter legte eine Hand flach über den Mund, als Beerengut endlich den richtigen Schrank gefunden und geöffnet hatte und der Blick frei wurde auf Laura, die erst noch im Inneren des Schrankes stehenblieb und dann auf die Bühne stieg, ihre scheinbare Ruhe verlor (noch hatte sie nichts gesagt) und loslegte, aber das gehörte ja zur Rolle. Als sie loslegte, verschränkte unser Vater die Arme vor der Brust, und ein Lächeln verlor sich auf sein Gesicht. Der Mann links von mir war wieder aufgewacht, kein Wunder, Spannung lag in der Luft und auf der Bühne, dies mußte der Höhepunkt sein, jetzt würde etwas passieren.

Und tatsächlich passierte etwas mit mir, innerhalb von Sekunden schlug meine Stimmung um: in der (scheinbaren) Ordnung meiner Erinnerung sehe ich auf den Mann neben mir an, der vor einigen Augenblicken aufgewacht sein muß, und just in dieser Sekunde schießt seine Zunge aus seinem Maul und leckt sich über die dicken, roten Lippen. Ein Mann war aufgewacht, doch wie bei Kafka war es nicht mehr derselbe, der eingeschlafen war, vorher, jetzt war es ein Monster, eine Fratze saß neben mir und warf seine gierigen Blicke auf die Bühne und auf meine Schwester, die gerade Beerenguts Hand ergriffen hatte und aus dem Schrank stieg.

Natürlich schwitzte ich, was der Körper hergab ... Beerengut stieß Speichel aus seiner Fresse wie Feuer, ein Drachen im Anzug, der meine Schwester attackierte, ihr an den Hals sprang ... hunderte von Fratzen sahen ihnen zu und geilten sich auf und lechzten und sabberten, da wollte ich meinen Eltern, die neben mir saßen, etwas zurufen, doch ich wagte nicht, den Blick zu wenden, zu groß war die Angst, daß sie nicht mehr da sein würden, daß auch sie sich verwandelt haben würden ... und so schloß ich die Augen und verpaßte Lauras Sprung aus dem Fenster ... und fand mich wieder an einem Strand in Frankreich, ich wollte Eis kaufen ... ein ungutes Gefühl im Unterleib ... ich würde schlafen müssen.

Was zu klären bleibt:

Erstens: etwas hatte mich heimgesucht, und ich hatte die Augen geschlossen. Als ich sie wieder öffnete, standen Laura, Beerengut und vier Möbelpacker auf der Bühne und verbeugten sich. Meine Schwester und fünf Männer, das mußte mir doch bekannt vorkommen. Der Applaus war ordentlich, einige waren aufgestanden, darunter meine Mutter, mit feuchten Augen. (Ich dachte: Wenn sich jetzt noch herausstellt, daß der Regisseur Eric heißt und vor einer halben Ewigkeit ein Studentenstück in Genf inszeniert hat, dann erschieße ich mich. Obwohl: wundern würde es mich nicht.)

Kurz bevor Laura aus dem Fenster sprang (auf der Bühne hatte sie keinen Namen; dem verblüfften Beerengut hatte sie noch gesagt: «Ich trage keinen Namen mehr!»), waren die Möbelmänner ein letztes Mal hereingekommen, in das Zimmer/auf die Bühne, mit einem letzten Schrank, der den Weg zum Fenster versperren mußte. Dann war Laura also gesprungen, und Beerengut blieb nichts anderes mehr übrig, als ihren Platz einzunehmen. Er stieg in einen Schrank und schloß die Tür von innen. Den Schluß machten die Möbelmänner, die bisher nicht viel gesagt hatten. Bevor sie das Licht löschten und die Bühne/das Zimmer verließen und abschlossen, fragten sie: «Wer soll das nur alles wieder abbauen?»

«Keine Ahnung.»

«In Moskau, heißt es, schneit's nicht mehr.»

Zweitens: Beerengut *war* Lauras Theatermann. Tatsächlich. Doch das sollten wir erst später erfahren, und dann würde es nicht mehr von besonderer Bedeutung sein.

Noch während wir klatschten und auch als sich die Reihen leerten und Vater geduldiger war als früher, wenn es darum ging, nach einer Aufführung so schnell wie möglich zur Garderobe zu kommen, überlegte ich, warum meine Eltern mich wohl Peter genannt hatten. Hier blieben meine Gedanken haften, hier konnte ich mich verschanzen, und ich sprach kein Wort, auch nicht auf der Straße, wo ich hinter meinen Eltern herlief, die leise miteinander sprachen (so etwas wie «... unsere Kleine ...» drang an mein Ohr) und sich an den Händen hielten, was mir jetzt erst auffiel.

Im Restaurant fanden wir schließlich einen Tisch, der nicht wackelte, bei einer Nische, in der es nicht zog. Meine Mutter schlug vor, auf Laura zu warten, mein Vater entschied, gleich zu bestellen. Laura würde später kommen, sie hatte uns hierher gelotst, nun war es an uns, auf sie zu warten.

Meine Eltern sprachen über das Stück:

Mutter: Welche Nationalität hat der Autor? England vermutlich.

Vater: Ich habe nichts verstanden.

Mutter: Sehr britisch.

Ich machte meinen Mund auf und fragte, ob wir noch warten sollten.

Vorher hatte mein Vater sich gefreut und gewundert, denn er hatte auf der Karte Nürnberger Rostbratwürstchen mit Sauerkraut entdeckt, und das mitten in Frankfurt.

Laura kam, da waren die wichtigen Dinge schon gesagt. Mein Vater war es, der als erster erkannte, daß Laura sturzbetrunken war. Laura beschwerte sich, daß wir nicht auf sie gewartet hatten, und Vater platzte: Halt den Mund und setz dich her!

Ein paar Dinge klappten doch noch wie geplant: meine Eltern teilten sich das Hotelzimmer. Was am nächsten Morgen aus der Minibar fehlte, weiß ich nicht, doch mir gefällt die Vorstellung, daß meine Mutter die zwei Piccolosektflaschen herausholt und die beiden noch anstoßen, tief in der Nacht, auf das Wunder des Lebens.

Das erzählte ich auch Laura, in dieser Nacht, doch sie hörte mich nicht, sie schlief neben mir, und ihr Kopf lag auf meinem Schoß.

Meine Eltern (sie heißen Benedikt und Juli), meine Schwester (sie heißt Laura) und ich (ich heiße Peter) verließen das Restaurant und liefen durch die Stadt, unser Ziel war das Hotel. Laura hatte sich bei mir eingehakt, sie brachte kaum noch ein Wort heraus. Also redete ich auf sie ein, und vor uns liefen unsere Eltern, die leise miteinander sprachen, die Köpfe nahe beieinander. Ich kannte den Weg und wählte einen Umweg über die Münchener Straße, ohne daß es jemand merkte. Wir passierten die Paulskirche und ich rief nach vorne: Das ist die Paulskirche! Neben mir kicherte Laura und sagte: Scheiß Paulskirche!

Mein Ziel war natürlich der Bartholomäus-Dom. Ich wußte, daß der Turm geschlossen sein würde, außerdem bezweifelte ich ernsthaft, daß Laura auch nur über die ersten fünfzehn Stufen hinausgekommen wäre. Der Turm wurde nachts angeleuchtet, er war in orange-farbenes Licht gehüllt, und plötzlich wußte ich: hier wollte ich nicht mehr weg. Zuviel war passiert an diesem Tag, an dem wir alle älter geworden waren. Ich schickte meine Eltern weiter, erklärte ihnen den Weg. Fast traumwandlerisch waren sie nun, sagten nur: Gute Nacht. Sie fragten nicht, wo wir schlafen würden oder ob wir schlafen würden.

Dann saßen wir auf einer Bank auf dem Platz vor der Kirche. Laura war eingeschlafen, ihr Kopf lag auf meinem Schoß, und ich dachte: Schade, daß es kein Kriegerdenkmal gibt, das hätte mir gefallen. Und ich redete weiter. Da war niemand mehr außer uns, die Stadt war tot, lebendig war nur ich. Da begann ich zu erzählen, ich sprach ohne Punkt und Komma, alles war tot, und schon bald war ich weg, woanders, und da waren Fee und Rolf, Max und Javier, Emma und Tante Inge, da waren Fabrice und natürlich Otmar, den wir Ottl nannten. Viele waren es und viele Orte, und als ich wieder zurückkam nach Frankfurt, da war es hell geworden, und eine Frau mit rotem Kopftuch trug kleine Holzkisten zu einem Obststand. Eben hatte sie zu mir herübergeschaut und gefragt: Sprechen Sie mit mir?

Ich spürte meine Füße nicht mehr, auch nicht meine Beine, auf denen noch immer der Kopf meiner Schwester lag. Ich würde nicht aufstehen können, aber das mußte ich auch nicht, noch nicht, noch nicht.

Im Zug erst fiel mir ein, daß ich noch immer nicht wußte, ob Laura allein wohnte oder bei ihrem Theatermann oder in einer WG. Überhaupt gab es viel, was ich nicht wußte.

Laura hatte mich zur Bahn gebracht, das Geradeausgehen machte ihr noch Schwierigkeiten. Sie hatte mich gefragt, was ich da bloß die ganze Nacht geredet hätte, und ich antwortete: Ich habe mir vorgestellt, daß unsere Eltern mitten in der Nacht in einem Hotelzimmer irgendwo in Frankfurt auf einem Bett sitzen und mit billigem Sekt auf das Wunder des Lebens anstoßen.

Laura sah mich seltsam an und sagte ‹Aha›, und zum ersten Mal in meinem Leben hatte ich das Gefühl, daß meine Schwester mich nicht verstand.

Ich stellte mir vor, wie unsere Eltern den Sekt aus der Flasche tranken und auf dem Doppelbett eine kleine Überschwemmung anrichteten.

Das stellte ich mir vor, als ich im Zug saß und die Zeit noch nicht gekommen war, da eine Frau einsteigen und mich fragen würde, wann der Zug in Mannheim halte. Noch war ich allein und noch fragte ich mich nicht, wohin ich eigentlich fuhr. Ohne Witz, nicht einmal das wußte ich.

DRITTES BUCH

1.Kapitel (Beerdigung)

Wir zogen im März in die Merowingerstraße 25. Frau Markowsky teilte sich mit uns den Lift auf unserer ersten von unendlich vielen Fahrten in dem alten Aufzug. Bis zu ihrem Tod bekam ich sie nicht öfter als ein dutzendmal zu Gesicht, kaum zehn Sätze habe ich mit ihr gewechselt.

Frau Markowsky starb zweiundachtzigjährig, trank gerne Augustiner Hell und war am Ende nicht mehr ganz richtig im Kopf. Viel mehr wissen wir nicht von ihr, und auch die anderen Bewohner, und selbst die, die fünfundzwanzig Jahre lang mit ihr unter einem Dach gelebt haben, wollen sonst nichts sagen über diese alte Frau, die allein gelebt hat und alleine starb.

Meistens sahen wir sie, wenn wir auf dem Balkon standen und rauchten. Die Zimmer und der Balkon gehen zur Straße raus, direkt gegenüber ist ein kleiner Getränkemarkt, den Frau Markowsky täglich ansteuerte. Zwischen unserem Eingangstor im Erdgeschoß und dem Getränkemarkt liegen höchstens vierzig Meter, doch Frau Markowsky erschien stets warm angezogen auf der Straße, mit einem langen Mantel, einer Pelzmütze auf dem Kopf und einem häßlichen Muff, der unbenutzt um ihre Hüfte baumelte.

Frau Markowsky war unsere Nachbarin. Wenn sie aus dem Getränkemarkt kam und die Bierflaschen in ihrem Einkaufsbeutel gegeneinanderschlugen, dann mußte ihr

Blick genau auf unseren Balkon fallen, wo Ottl und ich standen und rauchten und ihr zuwinkten. Wir lachten oft über ihren Gruß: sie warf die freie Hand in die Luft, hoch über den Kopf, den sie gleichzeitig senkte. Dabei beschleunigte sie ihren Schritt, und eben diese immergleiche Kombination von mechanisch wirkenden Bewegungen – Hand in die Luft, Kopf auf die Brust, schneller Schritt voraus – ließ sie wie eine Marionette erscheinen, die von Fäden und Drähten gehoben und gehalten wird, oder wie eine in die Jahre gekommene Tänzerin, die den Leuten auf der Straße noch einmal zeigen will, *was 'ne Harke ist.* Wir lachten also oft über diesen Gruß und äfften ihn nach; zeitweise grüßten und verabschiedeten Ottl und ich uns nur noch à la Mme Markowsky.

Jeden Morgen standen zwei Flaschen Augustiner Hell vor ihrer Tür, mittags waren sie fort, Frau Markowsky sammelte die Flaschen nicht, sie warf sie jeden Vormittag in den Glascontainer Ecke Kaiserstraße. Im Haus hatte sie den Ruf einer Trinkerin, jeder konnte morgens zwei leere Flaschen vor ihrer Wohnungstür stehen sehen, und Ottl glaubte: Damit ärgert sie das ganze Haus. Sie könnte die Flaschen ja ebenso gut auf ihren Küchentisch stellen, aber sie stellt sie vor die Tür, damit jeder ihrer lieben Nachbarn sie sehen kann. Herr Gries aus dem dritten Stock dagegen schob alles auf ihren Kopf: da sei schon lange nicht mehr alles so ganz richtig.

Frau Markowsky ist also tot und wird beerdigt. Es regnet, natürlich regnet es. Gestern hing ein Zettel im Fahrstuhl (dem einzigen Ort, der sie alle gesehen hat: die Markowsky, den Gries und seine Frau, den Piereth, die Gugls ...), darauf stand, daß («unsere langjährige Hausbewohnerin») Frau Markowsky gestorben sei, sowie Ort und Datum der Trauerfeier. Ottl und ich beschlossen hinzugehen, tranken Jägermeister auf ihr Wohl und erzählten uns noch einmal unsere Begegnungen mit der verrückten, trinkenden Nachbarin. Wir waren schon fast betrunken, als Ottl sagte: Ich glaube, ich habe gerade die beste Idee meines Lebens.

Und das ging so: Die Markowsky ist seit einigen Tagen tot. An ihrer Tür steht immer noch ihr Name, ihre Wohnung ist noch nicht ausgeräumt, steht wohl leer. Sie wohnte, ebenso wie wir, im zweiten Stock, gegenüber dem Aufzug. Jeder, der an diesem Morgen das Haus verläßt, ob er nun zur Arbeit geht oder zur Beerdigung einer langjährigen Mitbewohnerin, wirft einen Blick auf diese Tür. Einige sehen durch die Glastür des Fahrstuhls hindurch, andere – wie Herr Gries, der Platzangst hat – gehen zu Fuß. Und alle wundern sich: denn da stehen zwei Bierflaschen vor der Tür der Frau, natürlich leer, so leer wie jeden Morgen, doch wie kann das gehen (ein Scherz?), sie ist doch tot.

Soviel zu Ottls absolut bester Idee. Die Markowsky hatte die Nachbarn ärgern wollen, also taten wir ihr den Gefallen und stellten nachts zwei Flaschen an ihren angestammten Platz. Herr Gries würde Augen machen, das stand fest. (Und Ottl war noch extra rausgelaufen, denn wir tranken nur Alt und Export, und fischte zwei Flaschen Augustiner Hell aus dem Container, zwei Flaschen, die sich auch gewundert haben dürften, was sie schon wieder vor dieser Tür zu suchen hatten.)

Verschlafen stürmen wir noch halb blind die Treppe hinunter, und erst auf der Straße frage ich Ottl, ob er geguckt hat, ob die Flaschen noch da sind. Sind sie nicht. Jemand muß den Scherz als so geschmacklos empfunden haben, wie er war, und ihm einen Garaus gemacht haben. Das ist o. k. Natürlich regnet es.

Wir haben uns gut angezogen, Ottl geht im Anzug, ich im Dreiteiler. In der Tram ernten wir Blicke, wir sehen gut aus, wir sind jung und anständig gekleidet. Wir machen ernste Gesichter und spekulieren, wer aus dem Haus alles gekommen sein wird. Noch gestern sprach ich Frau Gugl vor der Tür, sie sagte: Ach wissens, in unserem Alter geht man nicht mehr gerne auf den Friedhof.

Es ist ein Haus der alten Menschen. Viele, die wie Frau Markowsky seit Jahrzehnten in der Merowingerstraße 25 wohnen, die seit Jahrzehnten Tür an Tür leben und den Aufzug teilen, und doch nichts über einander zu sagen haben, zumindest nicht viel mehr als: ... die hat jetzt einen Mann bei sich, einen zwielichtigen Ausländer...

Ich glaube, Ottl und und ich sind die einzigen Bewohner des Hauses, die unter fünfundfünfzig sind (das Haus ist ruhig, unendlich ruhig, nach den Tagesthemen ist kein Laut mehr zu vernehmen, obwohl die Wände dünn sind – laut ist es nur bei uns, doch niemand hat sich je beschwert, die Alten sind hart im Nehmen, das steht fest).

Als nach unserem Einzug Ostern kam, kauften wir fünfzehn Schokohasen und stellten einen vor jede Tür, eine Art Einzugsgeschenk also. Am nächsten Morgen hing ein DIN-A4-Blatt im Aufzug – vielen Dank an den Osterhasen –, niemand bedankte sich persönlich, doch fortan wurden wir freundlicher gegrüßt.

Auf dem Weg zur Aussegnungshalle überholen wir Herrn Piereth, der am Stock geht und einen riesigen Regenschirm über sich trägt. Er ist kräftig für sein Alter, trägt noch selber die Mineralwasserkisten vom Getränkemarkt bis zum Fahrstuhl und läßt sich ungern helfen. Ah, die Rekruten! sagt er zur Begrüßung und lacht, ohne Anstalten zu machen, uns den Schutz seines Schirms zu gewähren. Er war Offizier, ist dabei ungemein freundlich, was verwundern mag. Wir beschleunigen und lassen Herrn Piereth hinter uns, zu aufdringlich wird die Nässe.

Einige sind gekommen, viele fehlen. Korbs sind da, alle beide, von den anderen Ehepaaren ist jeweils nur einer erschienen: Herr Gugl, Frau Schreier – die im Rollstuhl sitzt und schon wieder eingeschlafen ist –, Frau Gries. Dann noch der Piereth (der zu Herrn Gugl sagt: Na, Georg, auch scharf auf den Leichenschmaus, wie ... was niemand witzig findet, ausgenommen Ottl und ich) und wir. Der ‹zwielichtige Ausländer› fehlt.

So hat ihn Frau Hocheder bezeichnet, das Urgestein des Hauses. Einmal habe ich ihn nur gesehen, ganz am Anfang. Ich klingelte bei Frau Markowsky, um nach Zucker zu fragen, es war noch früh am Morgen und Kaffeezeit. Ein Mann, der verschlafen aussah, öffnete mir. Ich stellte mich vor und fragte nach Zucker. Er sagte nichts, nannte nicht seinen Namen, verschwand in der Küche und ließ die Tür offen stehen. Ich war versucht, hineinzugucken, nach Frau Markowsky Ausschau zu halten, doch innen war es dunkel. Der Mann kam wieder an die Tür (er *war* Ausländer, seine Haut dunkel, seine Augen groß und braun, und er war jung, zu jung für dieses Haus, zu jung für diese Frau, das stimmt), drückte mir ein ganzes Paket Zucker in die Hand und sagte: «Behalt's, Junge.» Wenige Minuten später klingelte es an unserer Tür, und der Mann stand im Flur und fragte, ob er den Wirtschaftsteil der Süddeutschen haben könne. Jetzt sah er wacher aus als zuvor, und er lachte, als ich ihm die Zeitung brachte, und nannte seinen Namen.

Ich sollte ihn nicht noch einmal sehen, diesen ‹zwielichtigen Ausländer›, der Frau Markowskys Sohn hätte sein können (vielleicht war er es, vielleicht hatte er die braunen Augen von ihr, vielleicht war da doch etwas passiert, damals ... wo war das gewesen ... in Bukarest, vielleicht). Frau Hocheder nannte ihn so, auch sagte sie, daß er sich aushalten lasse von Frau Markowsky. Keiner von beiden war zur Trauerfeier gekommen, weder Frau Hocheder, die Vermieterin, noch Herr Jankovic, der Ausländer, der sich für Wirtschaft interessierte.

Wir haben uns hingesetzt und fühlen uns verloren. Die Halle ist riesig, wir sitzen in der zweiten Reihe, und Ottl flüstert: Wenn das alles sein soll, was übrigbleibt...

Damit meint er die Leere, die uns umgibt, die wir nicht füllen können. Damit meint er die nicht vorhandenen Angehörigen, die Neffen, Nichten, Cousins, Schwager, und er meint die Freunde aus dem Sportverein, vielleicht von der Gymnastik, die es nicht gibt, vielleicht nie gegeben hat, und die langjährigen Arbeitskollegen, die sich nicht fragen müssen: Hast du sie eigentlich näher gekannt?

Die Alten haben sich hinter uns gesetzt, auf dem Gang sitzt Frau Schreier in ihrem Rollstuhl und schläft. Nur zwei unbekannte Gesichter entdecke ich, einen Mann und (s)eine Frau. Vielleicht Frau Markowskys Bruder, tippe ich und liege, wie sich herausstellen soll, richtig. Später werden diese beiden die einzigen sein, denen die Pfarrerin die Hand gibt und Trost spendet. Auch zu uns wird sie hinüberblicken, abwägen und sich abwenden, so mein Eindruck.

Sie erzählt aus einem Leben, und ihre Worte hallen unangenehm in der Leere des Raumes: geboren und aufgewachsen in Danzig, der Vater stirbt im Ersten Weltkrieg. Frühe Heirat, die Ehe bleibt kinderlos, der Mann stirbt im Zweiten Weltkrieg. Ein Zufall bringt sie nach Bukarest, wo sie bleibt und bei einer Schneiderin in die Lehre geht. Die Pfarrerin spricht von den «glücklichsten Jahren im Leben von Frau Markowsky», sie verdient Geld, macht sich selbständig, ist frei. Sie heiratet nicht wieder. Nach einem Unfall holt ihr Bruder sie nach München, wo sie (trotz ihres angeblich so engen Verhältnisses) mehr und mehr vereinsamt. Bis zu ihrem Tod lebt sie in Schwabing. Kein Wort von jungen, Zeitung lesenden Ausländern. Ottl hat recht: wenn das alles ist, was bleiben soll . . .

Die Pfarrerin brüllt etwas wie:

Nackt bin ich von meiner Mutter Leib gekommen,
nackt werde ich wieder dahinfahren.
Der Herr hat's gegeben,
der Herr hat's genommen,
der Name des Herrn sei gelobt.

Ich kriege nicht mehr viel mit. Aber nackt, ja das war sie, zumindest fast, in jener Nacht, als Ottl und ich sie im Hausflur auflasen. Vielleicht waren wir noch tanzen gewesen, auf jeden Fall war es spät, da stand Frau Markowsky im Hausflur, kreidebleich. Ihr Haar war zerzaust, als sei sie eben aus dem Bett gekommen, auch hatte sie einen Bluterguß an der Wange (eins und eins zusammengezählt: sie war gestürzt, vielleicht hatte sie auch einen Schlaganfall gehabt, auf jeden Fall wirkte sie durcheinander, war ganz offensichtlich nicht ganz richtig im Kopf – wenn das Herr Gries mitbekommen hätte). Sie trug einen Morgenmantel, nicht zugebunden, darunter war sie nackt. Sie war barfuß und hatte eine volle Mülltüte in der Hand. Kann sein, daß wir nicht mehr ganz nüchtern waren, Ottl und ich, doch wir fragten sie, ob wir einen Notarzt rufen sollten. Nein, nein, nein, bloß den Müll wegwerfen, nur wegwerfen, bitte, bitte, bitte. Also warfen wir ihren Müll in die Tonne und brachten sie in ihre Wohnung. In ihrem Flur brannte Licht, die Tür stand offen. Ob auch alles in Ordnung sei, fragten wir mit Sicherheit noch – doch, doch, doch, und schon war die

Tür zu. Wir saßen dann in der Küche und diskutierten, ob wir der Vermieterin Bescheid sagen müßten und hatten keinen Schimmer, daß wir die Markowsky zum letzten Mal gesehen hatten.

Die Pfarrerin kommt näher an uns heran und breitet die Arme aus. Wieder schreit sie, mit einem leichten Anflug von Wahnsinn in der Stimme, die drauf und dran ist, zu brechen. Das nervt. Ein kurzer Blick zu Ottl, der die Augen weitet, versichert mir seine Zustimmung.

Nackt bin ich gekommen,
Nackt werde ich wieder dahinfahren.
...
Der Name des Herrn sei gelobt!
...
Und dann:
... Gnade für den, der als nächstes von uns geht!

Sehr taktvoll, Frau Pfarrerin, vor einer Trauergemeinde, deren Durchschnittsalter bei knapp unter siebzig liegen dürfte. Armer Herr Piereth, denke ich, uuuuuund stillgestanden!!

Jemand rüttelt an der Tür. Da will einer herein und teilhaben an der Totenmesse. Doch die Tür ist zu und nicht von außen zu öffnen, das allerdings scheint der zu spät gekommene Trauergast nicht akzeptieren zu wollen, was für ein Gerüttel und Geklopfe. Alle Blicke wandern zur Quelle des Lärms, allein die Pfarrerin ist bemüht, den Faden zu halten, und zwar mit gesteigerter Lautstärke. Das ganze entbehrt nicht einer gewissen Komik. Da gibt es einen, der will nicht ausgeschlossen sein (der Jankovic vielleicht, oder gar der Herr Gries?), wo doch jeder von uns sich wünscht, mit ihm zu tauschen und draußen zu stehen – meinetwegen auch im Regen –, nur weg, weg von dieser Frau, die gewillt ist, den unerwünschten Geräuschpegel zu übertönen.

Einzig Frau Markowsky muß sich nicht mehr darum scheren. Sie liegt weit entfernt, jenseits der keifenden Pfarrerin (die immer mehr so aussieht, als drohe sie jeden Augenblick zu explodieren), in der dunklen Tiefe des Raumes, unter der Turmkuppel, in ihrer hölzernen Kiste.

Der Pfarrerin fehlt Luft, sie atmet tief. Auch an der Tür regt sich nichts mehr. Plötzlich ist es still. Und endlich ist da Raum für die schönste Erinnerung, ein paar Sekunden, einige Worte nur, die auf ihre Chance gewartet haben: Frau Markowsky begleitete uns auf unserer ersten Liftfahrt, es war der Tag unseres Einzugs, und es war sozusagen unsere Jungfernfahrt mit diesem verflixten Lift. Sie stellte sich nicht vor, brachte uns kein nachbarschaftliches Willkommen entgegen, sie drückte einfach stumm auf die zwei, grummelte etwas vor sich hin und sagte, O ja, als der Aufzug plötzlich ächzte und überhastet stoppte, auf gut deutsch: steckenblieb. O ja, sagte jetzt auch Ottl, und ich wußte, was das hieß, denn ich wußte von seiner Platzangst.

Das kann eine Ewigkeit dauern, sagte Frau Markowsky, und weiter, das kommt ständig vor, das letzte Mal saß ich vier Stunden fest. Liegt an dem Alarmknopf, der is kaputt. Müssen halt warten, bis jemand vorbeikommt. Aber eins müssense wissen, vor allem wirds ganz schön warm hier drin mit der Zeit. Aber Sie sind ja jung ...

Sie grummelte weiter, und ich merkte, daß Ottl die ganze Sache schon heiß genug war. Oder eher: zu eng. Er schwitzte wohl aus jeder Pore, hatte die Augen geschlossen und lehnte sich gegen die Glastür, die Arme durchgestreckt (woher nur kannte ich diese Haltung?). Dabei sagte er keinen Ton.

Wasn mit dem los, fragte die Alte, und ich sagte, daß Ottl an Platzangst leide und daß wir ganz sicher unmöglich hier vier Stunden ausharren könnten. Denn das sei *wirklich* unangenehm, ne, Ottl, sagte ich und schlug ihm sachte auf die Schulter. Ottl ließ wortlos die Augen rollen und gab mir zu verstehen, daß mein Versuch, ihn aufzuheitern, kläglich gescheitert war.

«Ah, so. Das kenn ich. Hatte mein Mann auch», meldete sich die kleine, alte Frau zurück. «Der mußte im Krieg Tunnel graben, war nich lustig, aber die Angst war weg, dann, nach einem Jahr.» Und als ob sie uns zur Aufmerksamkeit ermahnen wolle, schob sie ein lautes «Wie?» hinterher.

Ottl hatte seine Sprache wiedergefunden und sagte «Ach, tatsächlich? Und?», was für allgemeine Irritation sorgte. Frau Markowsky sah erst Ottl an, dann mich, und dann: «Na, gefallen isser. Was sonst.»

Frau Markowsky ließ uns noch ein paar Minuten schmoren, Minuten, die wortlos verstrichen, dann sagte sie etwas Seltsames: «Na, und so was nennt sich jung!» Mit diesen Worten machte sie einen kleinen Schritt zur Seite, gab den Blick frei auf das Amaturenbord und legte einen Kippschalter um, über dem «Nothalt» zu lesen war. Der Fahrstuhl setzte sich wieder in Bewegung, und Frau Markowsky wandte uns ihren Rücken zu, lachend allerdings. Wir waren baff, Ottl war blaß und brachte nur ein schmächtiges «Was?» heraus. Frau Markowsky bog sich schier vor Lachen, und es dauerte, bis wir den Fahrstuhl verlassen hatten und auf unserem gemeinsamen Flur standen, da hatte sie sich wieder soweit unter Kontrolle, daß sie erklären konnte: «Das is das beste an diesem verflixten Haus, der Lift. So einen hatten wir auch in Bukarest, ich kann euch sagen, dieser Trick hat noch nie versagt.»

Wir fragten nach, doch da war sie schon zu ihrer Tür gegangen, hatte den Schlüssel zielsicher im Schloß untergebracht und sagte: «Zu zweit in so’nem Fahrstuhl, da kommt man sich näher, Kinder, da kommt man sich sogar ganz schön nahe.» Und damit verschwand sie kichernd in ihrer Wohnung, und wir hatten unseren ersten und mit Abstand längsten sozialen Kontakt mit der Frau hinter uns, die die folgenden vier Monate neben uns wohnen sollte.

(Folgen: 1. Ottl hat nach wie vor ein äußerst gespaltenes Verhältnis zu unserem Fahrstuhl. 2. Ich horche gespannt auf, als die Pfarrerin die Zeit – die Lebenszeit – in Bukarest anspricht, leider vergeblich.)

Endlich sind wir befreit, auch die Pfarrerin muß erschöpft sein. Eben hat sie noch dem Bruder und seiner Frau die Hand geschüttelt, wir strömen hinaus, das war's erst mal. Auf dem Weg zur Tram überholen wir wieder Herrn Piereth und seinen monumentalen Regenschirm. Als er uns sieht, grüßt er, aber wie: er wirft die freie Hand in die Luft, hoch über den Kopf, senkt den Kopf auf die Brust und macht gleichzeitig zwei, drei schnelle Schritte. Wir verstehen und erwidern seinen Gruß, die Leute hinter uns müssen sich gewundert haben, vielleicht dachten sie auch: jetzt albern die hier auch noch herum, wo bleibt denn da die Würde der Toten ... Herr Piereth zumindest weiß, was es mit der Würde auf sich hat, oder vielleicht hat er Frau Markowsky auch einfach gemocht, so wie wir. Würde, darum geht es wohl, wenn man alt ist, und Ottl sagt: Hoffentlich ist der Piereth nicht der Nächste. Und ich denke: Ja, so ist das in einem Haus von Alten, da trägt jeder seine Mineralwasserkiste allein. Und war es nicht mein Vater, der sagte, «Die Nächsten, die gehen, das sind wir.»?

Heute abend werden Ottl und ich zwei Bier auf Frau Markowsky trinken, und zwar ihre Sorte, Augustiner Hell, und auch den Trick im Fahrstuhl sollte ich mir noch einmal in Ruhe durch den Kopf gehen lassen. Oder viel besser: einfach ausprobieren.

2. Kapitel (Väter)

Ottl und ich sind also zusammengezogen. Fee hat geweint, und, zugegeben, auch ich war traurig beim Abschied aus Freiburg. Ich habe ihr eine Überraschung versprochen, von der ich heute noch nicht weiß, ob ich sie werde einhalten können. Wir werden uns gedulden müssen, ungefähr noch vier Wochen.

Fee riet mir, nach Salzburg zu fahren, um Emma zu treffen, und duldete keinen Widerspruch. Natürlich hatte ich ihr von meinem Traum erzählt, und als sie mich fragte, ob wir an dem Abend, als meine Schwester mich angerufen hatte, um mir zu sagen, daß unser Vater fast mit dem Flugzeug abgestürzt war, verhütet hätten, log ich sie nicht an.

Neben mir sitzt mein Vater, er hat die Arme vor der Brust verschränkt und summt die Melodie mit, die blechern aus dem Autoradio tönt.

Es ist schon spät am Nachmittag, bald wird die Sonne untergehen, doch noch wirft sie ihr gelbes Dämmerlicht über Felder und Straßen, wo es auch uns einhüllt und leise Melancholie Besitz von uns ergreift. Schön war der Tag, und die Straßen sind frei. Mein Vater sagt, nur bei diesem Licht lohne es sich noch zu fotografieren. Alles andere seien Kompromisse. Vielleicht noch am Morgen, kurz bevor die Sonne aufgeht, besonders im Herbst. Alle großen Maler, und auch die kleinen, hätten am liebsten in der Abenddämmerung gemalt, Gauguin übrigens ausschließlich. (Na, wenn das mal stimmt, denke ich.) Dann wiederholt er: Fotografie lohnt sich nur noch im Morgengrauen oder in der Abenddämmerung. Nach einer kurzen Pause sagt er noch, und dabei fängt er an zu kichern: Und weißt du, was das Schlimme dabei ist ... daß dazwischen ein ganzer langer Tag liegt, unheimlich viel Zeit, um alles mögliche zu tun, nur eben das eine nicht: fotografieren.

Mein Vater hat schon lange nicht mehr fotografiert, genaugenommen seit dem Tag, als ihm in Genf seine Kamera geklaut wurde. Laura hatte so ihre Zweifel an der Richtigkeit der Geschichte, sie sagte, ein Fotograf ließe sich nicht seine Kamera stehlen, und schon gar nicht, wenn dieser Fotograf den Sicherheitswahn unseres Vaters habe. Ein paar Mal bedauerte mein Vater den Diebstahl mir gegenüber, doch nicht in erster Linie den Verlust der Kamera, sondern wegen des Films, der darin gesteckt hatte und fast vollständig belichtet gewesen war.

Letzte Woche kamen zwei Postkarten von Laura aus Frankfurt. Sie schrieb, sie habe auf einem Flohmarkt eine gebrauchte Spiegelreflexkamera entdeckt, die starke Ähnlichkeit mit der unseres Vaters gehabt hätte. Sie habe sie jedoch nicht gekauft, sie habe nicht genug Geld dabei gehabt, und am nächsten Tag sei sie weg gewesen – ebenso der Verkäufer, der ihr prüfendes Interesse nicht gern gesehen habe. (Mittlerweile bin ich mir nicht mehr sicher, ob ich *überhaupt* einer der beiden Geschichten Glauben schenken soll. Ich stelle mir vor, wie Laura die Kamera beim nächsten Familienfest aus der Reserve zieht und stolz präsentiert, als Überraschungsgeschenk, mitsamt den Fotos. Das wäre ihr zuzutrauen, zweifellos, und ebenso, daß diese geheimnisvollen letzten Fotos unseres Vaters nicht für jedermanns Augen geeignet wären. Aber all das erscheint müßig, vielleicht gibt es sie ja wirklich, die Geheimnisse, die nicht gelüftet werden wollen.)

Im Traum war alles ganz einfach: Emma rief mich an und sagte, daß sie am Hauptbahnhof stünde, und ich zog meine Jacke an und rannte zum Auto, um sie abzuholen. Obwohl sie Hunger hatte, konnte ich sie überreden, mit mir auf den Olympiaturm zu fahren. Wir standen allein im Aufzug und sahen uns mit geweiteten Augen an, mulmig war uns zumute, als der Lift beschleunigte und das Gesetz der Trägheit unser Hirn auf die Schultern presste. Emma hielt ihren Kugelbauch, und ich suchte auf dem Armaturenbrett nach dem Kippschalter mit der Aufschrift *Nothalt*.

Oben machte sich Emma über mich lustig, nannte mich einen Winkeladvokaten, und ich lachte mit ihr, obwohl es mir gleich war, was sie sagte. Die untergehende Sonne erinnerte mich an Emmas Bauch, und wieder, wie schon einmal vor tausend Jahren, dachte ich darüber nach, wie es wäre zu sterben.

Ich wußte, warum ich Emma hierher geführt hatte, und ich fragte sie, ob sie mich damals erkannt hatte, vor dem Freiburger Münster. Natürlich, du Null, sagte sie, und ebenso das Mädchen, mit dem du dort warst. Das war Fee, dachte ich und sagte: Wenn es ein Mädchen wird, muß es Sophie heißen.

Es wird ein Junge, und er wird Peter heißen, wie sein Vater.

Darauf schwieg ich und freute mich bei der Vorstellung, daß Ottl die Ohren spitzen und protestieren würde: So ein Quatsch, welch ein Melo-Quatsch! Nennt ihn Otmar, das ist wenigstens noch ein Name!

Im Traum stand ich mit Emma auf dem Aussichtsplateau des Olympiaturms und überlegte, wie ich meinen Eltern am besten beibrachte, daß ich drauf und dran war, Vater zu werden. Ich stellte mir vor, wie meine Mutter sich einmal mehr über das Wunder des Lebens als vorzüglichen Anlaß freute, eine Flasche Schampus aus ihrem Geheimversteck zu zaubern, und zwar im großen Stil, keine Piccolofläschchen aus billigen Hotelzimmern. Mein Vater rannte ans Telefon und rief seine Tochter an: sie solle augenblicklich ihren Hintern herbewegen.

Kurz nach meiner Rückkehr aus Frankfurt (nicht nach Freiburg, bloß nicht zurück in die Stadt der Gespenster!) rief ich Rolf an, um ihm zu sagen, daß ich mein Medizinstudium abbrechen würde. Ehrlich gesagt war ich überrascht, wie wenig Verblüffung er an den Tag legte. Ich hatte lange überlegt, ob ich ihm die Geschichte aus der letzten Präp-Stunde erzählen sollte – ja, was eigentlich? Daß ich meinem Vater den Bauch aufgeschlitzt hatte? Nein, das würde ich keinem erzählen können, das glaubte ich ja nicht einmal selbst –, entschied mich schließlich dagegen und bereute es nicht.

Rolf sagte: «Du wirst also nicht zurückkommen nach Freiburg, stimmt's?»

«Ja, Rolf, so ist es.»

Natürlich wollte er auch wissen, wie es nun weitergehen würde, was ich studieren oder arbeiten würde. Ich sagte, ich wüßte es noch nicht, und er stellte mir eine Frage, die ich schon einmal, schon ein paarmal, gehört hatte und auf die ich heute so wenig zu antworten weiß wie damals: Warum eigentlich nicht Jura?

Dabei ist es dann geblieben. Als ich meine Sachen aus Freiburg holte, sah ich Rolf noch einmal, und er hatte zwei Geschenke für mich, zwei Bücher natürlich. Das BGB in gebundener Form und die neueste Hitler-Biographie. Ein paar Dinge muß man sich ja bewahren, sagte er, sonst wird man zu schnell alt. Den Satz hatte er sicher aus einem Film. Abends gingen wir ins Kino.

Noch hat uns die Sonne nicht verlassen, noch flackert orange-farbenes Licht auf unseren Gesichtern. Mein Vater hat die Augen geschlossen und summt nun, da der Empfang des Radios immer schlechter wird, mit zunehmender Lautstärke und klopft sachte den Rhythmus der Musik mit dem Zeigefinger auf sein Bein. Er muß sich wohlfühlen, und ich wage nicht, ihn zu stören mit meiner Frage.

Es ist alte Musik, die da gespielt wird, Musik, die mein Vater kennt, noch von früher, aus einer Zeit, da er Student war in der französischen Schweiz. Es muß die Zeit gewesen sein, als er eine junge Berlinerin kennenlernte, die eines Tages seine Frau sein würde, und die Mutter seiner Kinder.

Wir sind auf dem Weg zu einem Haus, in dem noch vor kurzem der Schlamassel hüfthoch stand und weiter stieg; es ist ein Haus, in dem man schon jetzt das Schreien und Lachen von Kindern zu hören glaubt und in dem sich eine alte, alte Katze um die dunkelgrünen Stuhlbeine schlängelt auf der Suche nach einer Leckerei oder einer Hand von Zärtlichkeit; wir sind auf dem Weg nach Hause.

Dies ist der Bericht von einer Familie.

Und endlich mache ich meinen Mund auf und frage meinen Vater, warum sie mich damals Peter genannt haben. Er hat seinen Kopf zurückgelegt, tiefe Falten lachen aus seinem Nacken zu mir herüber. Er wendet sich mir zu und sagt: «Juli hatte sich in den Kopf gesetzt, zumindest dem zweiten Kind, also dir, einen biblischen Namen zu geben. Und da war mir der Petrus noch am sympathischsten. Mit dem konnte ich was anfangen. Der hat dem Römer immerhin noch ein Ohr abgeschlagen mit seinem Schwert.»

Dabei lacht mein Vater, doch schon ist es wieder still, wir fahren die Strecke durch den Wald, und die schimmernden Baumwipfel fangen seinen Blick.

Wir sind fast zu Hause, als mein Vater sagt, ich könne doch noch ein Stück weiterfahren. Also biege ich nicht links ab, sondern lenke den Wagen weiter geradeaus die Straße entlang. Durch die vorbeiziehenden Bäume wirkt die Sonne wie ein Jäger, der neben uns herrast, auf der Hut, getrennt von uns nur durch diesen schmalen Birkenwald.

Wieder hat sich mein Vater zurückgelegt und die Augen geschlossen. Er lauscht der Musik, eben hat er sich vorgebeugt und lauter gedreht. Ich stelle mir vor, wie mein Vater sich mir zuwendet und sagt: Hör mal, Pitchen, wir haben einiges zu besprechen ... Doch so wird es nicht geschehen. Wir werden gar nichts mehr sagen, wir werden einfach der Straße folgen, Knöllich hinter uns lassen und auch Hausen und Puching. Wir werden fahren, bis es dunkel ist, und irgendwann werden wir merken, daß wir hungrig sind, und umdrehen. Und die Musik wird uns nicht im Stich lassen, sie wird uns tragen, bis wir angekommen sind.

Ich weiß nicht, ob mein Vater eingeschlafen ist, ich jedenfalls bin müde, und in Gedanken spreche ich mit meiner Schwester Laura.

Ich frage sie, wie sie sich gefühlt hat auf der Bühne, vor diesen Menschen und Affen, und sie sagt ‹frei›, natürlich sagt sie ‹frei›, und fügt hinzu: Was hast du denn gedacht, Pit, hast du wirklich gedacht, es geht um Angst? Oder um Schönheit?

Und ich denke: Ja, du hast recht, und dann schließe ich die Augen: Wir müssen frei sein, wir müssen, müssen glücklich werden.

Mein Dank gilt allen, die mir bei der Arbeit an dem Buch geholfen haben, und Florens Sauerbruch, der sich, wenn es darauf ankommt, wie eine Kampfsau in den Schlamassel wirft.